HALT MICH, COWBOY

Die Cowboys von Mule Hollow Serie
Buch Sechs

DEBRA CLOPTON

Halt mich, Cowboy
Copyright © 2019 Debra Clopton Parks
Alle Rechte Vorbehalten

Dieses Buch ist ein fiktionales Werk. Namen und Charaktere sind der Fantasie der Autorin entsprungen oder werden fiktional verwendet. Jede Ähnlichkeit mit einer wirklichen Person, lebend oder tot, ist rein zufällig.

Halt mich, Cowboy

Molly Popps Kolumne, die jede Menge Aufmerksamkeit auf Mule Hollows nationale „Ehefrauen gesucht" Kampagne lenkt, ist ein Lesemuss im ganzen Land und hoffentlich ihr Ticket für einen Reporterjob am Times Square.

In letzter Zeit hat sie viel über den Ex-Rodeoreiter und Leserliebling Bob Jacobs geschrieben – viel mehr, als ihm lieb ist, und er will ein Machtwort sprechen … doch leider zu spät, um die jüngste Geschichte zu stoppen. Plötzlich tauchen Frauen auf der Jagd nach Bob an Orten auf, an denen sie nicht sein sollten. Und als er verletzt wird, als er eine der Frauen vor einem wildgewordenen Bullen rettet, muss Molly einspringen und ihn wieder gesundpflegen.

Bob ist nicht glücklich über den Zirkus, den Molly aus seinem Leben gemacht hat, und ringt nun mit den Funken, die plötzlich vermehrt zwischen ihm und Molly fliegen – der einen Frau, in die er sich nicht verlieben will. Denn wenn er eines aus seiner Vergangenheit gelernt hat, dann, dass ein Reporter bereit ist, alles aufzugeben – sogar die Liebe – wenn die Story groß genug ist.

Wird die Liebe diese beiden zusammenbringen?

KAPITEL EINS

Molly Popp bemerkte, dass das Viehgitter vor ihr wie ein riesiges Warnschild genutzt wurde, das in Fettschrift verkündete BETRETEN VERBOTEN, doch sie war im Begriff, es trotzdem zu überqueren.

Wenn sie ein Foto des Hauses, das ungefähr hundert Meter von der Straße entfernt stand, wollte – und das wollte sie – dann musste sie das Viehgitter überqueren, durch die Herde gelangweilter schwarzer Rinder fahren und auf den Hügel hinauf, der von ihrem Standpunkt aus nicht mehr als einen Blick auf das rote Dach zuließ. Ein Kinderspiel.

Sie redete sich ein, dass es Bob Jacobs, dem Eigentümer, nichts ausmachen würde. Schließlich war es eine Win-Win-Situation. Doch warum hatte sie dann das Gefühl, dass sie dabei war, etwas zu tun, das sie bereuen würde? Sie hatte noch nie Fotos benutzt, doch ihr Redakteur war der Meinung, dass ein Foto ihrer überaus beliebten wöchentlichen Kolumne einen neuen Touch verleihen würde. Und es war sein Vorschlag gewesen, mit einem Foto von Bobs Ranch anzufangen … besonders, da er glaubte, dass die LeserInnen sehr an der Ranch interessiert sein würden, nachdem die Kolumne morgen erschien.

Die Hände am Lenkrad ihres VW-Käfer Cabriolets zwang sie sich, sich zu entspannen. Doch es war nicht nur das Foto, das sie belastete.

Es war die morgige Kolumne.

Hatte sie damit eine Grenze überschritten? Nicht vergessen, Win-Win, für beide Seiten von Vorteil.

„Ja, ja …", seufzte sie und versuchte, die brodelnde Grube zu beruhigen, die einmal ihr Magen gewesen war.

Mach's einfach, Molly! Es ist eine gute Sache.

Sie griff nach ihrer Kamera, hängte sie sich um den Hals und versicherte sich, dass sie eingeschaltet war, da sie keine Zeit verschwenden wollte, wenn sie da war – es war schließlich eine Überraschung.

So ist es! Es ist eine Überraschung, also komm in die Puschen, Molly, und mach es endlich. Denk positiv.

Mit diesem Gedanken im Kopf trat Molly aufs Gas und schoss mit klappernden Zähnen über das holprige Viehgitter. Mit im Wind fliegenden Haaren und einer Staubwolke hinter sich fuhr sie auf dem gekiesten Weg den Hügel hinauf. Das *war* zu Bobs Bestem!

Sie war noch keine zwanzig Meter weit gekommen, als die zuvor gelangweilten Kühe auf dem Feld anfingen, auf sie zuzutrotten, und sie langsam umringten! Es war, als wäre ihr Käfer ein Magnet und die Kühe Büroklammern. Da sie die Tiere nicht versehentlich anfahren wollte, trat sie auf die Bremse und war innerhalb von Sekunden eingekesselt.

„Kusch!", rief sie frustriert. Das war nicht der Plan. Überhaupt nicht. Zu spät wurde ihr bewusst, dass ein offenes Cabriodach nicht ideal war, wenn man von einer Herde von Kühen eingekreist war. Nicht, dass sie gewusst hätte, was sie von Kühen zu erwarten hatte. Sie war ein Stadtmensch und hatte ihr neues VW Käfer Cabrio nur mitgebracht, weil ihre Freundin Lacy auch ein Cabrio hier hatte und damit jede Menge Spaß zu haben schien.

An *Sabber* hatte sie nie gedacht. Doch da tropfte er aus dem Maul einer viel zu neugierigen Kuh auf ihre Motorhaube. „Kusch! Kusch!" rief sie ein bisschen lauter. „Weg mit euch."

Die Herde sah sie nur mit Augen an, die sagten *ja klar*. Eine Kuh fing an, ihre Flanke an der Beifahrertür zu reiben und eine andere besabberte ihr Heck. „Igitt!", entfuhr es ihr, als eine andere anfing, ihre Windschutzscheibe zu lecken und ihren Scheibenwischer kosten wollte. „Widerlich–"

Reflexartig hupte sie. So viel zum Thema Überraschung. Doch sie konnte sie nicht ihr Auto anfressen lassen. Zu ihrem Verdruss zeigten sich die Kühe gänzlich unbeeindruckt, im Gegenteil, sie kamen näher. Als eine ihren Kopf über die Tür hing und den Rücksitz beschnupperte, dämmerte ihr, dass er sie vielleicht mit einer Hupe zur Fütterung rief. Hatte sie das nicht schon irgendwo gesehen?

Als eine Kuh ihren Kopf zwischen sie und das Lenkrad schob, schrie sie auf – woraufhin die Kuh abrupt den Kopf zurückzog und die Flucht ergriff.

Na dann! Vielleicht konnte sie sie so loswerden. Sie öffnete den Mund, um erneut zu schreien, hielt jedoch inne, als leises Donnergrollen die Herde auseinanderstieben ließ, als wäre sie vom Blitz getroffen worden. Dann sah sie, dass es nicht Donner war, sondern ein sich schnell bewegendes Objekt, das den Pfad hinunter zwischen den fliehenden Kühen hindurch schoss.

Gerade noch hatte Molly hinter dem Lenkrad ihres Wagens gesessen, jetzt kletterte sie eiligst auf den Beifahrersitz, als der größte, schwärzeste Brahman Bulle, den sie je gesehen hatte, ihre Tür rammte!

Der Aufprall schleuderte Molly in die Luft, und die Kamera traf ihr Kinn, was sie jedoch kaum bemerkte. Sie war zu sehr mit Schreien beschäftigt.

Der wahnsinnige Muskelberg rammte ihr Auto erneut, während Molly sich mit pochendem Herzen an der Kopfstütze festhielt und gegen die Panik ankämpfte, die sie bewegungsunfähig zu machen drohte. Als der Bulle ihren Wagen auf zwei Räder hob, fiel ihr auf, dass die Straße zur Seite hin abschüssig war. Der Wagen war gefährlich im Nachteil – und sie rechnete fest damit, dass der Bulle ihn umwerfen würde. Als er wieder auf alle vier Räder zurück krachte, wusste sie, dass sie weglaufen musste, um zu vermeiden, dass sie eingeklemmt oder zerquetscht wurde, wenn er das Cabrio umwarf.

Der Gedanke hatte kaum Zeit sich festzusetzen, denn Bobs weißer Truck kam über den Hügel in ihre Richtung geschossen. Es war ein Anblick, den Molly nie vergessen würde.

Ich bin gerettet, dachte sie.

Doch der wütende Bulle rammte seinen riesigen Kopf gegen die Fahrertür, starrte den Eindringling böse an, scharrte mit den Hufen und stürmte wie von Sinnen auf Bobs Truck zu. Sie konnte nicht fassen, dass der Bulle versuchen wollte, es mit dem riesigen Truck aufzunehmen, und kletterte auf den Sitz, um besser sehen zu können. Sie war vollkommen unvorbereitet, als das durchgeknallte Tier plötzlich seine Meinung änderte, kehrt machte und ihr Auto erneut attackierte. Molly wurde rückwärts aus dem Wagen geschleudert und landete mit einem dumpfen Schlag, der ihr den Atem nahm, am Boden. *Sie war so gut wie tot.*

„Sylvester!"

Der Schrei war Musik in ihren Ohren, als sie sich aufrappelte. Doch dann rutschte sie auf einem frischen Kuhfladen aus und wäre beinahe erneut zu Boden gegangen. Bob Jacobs sprang aus seinem Truck und ließ wie Indiana Jones seine Peitsche über seinem

Kopf krachen – die Antwort auf ihre Gebete.

Wie früher, als er noch auf Rodeo-Bullen geritten war, war er in seinem Element und rannte auf das erschrockene Tier zu. „Sylvester! Verschwinde hier! Beweg dich!" Seine Befehle waren so scharf wie das Krachen der Peitsche, mit der er so meisterlich umgehen konnte.

Auch wenn der Bulle sie immer noch anstarrte, entspannte sich Molly ein bisschen, beruhigt von der Autorität in Bobs Stimme und der Entschlossenheit in seinem Blick. Es war faszinierend zu sehen, wie er erneut die Peitsche oberhalb von Sylvesters Kopf krachen ließ.

Der sanftmütige Bob ist ein Held!

Ihr Held.

Plötzlich schoss Adrenalin durch ihre Adern wie das Wasser, das die Niagarafälle hinunterstürzte. Moderner Ritter rettet holde Maid! Die Überschrift blitzte vor ihrem inneren Auge auf und verscheuchte den Schrecken. Das war gut. Wirklich gut! Sofort übernahm der Reporter in ihr das Kommando, und trotz der Gefahr, in der sie sich nach wie vor befand, hob sie die Kamera und fing an zu fotografieren.

Als sie Bob durch den Sucher ihrer Kamera in

Aktion beobachtete, wusste sie, dass sie die ganze Zeit über Recht gehabt hatte. Vom Tag ihrer Ankunft in Mule Hollow an, als sie ihn Heuballen die Hauptstraße hinunter schleppen gesehen hatte, hatte sie gewusst, dass er ein Traummann war. Als sie ihn besser kennengelernt hatte, war ihr bewusst geworden, dass das auf mehr zutraf, als nur sein gutes Aussehen. Der immer gelassene Cowboy hatte ein Herz so groß wie Texas.

Und er würde ihre Träume wahrmachen.

Der wütende Bulle schlenkerte mit dem Kopf und starrte sie bedrohlich an. *Korrektur.* Bob würde ihre Träume wahrmachen, *nachdem* er ihr Leben gerettet hatte!

Sylvester rammte erneut Mollys winzigen Wagen, und Bob warf sich zwischen die verantwortungslose Reporterin und das unberechenbare Tier. „Lass die Kamera!", rief er. Er konnte nicht fassen, dass sie in einer Situation wie dieser fotografierte! Andererseits konnte er sich nicht erinnern, sie je ohne ihre Kamera gesehen zu haben — außer vielleicht am Sonntag in der Kirche oder wenn sie an ihrem Laptop arbeitete oder Notizen machte. Diese Frau arbeitete dauernd an einer Geschichte.

Ihre Antwort war eine Serie von Nahaufnahmen von ihm.

Reporter! Fassungslos packte er ihren Arm und schob sie hinter sich. „Zurück zu meinem Truck. Sofort", befahl er. „Sylvester ist noch nicht fertig. Er überlegt sich gerade, was er als nächstes attackieren will. Dich, mich oder nochmal dein Auto."

Endlich ließ sie die Kamera sinken und klammerte sich an seinem Bizeps fest.

„Ich dachte, du weißt, wie man ihn aufhält", keuchte sie. „Ich meine, er gehorcht dir, oder?"

Ihr Atem streifte sein Ohr, während sie die Kamera in seinen Rücken drückte.

„Er *gehört* mir. Großer Unterschied." Mit einem Arm hinter seinem Rücken schob er sie in Richtung seines Trucks, den Blick auf Sylvester gerichtet, die Peitsche bereit. „Glaub mir, wenn ein Zweitausend-Pfund-Bulle wütend ist, kontrolliert ihn niemand, wenn er nicht kontrolliert werden will."

„Das kann ich sehen", keuchte sie und klammerte sich fester an ihn.

„Komm, geh weiter zurück, schön langsam", sagte

er in ruhigem Ton. Sie nickte an seiner Schulter. Ihre Hände wanderten an seine Taille und schlossen sich wie ein Schraubstock darum, während sie auf Zehenspitzen Sylvester beobachtete. Sie hatten es beinahe bis zu seinem Truck geschafft, ohne übereinander zu stolpern, als Sylvester erneut den Kopf senkte, sich zu ihrem Käfer umdrehte und erneut zum Angriff überging.

Der Aufprall war so hart, dass sowohl das Tier als auch das Auto einen Moment in der Luft zu hängen schienen. Als beide wieder landeten, klang es wie eine Explosion.

„Das soll wohl ein Witz sein!", schrie Molly und schoss an ihm vorbei auf das Tier zu wie eine Wildkatze, die ihre Jungen verteidigte.

„*Oh nein*, das wirst du nicht tun!", keuchte Bob, packte sie an der Taille und riss sie zurück.

„Lass mich los!" Sie rammte ihm den Ellbogen in die Rippen.

„Au!", ächzte er, als sie ihm mit dem Absatz gegen das Schienbein trat. „Ich lasse dich nicht Selbstmord begehen. Nicht, nachdem ich dich gerade schon fast in Sicherheit gebracht habe."

„Aber mein Auto!" Sie gestikulierte wild in

Richtung des Schlachtfeldes.

Den Arm immer noch um ihre Taille geschlungen wirbelte er sie herum, hob sie hoch und stieß sie trotz aller Gegenwehr in den Truck. Hinter ihnen rammte Sylvester erneut Mollys Wagen, eine Erinnerung daran, was ihr beinahe passiert wäre. Er stieg hinter ihr ein, warf seine Peitsche auf das Armaturenbrett und legte einen Gang ein.

„Was tust du da?" Sie deutete an ihm vorbei und wedelte mit der Hand vor seinem Gesicht herum.

„Ich rette dir das Hinterteil und bringe dich hier weg." Er hielt inne und sah sie zum ersten Mal direkt an, als er das Gaspedal durchtrat.

„Aber das kannst du nicht. Mein Auto! Was ist mit meinem Auto?" Sie starrte ihn mit riesigen Augen an.

„Sylvester ist noch nicht fertig mit deinem Auto. Im Augenblick will ich dich nur in Sicherheit bringen und warten, bis er sich wieder beruhigt hat. Und, ja, was hattest du eigentlich auf meiner Weide zu suchen?"

Sie erreichten das Weidegitter, keine zwanzig Meter von der Stelle, an der Molly Sylvester begegnet war. Sie ging auf der Ledersitzbank auf die Knie, um durch das Heckfenster zu beobachten, wie Sylvester erneut ihr Auto attackierte. „Aber …“, protestierte sie schwach und krallte dabei eine Hand in seine Schulter.

„Mehr kann ich im Moment nicht tun.“ Sie tat ihm leid. „Es ist nur ein Auto. Du solltest froh sein, dass du nicht da draußen plattgewalzt wirst.“

Sie begegnete seinem Blick, und im nächsten Moment hob sie die Kamera und fing an, die Szene durch die Heckscheibe zu fotografieren.

Was für eine Marke! Reporter erstaunten ihn immer wieder – immer ging es um eine Story. Doch er hatte das Entsetzen in ihren Augen gesehen und wusste, dass sie auf ihre eigene Art mit der Situation umging.

Nicht, dass es ihm gefallen hätte.

Auf der Straße angekommen hörte sie endlich auf zu fotografieren und ließ sich auf den Sitz fallen. Ihr Fuß tippte in schnellem Rhythmus auf die Fußmatte. Offensichtlich überlegte sie, wie sie die Geschichte formulieren konnte, um sie gleich an mehrere Zeitungen, Magazine und Blogs verkaufen zu können. Ein normaler Mensch hätte geschockt reagiert, doch ihr Verstand kreiste bereits um die Story.

Die nächsten paar Meilen fuhren sie schweigend. Bob bemühte sich, sich zu beruhigen, um zu vermeiden, etwas zu sagen, das er später vielleicht bereuen würde. Aus dem Augenwinkel beobachtete er Molly.

Molly Popp.

Sie war ihm schon an ihrem ersten Tag in Mule Hollow aufgefallen. Das war vor ein paar Monaten gewesen. Er hatte geholfen, die Hauptstraße für den Markt zu dekorieren, als sie aus dem Wagen gestiegen war und seine Welt aus den Angeln gehoben hatte.

Wem hätte sie auch *nicht* auffallen können. Sie hatte lange, kastanienbraune Haare, die bei jedem selbstbewusste Schritt in der Sonne schimmerten. Heute hatte sie sie zu einem Pferdeschwanz gebunden, und nur ein paar Strähnen flatterten um ihr Gesicht herum und lenkten seine Aufmerksamkeit auf die großen grünen Augen, die ihre zarten Züge dominierten.

Das war sein erster Eindruck der Schönheit an seiner Seite gewesen. Sie war ein netter Mensch. Eine umwerfende Frau. Doch er hatte nicht lange gebraucht, um sich klar zu werden, dass sie nicht zu ihm passte. Er hatte kurz vergessen, dass sie Reporterin war. Eine Tatsache, derer er sich nach ein paar kurzen Unterhaltungen mit ihr bewusst geworden war. Das

Funkeln in ihren Augen, wenn sie von ihrer Arbeit sprach, war unübersehbar. Es war klar, dass für Molly ihre Karriere an erster Stelle stand – was natürlich ihr gutes Recht war. Doch er hatte sich schneller zurückgezogen als ein Cowboy, der das Klappern einer Klapperschlange hörte.

Es war *sein* gutes Recht, sich nach einer Frau umzusehen. Er wollte nicht daten, um des Datens willen. Er wollte eine Familie gründen – mit einer traditionellen Frau – einer Frau, die sich auf ihn konzentrieren würde, auf die Kinder, die sie gemeinsam haben würden, und das Leben, das sie gemeinsam aufbauen würden. Ja, Bob hatte Molly gerettet, weil sie Hilfe gebraucht hatte – und natürlich gefiel ihm ihr Aussehen – doch er wusste, wo er die Grenze ziehen musste, was seine Gefühle anging. Vor Monaten schon hatte er eine Grenze vor Molly Popp gezogen. Vor Molly Popp, der *Reporterin*.

Doch da gab es ein Problem, das in den letzten paar Wochen immer drängender geworden war.

Molly hatte sich entschlossen, ihn zu benutzen, um ihr Ziel zu erreichen.

Und das würde nicht passieren.

Er hatte sie schon die ganze Zeit zur Rede stellen

wollen, weil sie so viel über ihn in ihrer wöchentlichen Kolumne schrieb. Doch sie auf seiner Weide zu finden brachte das Fass zum Überlaufen. Es war Zeit für eine ernste Unterhaltung.

„Warum hältst du einen Killerbullen auf der Weide vor deinem Haus?"

„Wie bitte?" Ihre Worte durchschnitten die Stille, die sich zwischen ihnen aufgebaut hatte, wie ein Pfeil auf dem Weg ins Ziel. Er konzentrierte sich und begegnete ihrem vorwurfsvollen Blick. „Das tue ich normalerweise nicht." Diese Frau hatte Nerven. Er hatte ihr eine Atempause gegönnt, weil er geglaubt hatte, dass der Angriff des Bullen sie traumatisiert hatte. Der Gedanke, was das Tier mit ihr getan hätte, wenn er nicht ihre Hupe gehört hätte, plagte ihn. Doch das änderte nichts an der Tatsache, dass es sie nichts anging, was seine Tiere auf *seinem* Land taten.

Dennoch ertappte er sich bei einer Erklärung.

„Sylvester ist heute Morgen durch ein Tor gebrochen und direkt zu seinen Freundinnen gegangen. Ich hatte einen meiner anderen Bullen bei ihnen, weil der sich von einem verletzten Huf erholen musste, und es hat ihn verrückt gemacht. Clint Matlock und J.P. waren auf dem Weg hierher, um mir zu helfen, ihn zurück zu treiben.“

„Zurücktreiben? Das Monster gehört erschossen.“

Bob zog eine Augenbraue hoch und warf ihr einen Blick zu, und ihre Miene wurde reuig.

„Okay, vielleicht nicht erschossen. Ich meine, ich bin immer noch ganz geschockt. Er muss weit weg von Menschen. Er ist ein Tier. Und ich meine ein *wildes* Tier. Er hat mich gerade attackiert! Aus heiterem Himmel. Ich habe ihn nicht einmal kommen sehen! Und seine *Freundinnen*, sie haben mich ausgetrickst. Sie haben mich eingekreist. Ich glaube, das haben sie absichtlich gemacht. Sie haben mich abgelenkt und mich zum Anhalten gezwungen. Und dann *Peng!*“

Sie redete schneller als ein Auktionator. Der Schreck, den er vorhin noch in ihren Augen gesehen hatte, war der Wut gewichen. Auch wenn sie nichts auf seinem Land zu suchen gehabt und sich damit selbst in Gefahr begeben hatte, hatte Bob doch Schuldgefühle wegen ihres wenig angenehmen Morgens.

Doch technisch betrachtet hatte sie Landfriedensbruch begangen. Genau, wie sie den Frieden seines Lebens mit ihren Artikeln störte.

Er rang seinen Ärger nieder und versuchte, sich darauf zu konzentrieren, sie in den Ort und aus seinem

Truck hinaus zu bringen, bevor er etwas sagen konnte, was er vielleicht bereuen würde.

Er dachte daran, dass diese Frau offensichtlich alles für eine Story tun würde. Ihr Verhalten gerade eben war der Beweis dafür. „Du hast fotografiert–"

„Ja und?", schnaubte sie. „Ich dachte mir, wenn ich schon ins Gras beiße, dann mit einer guten Geschichte. Ich meine, ich war in meinem Auto gefangen und habe geglaubt, dass ich es nicht überlebe. Ich konnte mir schon die demütigenden Überschriften vorstellen. So was wie *Reporter Molly Popp wie ein Käfer zertrampelt in ihrem Käfer Cabrio gefunden.* Nein. So wollte ich nicht draufgehen."

Er wandte den Blick von der Straße ab und sah sie an. „Bei dir geht es immer um eine Geschichte. Entspannst du dich eigentlich jemals und genießt den Tag, ohne an die nächste Geschichte zu denken? Den nächsten Ansatzpunkt? Das ist nicht gesund."

Er konzentrierte sich wieder auf die Straße. Ihr missbilligender Laut sagte ihm, dass er ihr auf die Zehen getreten hatte. Es war nicht das erste Mal, dass sie diese Diskussion hatten. Kurz nach ihrer Ankunft im Ort hatten sie das Thema schon einmal durchgekaut. Es hatte eines Abends nach der Kirche als Unterhaltung angefangen, und wie jetzt waren sie übereingekommen, verschiedener Meinung zu sein.

Da hatte er gewusst, dass er der unleugbaren Anziehung, die von Molly ausging, nicht nachgehen würde.

Ja, er fühlte sich zu ihr hingezogen, doch mit einer Kamera und einem Computer in Wettstreit zu treten war nicht, was er sich für sein Leben erhofft und erträumt hatte. Molly hörte nie auf, nach einer Geschichte zu suchen. Und er hatte keine Pläne, jeden Tag mit diesem Gedanken im Hinterkopf zu leben. Oder jeden Tag übereinkommen zu müssen, dass sie nicht übereinkamen.

Ohne sein eigenes Zutun war Bob bereits einmal in einer solchen Sackgasse gelandet und hatte nicht vor, das zu wiederholen. Auf gar keinen Fall. Ganz gleich, wie schwer es ihm fiel, sein Interesse an Molly abzustellen.

Was ihn zurück zu der Sache brachte, über die er mit ihr reden musste … dass sie ihn als ihre Hauptstory benutzte. Diese Frau war scheinbar bereit, jeden zu benutzen, um ihren Namen in den Medien zu halten. Es war widerlich. In ihrer Kolumne sollte es um Mule Hollow und seine Bewohner gehen, doch irgendwie war er langsam zur Hauptfigur geworden.

„Was wirst du wegen meines Autos unternehmen?“

Dass sie das Thema wechselte war keine Überraschung. Sie wollte nie darüber reden, dass sie unfähig war, am echten Leben teilzunehmen. Er nutzte die Gelegenheit, um sich von der Gemütserregung abzulenken, die sich in ihm aufbaute. Stattdessen versuchte er, sich darauf zu konzentrieren, richtig mit der Sache umzugehen und nicht gefühlsmäßig zu reagieren.

„Ich lasse Prudy rüberkommen, sobald wir Sylvester eingefangen haben, dann kann er es zurück in den Ort bringen. Und morgen rufe ich dann meinen Versicherungsagenten an.“ Er warf ihr einen Blick zu. „Tut mir leid das mit deinem Auto.“

Und das tat es wirklich, doch er musste die Situation in den Griff bekommen. Dieser Showdown hatte sich schon seit Wochen aufgebaut. Er konnte es nicht länger ignorieren. Entschlossen hielt er den Truck am Straßenrand an. Das war nichts, was er beim Fahren diskutieren wollte. Er stellte den Ganghebel auf „Parken“ und wandte sich Molly zu.

„Was soll das denn?“, fragte sie und wandte sich

ihm überrascht zu.

Bob schüttelte den Kopf, erstaunt über ihre Fähigkeit, so naiv zu wirken. Für ihn war es am besten, nicht um den heißen Brei herumzureden und zur Sache zu kommen, bevor er sich von ihren großen grünen Augen einwickeln ließ. „Warum schreibst du so viel über mich in deiner Kolumne?"

Sie blinzelte. „Ich schreibe über alle."

„Nicht so viel wie über mich. Und was hattest du auf meinem Land zu suchen? Mir reicht's, Molly." Er rieb sich die Schläfe und versuchte, sich zu konzentrieren. „Es ist schlimm genug, dass du über mein Privatleben schreibst. Ich will nicht, dass du auch noch Fotos von mir veröffentlichst. Nein, ich will nicht, dass du überhaupt noch etwas über mich schreibst, verstanden?" Da, das sollte reichen.

Sie konnte ihres Weges gehen und er seines. Vielleicht würde das lästige Interesse an ihr, das er dauernd unterdrücken musste, so langsam abflauen.

KAPITEL ZWEI

Okay, vielleicht hatte sie den vorwurfsvollen Blick verdient. Bis zu einem gewissen Grad. Molly fuhr sich mit der Hand durchs Haar und erinnerte sich, dass sie sie zu einem Pferdeschwanz gebunden hatte, als ihre Finger an ihrem perlenbestickten Haargummi hängen blieben. Er hatte ihr gerade gesagt, dass sie nicht mehr über ihn schreiben sollte!

„Was habe ich denn über dich geschrieben, das so furchtbar ist? Ich habe nur geschrieben, was für ein netter Mann du bist. Genauso, wie ich über alle anderen Cowboys in Mule Hollow schreibe."

Er schnaubte fassungslos und kniff seine Augen zusammen, deren Farbe von dunkelblau zu fast schwarz wurde, wie offenes Wasser, das von einer Wolke verdunkelt wurde.

„Machst du Witze? Ich bin öfter in der Zeitung als der Präsident! Ich kann lesen. Und selbst, wenn ich es nicht könnte, alle in Mule Hollow machen sich ein Vergnügen daraus, jede Zeile zu zitieren, die du über mich geschrieben hast. Es reicht." Er nahm seinen Strohstetson ab und drehte ihn in seinen gebräunten Händen, bevor er ihn wieder auf seine Locken setzte und die Zähne zusammenbiss.

Er war wirklich angesäuert. Molly hatte Bob noch nie wütend gesehen. Er war der sanftmütigste Mann, der ihr jemals begegnet war, was eine der vielen Eigenschaften war, die sie an ihm anziehend fand. Doch das war lächerlich.

„Im Ernst, was habe ich getan, das so schlimm ist? Sag's mir."

„Cassie." Er durchbohrte sie mit seinem Blick.

„*Cassie*? Ich kann nicht glauben, dass du sauer wegen Cassie bist! Sie ist ein süßes Mädchen. Du hast großen Eindruck auf sie gemacht. "

„Ich mag Cassie. Aber sie hat mich einen Monat lang gestalkt, wenn ich dich daran erinnern darf!"

„Hey, die meisten Männer hätten gerne eine schöne junge Frau, die hinter ihnen her ist. Und außerdem habe ich gehört, dass du in Sams Diner gesagt hast, dass du deine eigene Ranch gekauft hast, damit du bereit bist, wenn dir die Frau deiner Träume über den Weg läuft. Du hast gesagt, du willst dich niederlassen und dich auf eine Familie vorbereiten."

Bob runzelte die Stirn und nahm seinen Hut wieder ab. Seine dunklen Locken zogen ihre Aufmerksamkeit wieder an, bis er ihrem Blick begegnete. „Das war ein vertrauliches Gespräch mit Clint Matlock. Du hast gelauscht–"

„Gelauscht! Das soll wohl ein Witz sein! Ihr habt in Sams Diner gesessen. Jeder hat gehört, dass du das gesagt hast!"

„Das mag schon sein." Er presste die Worte durch kaum bewegte Lippen. „Doch das gibt dir nicht das Recht, mich mitten in deine Geschichten zu stecken wie ein Aushängeschild für einen Club für einsame Cowboys. Komm schon, Molly, ich habe gesagt, ich bereite mich auf eine Familie vor. Wie kommst du darauf, dass ich deine Hilfe brauche oder will?"

Ihr Gesicht brannte. „Das ist jetzt aber nicht fair."

„Und *du* spielst fair?"

Das nahm ihr für einen Moment den Wind aus den Segeln. Sicher, ihre Kolumne wurde von einer Vielzahl von Zeitungen im ganzen Land abgedruckt. Das

Interesse an dem, was in Mule Hollow geschah, war ein echtes Phänomen!

Obwohl sie bereits vor ihrem Umzug in die Stadt gewisses Lob und Anerkennung für einen ihrer Artikel erhalten hatte, war es ihre Berichterstattung über das Mule-Hollow-Phänomen, das sie bekannt gemacht hatte. Alle interessierten sich für das vom Aussterben bedrohte Städtchen, das auf der Suche nach Ehefrauen für die ortsansässigen Cowboys eine landesweite Werbekampagne gestartet hatte.

Sogar Zeitschriften, die ihr nie Beachtung geschenkt hatten, interessierten sich plötzlich für das, was sie zu sagen hatte – zum Thema Mule Hollow und zu anderen Themen. Es war ein Traum, der wahr geworden war, und das konnte sie nicht leugnen.

Natürlich wusste Molly, dass sie in der großen Medienwelt bestenfalls ihren kleinen Zeh in der Tür hatte und die plötzliche Anerkennung auch blitzschnell wieder verschwinden konnte. Doch zu sagen, dass sie ihn benutzt hatte ... nein, das klang so falsch.

„Es ist eine Win-Win-Situation", sagte sie zu ihrer Verteidigung. „Ich bekomme die Anerkennung, die ich brauche, um mit meiner Karriere voranzukommen, während du und die anderen Jungs eine unschätzbare

Bekanntheit erlangt, die potentielle Heiratskandidatinnen nach Mule Hollow bringen wird. Ich helfe dir, deinen Traum zu erfüllen."

Er zog eine Augenbraue hoch, was ihm einen etwas verwegenen Ausdruck verlieh, und ihr Herz begann mit dem vertrauten Stolpern… dem Bob-Stolpern, wie sie es nannte.

Der Mann wusste nicht einmal, welche Wirkung er auf Frauen hatte, was Teil seines Reizes ausmachte. Er war kein Mann, der gern im Mittelpunkt stand. Er war ein wenig schüchtern, was all die Aufmerksamkeit, die er bekam, anging. Darum regte er sich so auf, versuchte sie sich einzureden.

„Und es gibt jetzt Leben hier im Ort, wo er vor ein paar Monaten noch im Aussterben begriffen war. Was der Grund war, warum Adela, Norma Sue und Esther Mae diesen Plan zur Wiederbelebung ihres geliebten Ortes ins Rollen gebracht haben, der jetzt im ganzen Land angekommen ist. Ich berichte nur über den Zustrom von Frauen, die auf der Suche nach einem Ehemann sind und dem Ruf nur zu gern gefolgt sind."

Es war die Wahrheit, auch wenn sein finsterer Blick sagte, dass er anderer Meinung war. Es war Molly bestimmt, hier zu sein. Ihre Hilfe war von großer Wichtigkeit. Die Tatsache, dass ihre Artikel dazu geführt hatten, dass eine junge Frau wie Cassie ohne Zuhause oder Familie per Anhalter nach Mule Hollow gekommen war, in der Hoffnung, zu finden, was sie noch nie gehabt hatte ... Der Gedanke an die junge Frau trieb Molly Tränen in die Augen.

Für sie war es Lacy Brown – jetzt Lacy Matlock – gewesen, die sie dazu inspiriert hatte, hierher zu ziehen und ihr Leben zu ändern.

Die schräge Friseurin hatte die Mission ihres Lebens erkannt, als sie die erste Anzeige gelesen hatte, und war sofort nach Mule Hollow gezogen, um ihren Salon zu eröffnen und zu helfen, wieder Leben in den Ort zu bringen. Sie hatte geglaubt – und das zu Recht, dass die Frauen die Anzeigen über einen Haufen einsamer Cowboys lesen und kommen würden. Und sie war sich sicher gewesen, dass sie gut aussehen wollen würden, während sie versuchten, den richtigen Cowboy zu finden.

Und es passierte. Molly war die erste gewesen, die sich hier niedergelassen hatte. Sie wollte den Menschen helfen ... was nicht einfach war, wenn jemand wie Bob das Gute, das sie erreichen wollte, nicht zu schätzen wusste.

Der Mann *hatte* gesagt, dass er eine Frau wollte. Sie versuchte nur, ihm zu helfen!

Und das würde sie nicht für alle Junggesellen tun. Oh nein, einige dieser Cowboys waren aus gutem Grund allein! Kein Ehrgeiz, die ganze Zeit feiern, kein Hauch von Respekt für eine Lady ... doch diejenigen wie Bob – *ganz besonders Bob* – waren wundervolle Männer, und sie wollte nur helfen.

Ihre Gedanken kreisten, als sie seinem argwöhnischen Blick begegnete. Sein Leugnen klingelte in ihren Ohren. Er glaubte vielleicht nicht, dass er ihre Hilfe brauchte, doch sie hatte das Gefühl, dass den Cowboys hier dabei zu helfen, die Liebe zu finden, jetzt ihre Mission war. Es war großartig, die ersten neuen Ehen zu sehen, und plötzlich gab es wieder Familien in dem einst sterbenden Ort. Vielleicht war ihr erster Besuch in dem malerischen kleinen Ort ein Karriereschachzug gewesen, doch das hatte nicht mehr als eine Woche angehalten. Sie hatte sehr schnell angefangen, die Dinge anders zu sehen, als ihr klar wurde, was für gute Männer hier lebten.

Die Frauen da draußen brauchten *gute* Männer. Anständige Männer.

Und bei dieser grundlegenden Erkenntnis war ihr

ein Licht aufgegangen. Und Lacy sagte ihr immer wieder, sie sollte ihr Talent dazu einsetzen, die guten Jungs zu präsentieren? Führe die Frauen zum Wasser, wie Norma Sue so gern sagte. Genau das tat sie, bevor sie ihren nächsten Schritt die Erfolgsleiter hinauf machen würde. Sie hatte alle Cowboys vorgestellt. Sie konnte nichts dafür, dass ihre Leserinnen Bob *liebten*.

„Also", sagte Bob und brachte ihre Gedanken zurück in die Gegenwart. „Manche Leute möchten vielleicht deine Hilfe, aber ich gehöre nicht dazu."

Sie stieß einen langsamen Seufzer aus und kämpfte gegen den Drang an, ihn anzustarren. „Ich versuche nur zu helfen", wiederholte sie und wurde nervös. Wirklich nervös.

Er begegnete ihrem Blick und sah sie mit einer Miene an, die sagte, dass er anderer Meinung war. Sie kniff die Augen zusammen und weigerte sich, klein beizugeben. Sie konnte nicht. Sie hatte wirklich nichts falsch gemacht. Oder doch?

Er kniff die Augen zusammen wie sie, und plötzlich begann die Wange, auf der sein Grübchen erschien, wenn er lächelte, zu zittern, als wollte sie jeden Moment nachgeben und sich zu einem Lächeln verziehen. Molly atmete erleichtert auf. Vielleicht war sie aus dem Schneider.

„Schau, Molly, ich weiß, dass du es nicht böse gemeint hast. Ich weiß, dass du denkst, du hilfst mir, und Mule Hollow hilfst du sicherlich. Man kann nicht leugnen, dass deine Artikel ein gewisses Interesse geweckt haben. Aber ich will nichts mehr damit zu tun haben. Ich will nicht mehr. Verstehst du?" Er senkte sein Kinn und sah sie eindringlich an.

Mollys Hals wurde trocken, und sie versuchte den Kloß zu schlucken, der sich dort festgesetzt hatte. Die Säure in ihrem Magen brodelte, als sie versuchte, Bobs Worte zu verdauen.

Es führte kein Weg daran vorbei. Ihr Boot hatte ein Loch. Sie würde untergehen.

Bob legte den Gang ein und lenkte den Truck langsam zurück auf die Straße. Als er anfing, leise vor sich hin zu pfeifen, blinzelte Molly und begann, mit einem losen Faden an der Naht ihrer Jeans zu spielen. Das war Bob. Der gutherzige Kerl, der einmal einer Glücklichen ein wundervoller Ehemann sein würde, war zurückgekehrt. Einfach so hatte er ihr vergeben, für das. was er für einen störenden Eingriff in sein Leben hielt.

Einfach so, dachte er, alles war gut, alles repariert.

Molly bemühte sich zu atmen und beobachtete die bunte Stadt am Horizont. Sie spürte nicht den Anflug von Glück, den sie normalerweise empfand, als sie sie sah. So bunt wie eine Schachtel Buntstifte, genau, wie Lacy es beabsichtigt hatte, als sie die Bürger dazu überredet hatte, die langweiligen Fassaden zu streichen, hätte der Ort ein Lächeln auf Mollys Lippen zaubern sollen.

Doch nicht heute.

Ihre Gedanken waren bei dem Artikel, den sie Anfang der Woche eingereicht hatte.

Dem, den ihr Redakteur wegen des überwältigenden Interesses der Leser angefordert hatte ...den, der morgen in den Verkauf ging.

Den, den sie nicht mehr zurückziehen konnte.

Den, den sie gut gemeint hatte ... wirklich.

KAPITEL DREI

Das Aroma von starkem Kaffee, geröstetem Speck und Sams himmlisch gewürzten Rühreiern reichte aus, um einen Cowboy hungrig zu machen. Welcher Mann würde Hausmannskost vermissen, wenn er etwas so Fantastisches bekommen konnte, sobald er durch Sams Tür trat?

So verrückt es auch sein mochte, Bob vermisste es. Nicht, dass er jemals viel Hausmannskost gegessen hatte ... doch er vermisste es. Sehnte sich danach.

Es war eine einfache Tatsache, dass Bob mehr wollte, egal wie sehr er das Essen und die Gesellschaft in Sam's Diner mochte. Er wollte ein Zuhause, eine Familie. Das hatte er schon sein ganzes Leben lang gewollt. In einem Internat aufzuwachsen konnte solche Wünsche auslösen. Er schob die alte Wut auf seinen

Vater beiseite, der seine Karriere als Journalist ihm vorgezogen hatte. Auch wenn er seinem Vater vergeben hatte, hatte das nichts an der Tatsache geändert, dass er sich nach der familiären Bindung sehnte, die er nicht gehabt hatte, seit er seine Mutter ganz jung verloren hatte.

Liebevolle Erinnerungen an das Leben vor ihrem Tod weckten in ihm den Wunsch nach mehr.

Nach Jahren der Planung hatte er beschlossen, dass es Zeit war, die Vorbereitungen für seine zukünftige Frau … seine zukünftige Familie zu treffen. So hatte er seine Ranch erst vor einem Monat gekauft und renovierte sie gerade.

Es war ein großer Schritt für ihn gewesen, den Zeitplan für seine langfristigen Pläne zu ändern. Sein Leben war dem Ziel, das er sich selbst gesetzt hatte, ziemlich nahe gekommen, als er den Rodeozirkel und die professionelle Bullenkämpferei verlassen und den Job bei Clint angenommen hatte.

Nachdem er zugesehen hatte, wie sich seine Freunde verliebten und heirateten, als sie es am wenigsten erwartet hatten – und nun so glücklich waren – war ihm bewusst geworden, dass er vielleicht ein bisschen mehr darauf vertrauen sollte, dass es auch für ihn passieren würde. Doch, was er nicht gebrauchen konnte, war, dass Molly in seinem Leben herumpfuschte.

Er nahm an Sams Theke Platz. Molly hatte gestern unglaubliches Glück gehabt, als er gerade so verhindert hatte, dass Sylvester sie verletzt oder gar getötet hatte. Was hatte sie sich nur dabei gedacht?

Sie ging ihm seit Wochen auf die Nerven. Seit der Sache mit Cassie. Das Mädchen war wegen Mollys Artikeln per Anhalter in die Stadt gekommen, um ihn zu heiraten ... so hatte sie es sich zumindest vorgestellt.

Und Molly glaubte nicht, dass sie etwas falsch gemacht hatte, indem sie immer wieder in ihren Artikeln über ihn geschrieben hatte. Nachdem er gestern ein Machtwort gesprochen hatte, konnte das Leben vielleicht wieder ruhiger weitergehen. Molly konnte ihr Ding machen und er seins. Es würde keine Verbindung mehr zwischen ihnen geben, und das war gut so.

Darum sollte also alles in bester Ordnung sein ... nicht wahr? Korrekt – nur, dass er, seit er an diesem Morgen aufgewacht war, ein seltsam unbehagliches Gefühl hatte, das ihn einfach nicht loslassen wollte.

Sam stürmte durch die Doppeltür der Küche und

lenkte ihn von dem plötzlichen, nagenden Gefühl der Unzufriedenheit ab. „Morgen, gutaussehender Mann", zwitscherte Sam.

Bob musterte den Besitzer des Diners. „Wie kommst du denn darauf?"

Mit einem ungewöhnlich breiten Grinsen stellte Sam eine Kaffeetasse vor ihm ab und goss frisch gebrühten schwarzen Kaffee hinein. „Jetzt sei nicht so schüchtern, du attraktiver Adonis von einem Mann", sagte er gedehnt.

In letzter Zeit war allen aufgefallen, dass Sam ein bisschen abgelenkt und mürrisch war. Doch das hier war einfach anomal. Bob wollte gerade fragen, ob es seinem alten Freund gut ging, doch dann schwang die Tür des Restaurants auf, und die morgendliche Herde hungriger Cowboys stapfte herein. Allen voran sein Freund und ehemaliger Boss, der Rancher Clint Matlock.

„Na hallo, *Bob*." Clint zog eine Augenbraue hoch und trällerte seinen Namen. Noch etwas, das heute Morgen nicht ganz normal war.

„Hey, schöner Mann", rief jemand.

„Hey, Schatz, können wir auf ein Date gehen? Bitte, bitte", feixte ein anderer.

Bob drehte sich zu ihnen um, als weitere Rufe folgten. Ein unangenehmer Gedanke beschlich ihn. Einer der Cowboys strahlte ihn an wie eine liebeskranke Kuh und blinzelte ihm zu, während ein anderer auf einem Knie über den Boden kroch und seine Hand ergriff. Bob riss sich los, bevor der Verrückte einen vorgetäuschten Kuss darauf drücken konnte.

„Hey! Was soll dieser Mist?" Er sah sie aufgebracht an. Das war nicht gut. Gar nicht gut. Bob stöhnte und sah zu, wie alle anderen sich vor Lachen bogen. Auf *seine* Kosten. Irgendetwas musste passiert sein. Aber *was*? Bob wandte sich wieder seinem Kaffee zu und dachte nach.

Was hatte er getan, dass sie ihn dermaßen aufzogen?

Bis jemand ihm sagte, worum es ging, würde er sie einfach ignorieren. Er trank seinen Kaffee und tat, als hörte er das Gelächter hinter sich nicht.

Er führte gerade wieder die Tasse zu seinem Mund, als Clint ihm die Zeitung entgegen schob.

Die schwarz-weiß gedruckten Seiten waren ordentlich gefaltet, sodass Mollys Kolumne *Unterwegs in Mule Hollow* obenauf war. In fetten schwarzen

Lettern prangte die Überschrift über dem neuesten Artikel: Der Eine, den Sie brauchen.

Bob verschluckte sich fast an seinem Kaffee, als sein Name ihn von der Seite förmlich ansprang. Alles um ihn herum trat in den Hintergrund, als er die Worte las. Das plötzliche Brennen in seinem Magen hatte nichts mit dem heißen Kaffee zu tun.

„Du hast heute Morgen wohl noch nicht die Zeitung gelesen", bemerkte Clint gedehnt.

Bob begegnete dem Blick seines Freundes, dessen Mundwinkel zuckten, da er sein Lachen kaum unterdrücken konnte.

„*Das hat sie doch nicht wirklich...*", war alles, was Bob herausbrachte, während sein Magen vor Wut Saltos schlug.

Clint legte seine Hand auf seine Schulter. „Doch, das hat sie, *schöner Mann.*"

„Der Eine, den Sie brauchen", las Lacy Matlock von ihrem Friseurstuhl im Heavenly Inspirations Hair Salon aus vor. Sie hielt inne und sah Molly über die Zeitung hinweg an, bevor sie fortfuhr. „Er ist nicht irgendein Cowboy. Der gutaussehende Bob Jacobs hat ein Herz aus Gold und würde einen wunderbaren Ehemann für so ziemlich jede Frau abgeben. Er ist sich so sicher, dass die richtige Frau auf seinem Weg ist, dass ernst macht und seine Ranch renoviert..."

Mit wachsendem Entsetzen sah Molly, wie sich Lacys Augen weiteten. Das Unbehagen, das sie die ganze Nacht nicht losgelassen hatte, schlang sich fester um ihre Mitte. Wenn sie nur letzte Woche gewusst hätte, wie Bob empfand. Und nicht erst gestern. Wenn sie nur gewusst hätte, wie er empfand, bevor es zu spät gewesen war ...

Sie hatte letzte Nacht kaum ein Auge zugetan, bevor sie schließlich früh aufgestanden war, Lacy zu Hause angerufen und sie gebeten hatte, sie unten im Salon zu treffen. Vorzugsweise bevor ihre Samstagmorgentermine kamen. Molly wusste, dass Samstag der Tag war, an dem die meisten Cowboys zum Haareschneiden kamen, und wollte wieder verschwinden, bevor einer von ihnen sie sah. Cowboys waren Frühaufsteher, und bei Tagesanbruch würden schon alle ihren Morgenkaffee getrunken und die Zeitung gelesen haben. Und nachdem sie den Artikel gerade selbst noch einmal gelesen hatte, drohte die Situation angesichts dessen, was Bob gestern zu ihr gesagt hatte, ziemlich angespannt werden.

Angespannt. Ha! Umbringen würde er sie.

Normalerweise war ihre Kolumne einfach ein geistreicher Bericht über das Geschehen in Mule Hollow – und vor allem der Cowboypopulation. Doch dieser Artikel war anders. Er konzentrierte sich einzig und allein auf Bob. Auf Wunsch der Leserinnen! Das durfte sie nicht vergessen.

„Weiß Bob davon?", fragte Lacy, rollte die Zeitung zusammen und schlug schmunzelnd auf den Tisch. Sie war begeistert! Eine begeisterte Lacy Matlock war mit Vorsicht zu genießen.

Molly hatte nicht mit Lacys Begeisterung gerechnet. Sie schloss die Augen und schüttelte den Kopf. „Nein. Noch nicht."

„Oh Junge."

Das klang nicht ermutigend. Molly rollte nervös einen Bleistift auf der Tischplatte herum, um nicht die Flucht zu ergreifen. „Er hat gesagt, dass er eine Frau will. Er hat es im Diner gesagt, wo es jeder hören konnte." Warum verteidigte sie sich? Was brachte das schon? „Also habe ich mich verpflichtet gefühlt zu helfen", fügte sie hinzu und flehte Lacy an, ihr zu versichern, dass das, was sie getan hatte, vollkommen natürlich und akzeptabel war.

Sicher nicht, sagte Lacys Lachen stattdessen. Ihre blonden Haare wippten, so sehr lachte sie.

Molly richtete sich auf ihrem Stuhl auf und spürte, wie sie rot wurde. „Lacy, so schlimm ist es auch wieder nicht. Komm schon."

Lacy wedelte mit den Händen vor ihrem Gesicht, während sie versuchte, ihr Lachen unter Kontrolle zu bringen. „Molly, Molly, Molly. Mach dir nichts vor. Dieser Artikel ist brillant! Wenn ich nicht schon verheiratet wäre und mit meinem eigenen Traummann in Mule Hollow leben würde, hätte ich sofort nach dem Lesen meine Koffer gepackt und wäre schnurstracks hierher gefahren. Wer könnte Bob widerstehen? Ich meine, du lässt ihn wie das Beste klingen, seit ... seit der Erfindung von Schokolade! Der Arme wird sich vor Interessentinnen nicht mehr retten können."

Molly zupfte an ihrem Ohr und kaute auf dem Radiergummi herum. Als ein Teil davon auf ihrer Zunge zerbröckelte, nahm sie ihn jedoch aus dem Mund. „Glaubst du, dass es so schlimm wird?" Sie sprang auf, nahm ein Papiertaschentuch vom Maniküretisch und spuckte den bitteren Radiergummi hinein.

Lacy verdrehte die Augen und trommelte mit ihren pinkfarbenen Fingernägeln auf den Tisch, eine Angewohnheit von ihr, die auf allen harten Oberflächen bleibende Eindrücke hinterließ.

„Molly, deine Worte waren…" Sie hielt inne, schlug die Zeitung auf und räusperte sich demonstrativ. „Allein schon seine himmlischen Grübchen und seine zuvorkommende Art gemischt mit genau dem richtigen Maß an Charme könnten diesen einsamen Mule Hollow-Cowboy zum perfekten Ehemann machen. Doch es ist sein gutes Herz, das ihn zu etwas Besonderem macht…" Sie warf Molly einen Blick zu. „Die Frauen werden kommen, Mädel. Glaub mir. Ein paar Erwähnungen in deinen Kolumnen haben gereicht, um Cassie hierher zu bringen. Und sie hätte ihn am liebsten vom Fleck weg geheiratet. Oder hast du das vergessen?"

Wie könnte sie das vergessen? Mollys Magen zog sich zusammen, und sie spielte mit der schlichten Goldkette, die sie um ihren Hals trug. „Ich gebe zu, dass ich mich ein bisschen habe hinreißen lassen. Ich habe vielleicht ein bisschen zu dick aufgetragen."

„Nein! Machst du Witze? Das ist alles wahr", rief Lacy aus. „Jedes letzte Wort. Aber Molly, meine Frage an dich ist, wenn du das alles bemerkt hast, warum machst du dann Werbung für ihn? Warum bewirbst du dich nicht um die Rolle der Mrs. Bob Jacobs?"

Molly trat einen Schritt zurück und schüttelte heftig den Kopf. „Oh nein, fang gar nicht erst damit an. Lacy, du weißt sehr wohl, dass ich nicht hierher gekommen bin, um zu heiraten."

Lacy starrte sie an. „Ich weiß, dass du so bist wie ich. Du bist wegen deiner Karriere gekommen und du machst deinen Job unglaublich gut, so wie du über die Cowboys hier schreibst, die sich nur nach wahrer Liebe sehnen. Du hast deinen Weg gefunden und, Honey, du preschst mit voller Kraft voraus. Aber ... und ich meine das mit der Liebe einer guten Freundin, die du *nicht* heiraten wirst – also, das ist ein Haufen Quatsch, wie Esther Mae es ausdrücken würde."

„Hey, das war nicht sehr nett."

Lacy stand auf und gestikulierte mit weit ausgebreiteten Armen. „Du bist gerne hier, Molly. Du träumst vielleicht davon, in der Großstadt für eine schicke Zeitung zu schreiben oder durch irgendeinen Dschungel zu kriechen, doch ich kann in deinem Herzen sehen, dass Mule Hollow jetzt in deinem Blut ist. Vielleicht dachtest du, als du hergekommen bist, dass du an einem exotischeren Ort sein willst, doch nach ein paar Monaten bist du jetzt eine von uns. Gib es ruhig zu."

Molly verdrängte die Stimme in ihrem Kopf, die mit Lacy übereinstimmen wollte; den Teil von ihr, der sich danach sehnte, sich zu entspannen und im Boden von Texas tiefe Wurzeln zu schlagen. Doch das konnte sie nicht.

Sie hatte fast ihr ganzes Leben lang einen Plan, einen Traum gehabt. Man warf nicht einfach einen Lebenstraum aus dem Fenster, wenn er endlich in greifbare Nähe rückte.

Außerdem mochte Bob Jacobs der bestaussehende Mann sein, den sie je gesehen hatte, und ihr Herz pochte immer, wenn er in der Nähe war, doch das bedeutete nicht mehr als dass sie einen guten Mann zu schätzen wusste, wenn sie einen sah. Und das war's auch schon. Sie erzählte Lacy jedoch nichts von dem letzten Gedanken.

Sie war nicht verrückt. Stattdessen argumentierte sie mit den Fakten. „Lacy, vergiss mich und Bob. Unsere Lebensziele sind Welten voneinander entfernt. Er möchte eine Familie und ich eine Karriere in New York. Diese Ziele passen nicht zusammen. Er braucht

Rachel Ray, und ich bin nicht gut in der Küche." Es war nicht so, dass sie nicht hoffte, irgendwann alles rund um die Küche zu meistern. Bisher waren ihre Kochkurse am Dienstagabend jedoch nicht so gut verlaufen. Wenn sie ehrlich war, war sie eine Gefahr in der Küche.

Doch selbst, wenn sie mehr kochen könnte, als ihre Lasagne mit Fertigsauce, würde sie nie eine Hausfrau werden. „Ich muss los, Lace. Ich treffe mich gleich mit Bobs Versicherungsagenten bei Prudys Werkstatt. Oh, und wo wir davon sprechen. Hast du mein Auto gesehen?"

„Und ob ich das gesehen habe! Mädel, Norma Sue ist gestern Abend ins Diner gestürmt und hat erzählt, wie übel Sylvester es zugerichtet hat. Ich sag dir, Molly, Clint meinte, es ist ein Wunder, dass du nicht verletzt worden bist. Gott sei Dank ist Bob ja gekommen. Dieser Bulle dreht durch, wenn er eine Weile von seiner Weide weg ist."

„Warum behält er ihn dann?"

„Weil er ein Champion ist. Und er flippt nur manchmal aus. Clint sagt, dass Bob sich eine goldene Nase mit diesem Bullen verdient hat. Glaub mir, dass er von seiner Weide entkommen ist, ist schlimmer als die Tatsache, dass er dir weiß Gott was hätte antun können. Die Leute zahlen gutes Geld für Sylvesters Nachwuchs. Clint sagt, das erste und beste Investment, das Bob gemacht hat, war Sylvester. Dieser Bulle hat seine neue Ranch finanziert und ihm ermöglicht, die anderen Bullen zu kaufen, die er heute besitzt."

„Ist das dein Ernst?"

„Oh ja. Clint sagte, diesen Bullen zu kaufen war ein Geniestreich. Er ist nur ein bisschen neurotisch."

„*Gemein* trifft es besser", brummte Molly und verabschiedete sich, dann steckte sie ihren Bleistift hinters Ohr, schwang ihren Rucksack über ihre Schulter und ging zum Auto – oder was davon übrig war.

Der Gang fiel ihr nicht leicht. Sie musste sich zu jedem Schritt zwingen, denn sie hatte Alpträume gehabt. Das Letzte, was sie tun wollte, war ihr zerstörtes Auto sehen, in dem sie leicht ihr eigenes Ende hätte finden können. Als das alles passiert war, war es ihr gelungen, die Gefahr auszublenden. Sie hatte Fotos von Bob gemacht, als er auf sie zu gerannt war, um ihr Leben zu retten. Wie verrückt war das denn? Welcher normale Mensch würde sowas tun?

Der Mann musste sie für eine Verrückte halten.

Doch im Moment dachte sie dasselbe über ihn. Schließlich versuchte sie, ihm zu helfen, die Frau fürs Leben zu finden, und er hatte ein Bullenproblem. Und das war kein Problem von der Sorte, das sich schnell in Luft auflösen würde. Tolle Investition hin oder her – verstand er nicht, dass es ihm, wenn das verrückte Vieh jemanden umbringen würde, sehr schwer fallen würde, hinter Gittern eine Frau zu finden? Als sie um die Ecke zu Prudys Werkstatt bog, fiel ihr Blick auf ihr verbeultes Auto, und beinahe hätten ihre Knie nachgegeben. Ihr Mund wurde trocken, und ihre Handflächen wurden feucht – es war, als wäre sie wieder zurück in diesem Moment. Sie spürte, wie das Auto erzitterte, als Sylvester es rammte. Sie sah die massive Wand purer Bullenmuskeln. Spürte den Wagen kippen. Sie zuckte zusammen. Die Scheibe Toast, die sie zum Frühstück hinuntergezwungen hatte, drohte wieder herauszukommen. Sie schlug sich die zitternde Hand vor den Mund und wandte sich ab.

Wenn das Diner ein Fiasko gewesen war, war der Futterladen ein Zirkus. Applegate Thornton und Stanley Orr saßen über ihrem Damespiel – eine

Mischung aus *Männerwirtschaft, Ein verrücktes Paar* und *Mayberry*. Die beiden alten Männer, die normalerweise vom ersten Hahnenschrei in Sam's Diner Dame spielten, hatten kürzlich ihr Spiel in den Futterladen verlegt. Alle waren überrascht gewesen. Applegate, Stanley und Sam kannten sich schon eine Ewigkeit, und dass sie plötzlich nicht mehr miteinander sprachen, war irritierend für alle. Etwas musste vor zwei Wochen passiert sein, und bisher hatte niemand herausfinden können, was es war. Und die Betroffenen schwiegen sich aus. Pete machte sich Sorgen, weil sie immer noch nicht wieder mit ihrem alten Freund Sam sprachen, eine Tatsache, auf den sie jeden, der es wissen wollte oder auch nicht, hinwiesen. Auch wenn es schwer vorstellbar war, dass sie noch mürrischer werden konnten, schien es tatsächlich so.

Doch die Zeitung lasen sie immer noch – das hatte Bob in dem Moment herausfinden müssen, als er durch die Tür trat, um Futter zu kaufen.

„Bob!", rief Applegate, dessen Hörgerät wie immer ausgeschaltet war. „Hier steht, dass du heiraten willst. Wer ist die Glückliche?"

„Komm schon, Bob", fügte Stanley hinzu, als Bob nicht antwortete. „Es steht alles hier in der Zeitung.

Und ehe man sich's versieht, wird eins von diesen Klatschmagazinen Bobs Bild auf den Titel kleistern. Als Adonis des Monats oder sowas in der Art."

Bob wirbelte zu den beiden Männern herum. „Applegate, mein Bild wird in keiner Zeitschrift erscheinen. Und morgen werden das alle schon wieder vergessen haben." Wenn er nur so viel Glück haben könnte.

„Da wäre ich mir nicht so sicher, mein Sohn", sagte Stanley, kratzte sich an der buschigen Augenbraue und sah ihn zweifelnd an. „Der Freund des Enkels des Friseurs des Sohns meines Cousins hatte selbst eine kleine Sit-hu-ation mit einer Leiche in seinem Hinterhof, und ehe er sich's versah, war er auf der Titelseite des *Inquirer*. Mitten drauf. Erinnerst du dich daran, App?"

„Hä?", rief Applegate. „Ich dachte, das war der Vater der Ex-Schwiegermutter des Bruders deiner Schwägerin?"

„Hey, Leute." Bob hob die Hände angesichts der komplizierten Familienverhältnisse und bemühte sich, ruhig zu bleiben. Es wurde von Sekunde zu Sekunde lächerlicher. „Ich werde nicht auf der Titelseite einer Zeitschrift abgedruckt. Zum Glück habe ich nicht die gleichen Verbindungen, die dein Freund hatte."

Stanley warf ihm einen ungläubigen Blick zu. „Das war nicht mein Freund! Der Hohlkopf ist im Knast gelandet. Wie sich herausgestellt hat, hat er diesen Mann getötet. Manchmal landen diese Magazine auch mal eine wahre Geschichte – obwohl ich nicht der Meinung bin, dass Elvis noch lebt. Das müsste ich schon selbst sehen, um es zu glauben."

„Du sagst, Elvis lebt?", fragte Applegate, der bestenfalls die Hälfte der Konversation mitbekommen hatte. „Na, das ist so ungefähr das Dümmste–"

Pete tauchte mit Bobs Bestellung auf dem Hubwagen auf, und er wurde nicht langsamer, als er ihn nach draußen zog. Bob folgte ihm sofort.

„Ich sage dir, wenn diese beiden nicht über ihre Fehde mit Sam hinwegkommen, werd ich noch verrückt! Wenn sie sich nicht über das eine beklagen, dann ist es das andere. Ich habe die Nase gestrichen … nein, du musst dir meine Probleme nicht anhören. Ich habe die Zeitung auch gelesen, und es sieht so aus, als hättest du genug um die Ohren."

Bob fing an, die schweren Säcke auf seine Ladefläche zu wuchten. „Du tust mir leid, Pete. Zumindest kann ich meine Ware aufladen, in meinen

Truck springen und nach Hause fahren. Wenn du mich einen Monat lang nicht siehst, weißt du, wo du mich finden kannst."

Pete, ein Bär von einem Mann, staubte seine Hände an der Vorderseite seines gut gefüllten Hemdes ab. „Hast du wirklich vor, dich so lange einzuigeln?"

„*Schön wär's*. Wenn ich könnte, würde ich es tun. Glaub mir, ich hab genug zu tun. Die Ranch war ziemlich runtergekommen, als ich sie gekauft habe. Muss so einiges reparieren. „Er hielt inne und warf Pete einen Blick zu. „Und die Wahrheit ist, ich stehe so kurz davor, selbst einen Mord zu begehen. Das ist keine schöne Situation, Pete. Du hättest die Jungs im Diner sehen sollen. Solange ich hier im Ort bin, werden sie es mir unter die Nase reiben. Ich meine, wie konnte sie das alles nur sagen, dieses blumige Zeug? Sie versucht, sich einen Namen zu machen, indem sie über uns Cowboys schreibt, aber sie weiß nicht, wie dieses Gesülze bei den Jungs ankommt und was sie daraus machen."

„Oh Junge, ich kann mir vorstellen, wie du dich fühlst", lachte Pete, klopfte ihm auf die Schulter und kehrte dann wieder zu seinen eigenen Problemen zurück. Bob schlug seine Ladeklappe zu und hielt inne, um tief durchzuatmen. Dann sah er sie. Sie kam um die Ecke von Prudys Garage herum, ihr Gesicht grüner als die Schlange, die sie war.

Ohne einen weiteren Gedanken schoss er mit klirrenden Sporen mitten auf die Main Street.

Es war Zeit für einen Showdown.

KAPITEL VIER

Das vertraute Geräusch klirrender Sporen lenkte Mollys Aufmerksamkeit von ihrem rebellierenden Magen ab und bewahrte sie wahrscheinlich davor, sich mitten auf der Hauptstraße von Mule Hollow zu übergeben. Der Anblick des sonst so sanftmütigen Bob, der auf sie zu gestürmt kam, jagte ihr einen Schauer den Rücken hinunter.

Sein lodernder Blick konnte nur eines bedeuten: er hatte den Artikel gelesen.

Korrektur, da war nichts Sanftmütiges an dem Mann, der auf sie zu stürmte.

Sie schluckte und holte tief Luft.

Es war Zeit, die Suppe auszulöffeln, die sie sich eingebrockt hatte.

Bob blieb zwei Schritte vor ihr stehen, die Beine

schulterbreit, und stemmte die Hände in seine schlanken Hüften. Wenn er einen Westernmantel getragen hätte, hätte sie sich vorstellen können, wie er ihn hinter ein Holster schiebt und die Fingerspitzen oberhalb des weißen Perlmuttgriffs seines Revolvers zuckten und nur darauf warteten, zu ziehen und zu schießen.

Reiß dich zusammen, Molly.

„H-hallo Bob." Sie hob das Kinn und bemühte sich, nicht so durch den Wind auszusehen, wie sie sich fühlte.

Er nickte ihr zu – ob es ein Gruß oder eine Herausforderung war, wusste sie nicht. Sein Blick bohrte sich in ihre Augen. Er hatte wirklich das attraktivste, kantige Kinn und die atemberaubendsten Augen – im Moment wütende Augen, doch immer noch umwerfend. Warum dachte sie über seine Vorzüge nach, wo er offensichtlich überlegte, ob er ihr den Hals umdrehen sollte? „Ich, also ich habe gerade nach meinem Auto gesehen. Ziemliche Katastrophe." Sie lachte nervös, als er eine Augenbraue hochzog. „Okay, okay." Sie fuhr sich mit einer zitternden Hand durch den Pferdeschwanz. „Ich sehe, dass du den Artikel gelesen hast. Tut mir leid. Ich hätte fragen sollen. Ich hätte sichergehen sollen, dass sowas … ich meine, bevor ich einen ganzen Artikel über dich schreibe, hätte ich vielleicht mit dir darüber reden sollen."

Er nickte. Mehr nicht. Nur ein kurzes Nicken und dann nichts mehr. Nur, dass seine Augen im Licht der Morgensonne Bände sprachen. Sie sagten: *und sowas schimpft sich Reporter.*

„Aber", fuhr sie nervös fort. „Du hast es ja gesagt, und naja … mein Redakteur hat mich um einen Artikel über dich allein gebeten." Wieder zog er eine Augenbraue hoch, und Schuldgefühle drohten, sie zu überwältigen, doch sie stammelte weiter. „Das war das Ergebnis einer Umfrage unter unseren Leserinnen. Ich wollte es eigentlich nicht machen, doch dann habe ich dich mit Clint reden hören. Ich meine, wirklich. Ich habe im Diner gesessen und mich um meinen Kram gekümmert, und du warst zufällig in der Nische hinter mir und hast darüber geredet, dass du dir eine Frau wünschst." Sie stammelte ohne Punkt und Komma. Schön war das nicht, doch wie sonst sollte sie ihm klarmachen, was zu ihrem Artikel geführt hatte. Sie hoffte nur, dass er es verstehen würde. Sie lächelte ihn unsicher an.

Er lächelte *nicht,* darum schmolz ihr Lächeln dahin. „Und, naja, ich denke, den Rest kennst du ja. Es war einfach zu gut, um es zu ignorieren. Woher sollte ich wissen, dass du mir ein paar Tage später sagen würdest, dass du nicht mehr willst, dass ich dich in meiner Kolumne erwähne? Tut mir wirklich leid, aber da war der Artikel schon im Druck", endete sie kleinlaut.

Auch wenn sie wusste, dass sie aussah, als hätte sie in eine Zitrone gebissen, sagte er immer noch nichts und sah sie einfach nur an. *Er sah sie nur an,* und sie fühlte sich noch schlimmer als… „Okay, würdest du bitte was sagen? *Irgendwas?*"

„Irgendwas."

Oh! Molly kniff die Augen zusammen. Ach, dann wollte er jetzt also *witzig* sein? Oooh … sie war am Boden zerstört, und er reagierte so? Rauch stieg aus ihren Ohren auf – sie konnte es spüren und hoffte, dass er es sah.

„Schau, Molly, ich denke, du hast deine Lektion gelernt."

Meine Lektion gelernt? Und sie hatte versucht, sich bei diesem … Mann zu entschuldigen! Sie verschränkte die Arme und funkelte den Cowboy finster an.

„Ich habe meine definitiv gelernt", fuhr er fort.

Ihr blieb der Mund offen stehen, und sie schnaubte, bevor sie es verhindern konnte.

Und wieder zog er eine Augenbraue hoch. „Ich habe gelernt, dass ich meinen Mund halten werde, wenn du in der Nähe bist. Es war nicht wirklich deine Schuld. Ich meine, schau dich an. Du hast einen Bleistift hinterm Ohr und eine Kamera um den Hals. Und ich wette, dass du ein paar Notizblöcke voller Ideen hast, die dir zwischen jetzt und heute Morgen, als du aufgestanden bist, gekommen sind. Vielleicht sogar einen Laptop. Ich meine, warum solltest du auch irgendwo ohne dein kostbares Werkzeug hingehen."

Mollys Miene wurde finsterer. Er dachte, er kannte sie *so* gut.

„Ich liege richtig, oder?", sagte er und schob seinen Stetson ein Stück aus der Stirn.

„Nein."

Er lächelte, und ihr Herz stolperte kurz. Sein Lächeln wurde breiter, ließ seine Grübchen zum Vorschein kommen, und seine dunkelblauen Augen loderten auf. „Ich *liege* richtig, nicht wahr? Wie viele Ideen für Geschichten hast du seit dem Aufwachen aufgeschrieben? Lass mich nachdenken. Du hast mir mal gesagt, dass du jeden Morgen um fünf Uhr aufstehst, weil du um diese Zeit am kreativsten bist, und jetzt ist es neun. Dann hattest du also ein paar Stunden Zeit … lass mich raten – fünf Ideen?"

Molly wandte sich von ihm ab. Und sie hatte gedacht, er wäre ein netter Kerl! Dabei war er nicht mehr als ein Besserwisser. Gut, dass kein Besenstiel in der Nähe war, sonst hätte sie ihm eins damit übergebraten! Ohne sich noch einmal umzudrehen, ging sie die Straße hinunter in Richtung ihrer Wohnung. Ooh! Wenn sie ein Auto hätte, wäre sie hineingesprungen, mit quietschenden Reifen davon gefahren und hätte diesen … Mann in einer Staubwolke zurückgelassen.

„Jetzt sag schon. Wie dicht bin ich dran?", fragte er so dicht an ihrem Ohr, dass sie seinen warmen Atem spürte. Sie spürte, dass er grinste und sich diebisch freute.

Er war ihr nachgegangen. Sie warf ihm einen bösen Blick zu und ging schneller. Doch es half nichts – seine Beine waren um einiges länger als ihre. Sie blieb stehen – wohin hatte sie gehen wollen? Oh ja, zu ihrer Wohnung. Sie ging weiter. Schneller. Sie spürte, wie ihr dicker Pferdeschwanz bei jedem Schritt hin und her wippte.

„Komm schon, Molly. Zeig sie mir. Du schreibst so schnell, wie deine kleinen Finger fliegen können. Wen nimmst du dir diese Woche vor?"

Molly blieb abrupt stehen und wirbelte so schnell zu ihm herum, dass ihr ihr Pferdeschwanz ins Gesicht schlug. „Okay!" Sie strich sich die Haare aus dem Gesicht. „Okay! Du hattest deinen Spaß. Du hast deinen Punkt rübergebracht. Und jetzt geh. Verschwinde. Mach dich vom Acker. Husch!" Er blickte auf sie hinab. Seine breiten Schultern waren gestrafft und sein attraktives Gesicht gerade genug geneigt, dass sie sein triumphierendes Grinsen und diese gefährlichen Grübchen sehen konnte. Diese Grübchen, die sie um den Verstand brachten, weil er aussah, als wäre er der Zwilling des Countrysängers Joe Nichols, besonders, wenn seine Augen funkelten. Sie weckten in Molly den Wunsch … sie wollte–

Er nahm ihr den Bleistift ab, der hinter ihrem Ohr klemmte. „Du schreibst kein weiteres Wort über mich", sagte er und schob ihren Bleistift hinter sein perfektes Ohr, machte kehrt und ging mit klirrenden Sporen die Hauptstraßen hinunter.

Und mit ihrem Bleistift.

Molly ballte ihre Hände zu Fäusten – dieser Mann war nicht das, wofür sie ihn gehalten hatte. Oh nein. Da war kein netter Zug in seinem starken, schlanken Körper.

Bob streichelte seinem neuen Welpen den Bauch und beobachtete, wie der kleine Kerl ihn ohne jede Sorge anlächelte. Er war ein süßer kleiner Border Collie, den Bob vor sechs Wochen ausgesucht hatte. Und nach seinem kleinen Zusammenstoß mit Molly hatte er John Boy endlich abgeholt.

Bob tätschelte John Boys Hinterteil und schickte ihn Spielen, während er sich wieder an die Arbeit machte. Er zog seine Handschuhe an, blickte in die grelle Sonne hinauf und wischte sich mit dem Unterarm den Schweiß von der Stirn. Er arbeitete wie besessen daran, die alte Scheune zu stabilisieren, die kurz vor dem Zusammenbruch gestanden hatte, als er die Farm gekauft hatte. Bob wollte, dass sie noch ein bisschen durchhielt, darum reparierte er sie und nutzte die Gelegenheit, seinen Frust herauszulassen.

J.P. hatte angeboten, ihm zu helfen, doch Bob

hatte abgelehnt. Er brauchte die körperliche Anstrengung. Er brauchte Zeit, um über das nachzudenken, was an diesem Morgen passiert war.

Er war Molly gegenüber ziemlich hart gewesen.

Er hatte sich gesagt, dass sie seinen Sarkasmus verdient hatte, doch jetzt war er sich nicht sicher, ob er nicht vielleicht zu weit gegangen war. Es gab eine feine Grenze zwischen berechtigter Wut und Gemeinheit. Und wenn er ehrlich war, hatte er sich benommen wie ein verwöhnter Schulhoftyrann.

Bei dem Gedanken fühlte er sich nur noch schlechter. Doch er war einfach nicht bereit, Molly aufzusuchen, auch wenn sein Gewissen ihn lebendig verspeiste. Er würde zumindest heute zu Hause bleiben, auch wenn er das Bedürfnis hatte, sich zu entschuldigen.

Doch er war einfach noch nicht soweit.

Zuvor hatte er ihr so einiges durchgehen lassen. Doch das würde er diesmal nicht tun. Er lehnte eine lange Planke an die Fassade, nahm seinen Hammer von seinem Werkzeuggürtel und einen Nagel zwischen den Zähnen heraus und schlug ihn mit zwei harten Schlägen in das Brett. Er hatte recht gehabt. Auch wenn ihm Sylvesters Angriff leidtat, hatte er vollkommen legitime Gründe, böse auf Molly zu sein.

Sie hatte eine Grenze überschritten. „Du hast verflixt nochmal recht. Sie hat eine Grenze überschritten. Und wie!", knurrte er in den Wind.

Trotzdem war es ein bisschen barscher rübergekommen, als er vorgehabt hatte. Angenehm war ihm das nicht.

Und dann war da noch etwas – der Teil von ihm, der dachte, wie süß sie ausgesehen hatte, wie sie als rasende Reporterin mit Kamera und Bleistift im Haar vor ihm gestanden hatte. Trotz all der guten Gründe, die er hatte, von der Reporterin in ihr abgetörnt zu sein, stellte er sie sich immer wieder vor, wie süß und kess sie ausgesehen hatte mit ihrem rosa angekauten Bleistift hinterm Ohr. Doch das war auch nicht das, was ihm im Augenblick nachging. Irgendetwas hatte nicht gestimmt mit ihr, als er sie um die Ecke von Prudys Werkstatt hatte kommen sehen. Sie hatte krank ausgesehen.

Erschüttert. Grün um die Nase. Und es hatte ihn nicht im Geringsten interessiert.

Das störte ihn. Er hatte ihr Schuldgefühle machen wollen und ziemlich darauf eingedroschen. Doch dabei hatte er die Tatsache ignoriert, dass sie eine furchtbare

Erfahrung gemacht hatte. Ein Bulle von Sylvesters Größe war aus der Ferne schon furchteinflößend. Aus der Nähe und so wütend, wie er gewesen war, konnte Sylvester einen Menschen niedertrampeln, ohne auch nur ins Stolpern zu geraten. Als Bullenkämpfer im Rodeozirkel hatte Bob genug Reiter gesehen, die von den Tieren schwer verletzt worden waren. Er selbst hatte das auch das eine oder andere Mal mitgemacht. In diesen Situationen jedoch hatten die Bullen nur ihren Job gemacht. Bullenreiter wollten einen guten Ritt. Einen wilden Ritt. Je schwerer der Bulle zu reiten war, desto höher die Punktbewertung.

Was hatte Molly sich nur gedacht? Sie hätte das Foto von seinem Haus leicht mit dem Leben bezahlen können. Natürlich hatte sie nicht damit gerechnet, dass sie angegriffen werden könnte, als sie den Weiderost überquert hatte. Sie musste den Bullen doch gesehen haben. Wer würde am helllichten Tag einen Zweitausend-Pfund-Bullen übersehen? Vielleicht hatte Sylvester ja hinter dem Hügel gestanden, wo sie ihn nicht sehen konnte.

Er fragte sich, ob sie Alpträume hatte. Auch, wenn es ihr auf der Fahrt in den Ort, nachdem er sie gerettet hatte, scheinbar gut gegangen war. Bei derart knappen

Situationen wirkte das Adrenalin manchmal noch lange nach. Er ließ den Hammer sinken und den Blick über seine Weide schweifen.

Jeder Mann, der auch nur einen Heller wert war, würde sie fragen, ob sie okay war, selbst, wenn er nach der ganzen Sache immer noch aufgebracht war.

Besonders, wenn der Mann wusste, dass er einen Problembullen hatte.

Am Sonntagmorgen saß Molly gedankenverloren in ihrer Wohnung.

Nach ihrer unangenehmen Begegnung mit Bob, dem Grobian, am Samstag hatte sie sich allein mit dem Versicherungsagenten getroffen. Er hatte ihr eine Schätzung des Schadens an ihrem armen Auto gegeben. Ihr kleiner Käfer hatte an Motorhaube und an beiden Seiten böse einstecken müssen. Der Versicherungsmann hatte ihr versichert, dass der Schaden tatsächlich minimal war. Ein bisschen ausbeulen hier und da, neue Türen, neuer Lack, und ihr Auto würde wieder so gut wie neu sein.

Er hatte leicht reden. Nachlackieren war qualitätsmäßig nie so gut wie aus der Fabrik. Alle wussten das, doch das hatte sie wohl verdient, nachdem sie quasi Landfriedensbruch begangen hatte. Was hatte sie sich nur dabei gedacht?

An eine Story.

Alles in ihrem Leben drehte sich um die nächste Geschichte. So war es tatsächlich, und es gefiel ihr so. Doch es war irgendwie traurig, dass sie mitten auf der Straße gestanden und Fotos von ihrem Auto gemacht hatte, als es an jenem Tag abgeschleppt worden war. Doch die Fotos waren *nur für den Fall* gewesen. Nur für den Fall, dass sie ihren Schrecken überwand und sich daraus eine Idee für eine Story entwickelte. So war sie nun einmal gepolt. Viele würden behaupten, dass das ziemlich daneben war.

Wem versuchte sie etwas vorzumachen? Sie empfand kein Bedürfnis, einen Artikel daraus zu stricken. Das Auto zu sehen hatte sie an das Trauma des Erlebnisses erinnert. Sie atmete tief durch und verdrängte diese Gedanken. Sie weigerte sich, weiter über den Angriff des Bullen nachzudenken. Das durfte sie nicht. Sie hatte nur noch ein paar Tage, um ihre Kolumne für diese Woche fertigzubekommen, ganz zu schweigen von den Zeitschriftenartikeln, die auf sie warteten. Sie hatte die Fortsetzung des Bob-Artikels gelöscht, und jetzt hatte sie nichts.

Null. Nada.

Für ein Mädchen mit endlosen Ideen war es unfassbar, dass sie keine Lust hatte zu schreiben. Sie schrieb immer, hatte immer mehrere Ideen zugleich, an denen sie arbeiten konnte.

Die Kolumnen über Mule Hollow schrieb sie nun schon seit fast einem Jahr. Jetzt plötzlich hatte sie zum ersten Mal in ihrem Leben eine Schreibblockade.

Seit dem Angriff am Freitag hatte sie keine Ideen mehr gehabt – seit dem Tag, an dem Bob ihr gesagt hatte, dass sie aufhören musste, über ihn zu schreiben.

Die vergangenen zwei Vormittage war sie – wie fast immer, seit sie nach Mule Hollow gezogen war – um fünf Uhr aufgestanden, hatte sich schnell angezogen, ihren Rucksack aufgesetzt und war zum Ortsrand gejoggt. Sie hatte einen Trampelpfad über eine Wiese benutzt, auf der Veranstaltungen des Ortes stattfanden, vorbei an den Mesquitebäumen und hatte schließlich an ihrem Lieblingsort Halt gemacht: einem flachen Felsen auf einem Hügel mit Blick über ein weites Tal. Sie liebte es, dort den Sonnenaufgang zu beobachten, der ihr so viel Inspiration brachte -Funken, die ihren kreativen Verstand zum Glühen brachten.

Bis jetzt.

Bis sie angewiesen worden war, nicht mehr über Bob zu schreiben.

Ihr war nicht bewusst gewesen, wie sehr sich ihre Kolumne über Mule Hollow tatsächlich um ihn gedreht hatte.

Warum nur?

An diesem Morgen, nachdem sie fast die ganze Nacht nicht geschlafen hatte, hatte sie in ihrer Wohnung auf dem Boden gesessen, umgeben von Wochen und Monaten ihrer Kolumne. Und siehe da! Zu ihrer Überraschung hatte dieser unerträgliche Mann Recht gehabt.

Er hatte vollkommen und unerklärlicher Weise Recht.

Sein Name fiel in fast jedem Beitrag. Er *war* öfter als der Präsident in der Zeitung!

KAPITEL FÜNF

Es war Montagmorgen, und Molly war immer noch abgelenkt und missmutig, und ihr kamen immer noch keine Ideen. Selbst in der Kirche am Sonntag war sie wie im Nebel gewesen. Besonders, als der Platz im Chor, an dem Bob normalerweise stand, leer blieb. Er hatte eine Stimme wie Tim McGraw und er sang Kirchenlieder wie sie sie noch nie gehört hatte. Das war ein weiterer Punkt, der ihn zu einem so großartigen Mann machte. Doch es erklärte immer noch nicht, warum er so oft in ihren Artikeln vorkam. Es gab hier schließlich einen ganzen Ort voller großartiger Männer, von denen viele in der Kirche um sie herum saßen. Ihre Stimmen waren zugegebenermaßen nicht so gut wie die von Bob, doch es waren alles nette Jungs auf der Suche nach Liebe.

Warum also hatte sie ihre Namen nicht so oft in ihren Artikeln erwähnt wie Bobs?

Immer noch ratlos und ihrer Routine hinterherhinkend überquerte sie die Straße und ging hinüber zu dem winzigen Tagungszentrum von Mule Hollow, um zu sehen, ob sie helfen konnte, bevor sie sich irgendwo ein Plätzchen zum Schreiben suchte. Das Tagungszentrum war nicht mehr als zwei alte Gebäude an der Hauptstraße, die bei der Renovierung zusammengelegt worden waren. An Stadtstandards gemessen, war es nicht mehr als ein großer Mehrzweckraum. Für Mule Hollow war es ein Tagungszentrum. Heute dekorierten sie für den frühen Polterabend von Dottie Hart und Sheriff Brady am Freitag. Die Hochzeit würde in zwei Wochen stattfinden, doch wenn man die beiden fragte, waren das zwei Wochen zu viel.

Eine inspirierende Geschichte, und Molly freute sich, ihre Rolle darin gespielt zu haben. Es waren ihre Artikel gewesen, die Cassie dazu inspiriert hatten, per Anhalter nach Mule Hollow zu fahren, was wiederum Dottie dazu gebracht hatte, sie mitzunehmen, sodass beide letzten Endes hier gelandet waren. Dottie war Sheriff Brady begegnet, und der Rest war Geschichte.

Der einzige unangenehme Teil für Molly war, dass Cassie Bob gefolgt war. *Gefolgt,* nicht *gestalkt,* wie Bob es genannt hatte. Und auch wenn es zwischen den beiden nicht gefunkt hatte, hatte Bob sich mit dem Mädchen angefreundet, und keiner trug dem anderen etwas nach. Zumindest Bob und Cassie nicht. Offensichtlich konnte man nicht behaupten, dass dasselbe für sie und Bob galt.

Dennoch begriff sie es immer noch nicht ganz. Er freute sich für Brady und Dottie, und er hatte sich mit Cassie angefreundet. Doch er war wütend auf sie, weil sie die Artikel schrieb, die verantwortlich waren für einen wunderbar romantischen Dominoeffekt von Ereignissen, der sie alle zusammengebracht hatte.

Natürlich hatte sie ein bisschen übertrieben, als sie Bobs Qualifikationen als potentieller Ehemann beschrieben hatte, doch für alle anderen hatte sie nur Gutes getan.

Es tat ihr leid, dass sie ihn bekannter gemacht hatte, als ihm lieb war. Doch er würde es überleben. Und vielleicht würde das Ganze doch noch etwas Gutes nach sich ziehen. Wenn sie sich auf die positiven Aspekte dessen, was sie getan hatte, konzentrierte, konnte sie glatt über den derzeitigen

Blackout, was ihre Kreativität anging, hinwegsehen. Dass sie sich heute Vormittag Zeit genommen hatte, von ihrer üblichen Routine abzuweichen, um beim Dekorieren für die Party zu helfen, würde hoffentlich helfen, den Stress zu lindern, der ihren Schreibstrom blockierte. Es würde ihr auch Futter für die Geschichte liefern, die sie über die bevorstehende Hochzeit schreiben wollte. Ihre Leserinnen liebten die Happy End Hochzeitsgeschichten.

„Molly", trällerte Lacy von einer vier Meter hohen Leiter. „Genau die Frau, die ich brauche. Sheri ist gerade rüber gerannt gekommen und hat mir gesagt, dass ich dringend eine Frau mit einem Färbeunfall retten muss. Kannst du den Rest der Kreppbänder für mich aufhängen? Sobald ich repariert habe, was auch immer diese Frau ihren Haaren angetan hat, komme ich zurück. Sheri hat allerdings gesagt, dass das eher ein Job für einen Magier sei als für eine Friseurin, darum könnte es eine Weile dauern."

„Und wer sagt, dass du keine Magierin bist?", rief Esther Mae ihr von ihrem Platz in der Mitte des Raumes zu.

„Ja", lachte Norma Sue. „Jeder, der Esther Maes dreistöckigen Bienenkorb gesehen hat, bevor du eingegriffen hast, weiß, dass du das eine oder andere Ass im Ärmel hast."

Als Esther Mae schnaubte, sah Norma Sue sie unschuldig an. „Hey, ich warte immer noch darauf, dass es Puff macht und deine Haare sich wieder in den Kürbis verwandeln, der sie vor Lacy waren."

Lacy kicherte und stieg von der Leiter, bevor sie sich zu ihren zwei älteren Freundinnen umdrehte und die Hände in die Hüften stemmte. „Ihr zwei vertragt euch besser, sonst muss ich nächstes Mal den Rasierer ansetzen."

„Hey!" Esther Mae blinzelte und machte große Augen. „Was denkst du, wie ich mit so einem kecken Kurzhaarschnitt aussehen würde? Du weißt schon, wo die Haare am Kopf in die Höhe stehen und–"

„Lacy", unterbrach Norma Sue. „Hör ihr nicht zu. Mule Hollow sollte nicht den falschen Eindruck erwecken."

„Und was soll das jetzt bitte heißen?", empörte sich Esther Mae.

Norma Sue neigte den Kopf. „Dass du wie ein rothaariger Troll aussehen würdest. Das soll es heißen."

Esther Mae schnaubte. „Unsinn. Ich würde keck

und niedlich aussehen, passend zu meinem Naturell."

Lacy zwinkerte Molly zu. „Du hast Recht, was dein Naturell angeht, meine liebe Esther. Aber ich denke, vielleicht sollten wir uns ernsthaft unterhalten, bevor ich dir einen punkigen Haarschnitt verpasse. Aber jetzt muss ich wirklich los."

Molly blickte Lacy hinterher. „Okay, was soll ich nochmal machen?", rief sie ihr hinterher, da sie ihr Talent fürs Dekorieren ohne Anweisungen für nicht sonderlich ausgeprägt hielt.

„Oh", Lacy drehte sich um. „Während Esther Mae und Norma Sue alles vorbereiten, musst du nur die Kreppbänder und Lichterketten an die Decke hängen wie ich es gemacht habe." Sie deutete an die Decke, und dann auf Norma Sue und Esther Mae, die die Lichterketten und Kreppbänder miteinander verflochten. „Schau nicht so belämmert drein, Molly. Das schaffst du schon. Der Draht zum Aufhängen ist oben auf der Leiter. Ich komme zurück, sobald ich kann. Und wenn ich erst zurück bin, wenn du fertig bist, werde ich ja sehen, ob du es hinbekommen hast oder ob ich mich mit einem echten Desaster herumschlagen muss."

Als sie Lacys schöne Arbeit betrachtete, wurde

Molly bewusst, dass sie die Kreppbänder nicht annähernd so kunstvoll an die Decke würde drapieren können wie ihre Freundin. Jeder Bogen war wie der andere, nichts war verdreht, nichts verknickt. Molly setzte ein Lächeln auf und zwang sich, positiv zu denken. „Sicher, ich komm schon klar, Lacy. Geh du nur und lass deine Magie spielen.“

„Bis später“, trällerte Lacy. „Bye, Norma Sue und Esther Mae. Benehmt euch, ja?“

„Wo bliebe denn da der Spaß?“, lachte Norma Sue und betrachtete ihre Arbeit. „Findest du nicht auch, Molly?“

„Oh ja, wie wahr, wie wahr.“ Sie sah die beiden Frauen an und zog eine Augenbraue hoch. Dann nahm sie den Krepppapierzopf, den Lacy bereits am Boden ausgelegt hatte, und kletterte die Leiter hinauf, während sie den beiden Freundinnen zuhörte, die nahtlos weiter miteinander scherzten.

„Was hat dich denn geritten, dass du auf die Idee kommst, deine Haare kurzschneiden zu lassen?“, fragte Norma Sue.

Esther Mae seufzte. „Ich fühle mich fett. Vielleicht würde ein kürzerer Haarschnitt helfen.“

„Esther, so funktioniert das nicht.“

„Also, irgendwas muss passieren. Ich sag dir, ich passe nicht in mein Kleid. Bis zur Hochzeit sind es nur noch zwei Wochen, und ich bin aufgedunsen wie eine Kuh. Ich denke, Sam hat mir das falsche Rezept gegeben. Ich habe meine neuen *Diabetika* genommen, und alles, was die tun, ist mich aufs Klo–"

„Oh Gott, nein", Norma hob abwehrend die Hand. „Bitte erspar uns den Teil! Außerdem meinst du *Diuretika*. Und warum gibst du Sam die Schuld?"

Esther schnaubte. „Auf seinem Schild steht nun einmal Sam's Diner und *Apotheke*. Und er benimmt sich in letzter Zeit irgendwie komisch. Mehr sage ich ja gar nicht. Er war ein paarmal regelrecht unfreundlich. Und du kennst Sam – er mag ja manchmal mürrisch sein, doch unfreundlich und abgelenkt ist er sonst nicht. Ich sag dir, irgendwas stimmt nicht."

„Vielleicht ist er einfach nur schlecht gelaunt – sowas passiert manchmal. Oder vielleicht bekommt er nicht genug Schlaf", schlug Molly vor.

„Er ist schon seit Tagen so – ich glaube, er denkt über Adela nach. Ich denke, irgendwas stimmt nicht. Ist euch nicht aufgefallen, dass das Essen im Diner in letzter Zeit nicht mehr so ist wie früher?"

Norma Sue nickte und hörte auf zu flechten. „Jetzt, wo du es erwähnst, Adela war in letzter Zeit besonders still." Molly dachte darüber nach. Alle wussten, dass zwischen Adela und Sam etwas Besonderes war. Doch es schien eine unsichtbare Grenze zwischen ihnen zu geben. Sie saßen in der Kirche immer nebeneinander, und Sam sorgte dafür, dass Adela einen bequemen Platz hatte, wenn sie vom Klavierspielen zurückkam, und hob ihren Pullover auf, wenn er beim Hinsetzen von ihren Schultern rutschte. Das war die niedlichste Interaktion, die Molly je gesehen hatte. Es war eines der Dinge, die Molly Hoffnung gaben, was – nein, darüber wollte sie jetzt nicht nachdenken. Es gab viel zu viele Dinge, über die sie sich Sorgen machen musste, anstatt zu spekulieren, warum Sam nicht um Adelas Hand anhielt. „Vielleicht müssen wir irgendwas tun", blaffte Esther Mae, setzte sich auf und zog Molly zurück in ihre Unterhaltung.

„Oh nein, das wirst du nicht."

„Norma Sue, du weißt genauso gut wie ich, dass die beiden einander lieben. Sie brauchen unsere Hilfe. Sag es ihr, Molly. Sag ihr, dass es unsere Pflicht ist, dafür zu sorgen, dass Adela und Sam begreifen, was Sache ist."

„Aber ich–", Molly fühlte sich, als säße sie in einer Falle, während sie die Wand anstarrte und sich wünschte, unsichtbar zu sein. Sie hatte bereits genug Ärger, weil sie sich in Bobs Leben eingemischt hatte. Sie wollte nicht, dass auch noch Sam und Adela böse auf sie waren. Die beiden schienen alles unter Kontrolle zu haben.

„Ja, Molly", sagte Norma Sue. „Vielleicht hat Esther Mae Recht."

„Ich … also–" Molly kletterte die Leiter hinunter und nahm ihren Rucksack, den sie bei der Tür abgestellt hatte. „Mir ist gerade eingefallen, dass ich was vergessen habe. Ihr schafft das schon ohne mich. Macht einfach, was ihr für richtig haltet."

Sie fühlte sich nicht gerade wie ein Held deswegen, doch sie ging hinaus, bevor sie die überraschten Antworten hören konnte. Sie war immer noch zu erschüttert darüber, dass Bob so wütend auf sie war. Sie war nicht für diese Kuppeleien geschaffen und eine Dekorateurin war sie definitiv auch nicht.

Sie war eine Reporterin. Sie war jemand, der sich im Hintergrund halten und aufmerksam beobachten sollte, was um sie herum geschah. Es auf professionelle oder manchmal sogar kreative Art und

Weise zu dokumentieren war etwas, wonach sie strebte. Doch sie hatte noch nie erlebt, dass jemand wütend war wegen ihrer Arbeit, und sie war sich nicht sicher, wie sie deswegen empfinden sollte. Überhaupt nicht sicher.

Tatsächlich hatte Bobs Missfallen einen ganzen Haufen verborgener Fragen aufgeworfen, über die sie jetzt nicht nachdenken wollte.

Sie musste schreiben.

Sie musste schreiben und an nichts anderes denken, als die Worte auf dem Papier.

Und das fasste ziemlich gut zusammen, wie sie ihr Leben immer betrachtet hatte. Bis vor ein paar Tagen, als die Worte angefangen hatten, einfach nicht mehr fließen zu wollen.

Es war fast schon elf Uhr, als Molly ihren Rucksack aufsetzte und sich anschickte, die Hauptstraße zu überqueren. Sie hielt inne und dachte über die armen nichtsahnenden Sam und Adela nach. Norma Sue und Esther Maes Einmischung war vielleicht genau das, was sie brauchten, um den nächsten Schritt in Richtung Altar zu machen – es hatte bereits viele Male zuvor funktioniert. Doch Molly hatte die Kuppelei nie am eigenen Leib erlebt. Sicher, sie hatte Artikel über die ursprüngliche Anzeigenkampagne geschrieben, mit der Adela, Norma Sue und Esther Mae alles ins Rollen gebracht hatten. Doch sie hatte noch nie zwei Leute ins Visier genommen und sich vorgenommen, sie dahingehend zu manipulieren, dass sie sich verliebten.

Doch andererseits war dem auch nicht so, zumindest nicht direkt. Niemand konnte jemanden dazu *zwingen,* sich zu verlieben, nicht einmal die notorischen Kupplerinnen von Mule Hollow. Es musste eine gewisse besondere Verbindung geben. „Funken", wie die alten Damen es so gerne nannten – und sie hatten Argusaugen, wenn es darum ging, diese winzigen romantischen Schwingungen zu sehen. Es machte sie glücklich. Und sie war glücklich für sie, wenn es das war, was sie wollten. Sie jedoch war zufrieden damit, ihre Artikel zu schreiben. Sie hatte kein Talent dafür, diese romantischen Funken zu sehen. Was Funken irritierender Art anging – das war vielleicht schon eher ihre Nische!

Was mit Bob vor sich ging, war das nächste Äquivalent einer persönlichen Beziehung, das sie je erlebt hatte. Das war reichlich traurig, wenn sie sich erlaubte, darüber nachzudenken. Sie hatte ein Problem mit Nähe. Doch in dem Leben, das sie gewählt hatte, war Nähe kein Faktor.

Sie trat vom holzbeplankten Gehsteig hinunter auf die Straße. Als sie ein schnell näherkommendes Fahrzeug hörte, blickte sie über ihre Schulter und sprang gerade noch aus dem Weg, bevor ein grauer Minivan an ihr vorbei zischte. Es gab nichts Besseres als beinahe überfahren zu werden, um einen von seinen Gedanken abzulenken. Entsetzt sah sie, dass die Fahrerin sich angeregt unterhielt und nicht einmal bemerkt hatte, dass sie gerade beinahe jemanden überfahren hätte.

Mollys Herz pochte. Ein paar Sekunden lang konnte sie sich nicht bewegen und versuchte, sich zu sammeln, doch ihr Blick folgte dem schnell kleiner werdenden Minivan des Todes.

Sie erkannte ihn nicht, darum nahm sie an, dass er von außerhalb war. Am Ende der Hauptstraße bei Prudys Werkstatt sah sie die Bremslichter auf, und der Van blieb neben der Zapfsäule stehen. Kaum hatte der Wagen angehalten, spähten kleine Köpfe aus allen Fenstern! Aus der Ferne sah es aus, als platzte der Minivan vor Kindern. Mindestens fünf. Nein, sechs …

sieben!

Sie zählte mit, als die Fahrerin in einer schwarzen Spandexhose und zehn Zentimeter hohen roten Pumps ausstieg.

Du meine Güte. Die sah nicht gerade aus wie eine Mutter von sieben Kindern. Molly fragte sich, was wohl ihre Geschichte war. Ihre Fantasie begann sich zu überschlagen und zog sie in Richtung von Prudys Werkstatt. Eine Fremde im Ort. Ein Minivan voller Kinder. Ob das Zufall war? Oder wollte sie sich einen Cowboy angeln?

Das könnte eine nette Story werden, sie brauchte nur eine bessere Überschrift. Als Molly näher kam, beugte sich die Frau wieder in den Van und holte etwas heraus, was verdächtig nach einem Kuchen aussah. Gesundheitskuchen. Ja, aus der Ferne sah es aus wie ein Gesundheitskuchen auf einem mit Alufolie bedeckten Karton, eingewickelt in rosa Plastikfolie. Sie blinzelte ins Licht und konnte ein violettes Rechteck in der Mitte sehen, wie ein Namensschild.

Gab es einen Kuchenverkauf, von dem sie vielleicht nichts mitbekommen hatte? Vielleicht irgendeine Spendenaktion? Nein, das hätte sie mitbekommen. Es war ihr Job, sowas zu wissen.

Prudy kam aus der Werkstatt und blinzelte die Frau durch seine ölbefleckte Brille an. Molly zermarterte sich das Gehirn und holte ihren Bleistift hinter Ohr hervor, während sie ihren Notfallnotizblock aus der Gesäßtasche zog. Als sie sich der Werkstatt näherte, hörte sie die Frau etwas fragen. Molly wusste, dass es eine Frage war, denn plötzlich begann Prudy mit seinen verschmierten Händen zu gestikulieren. Alle wussten, dass Gordon P. Rudy – kurz Prudy genannt – mit den Händen redete. Es war recht unterhaltsam. Und nachdem Mule Hollow so ein kleiner Ort war, war man dankbar für jede Art von Unterhaltung. Das Problem war nur, dass Molly Prudys persönliche Zeichensprache nie richtig verstand.

Niemand verstand sie.

Darum stand sie jetzt da, den Bleistift im Anschlag, Notizblock in der Hand und sah zu, wie ihre Story zurück zu ihrem Minivan stakste, die Kinder anschrie, dass sie sich anschnallen sollten, und davonbrauste.

Okay, vielleicht gab es doch keine Story für sie. Prudy, offensichtlich weder verliebt noch am Boden zerstört, kratzte sich den Kopf und kehrte ins Gebäude zurück, ohne den davonrauschenden Van eines zweiten Blickes zu würdigen.

Molly hielt inne. Sie fragte sich, ob sie so dringend eine Geschichte brauchte, dass sie schon Hinweise zusammenfantasierte. Was war so einzigartig an dem, was gerade passiert war? Ehrlich gesagt gar nichts. Sie war einfach verzweifelt.

Argh! Sie stampfte mit dem Fuß auf, schob ihren Bleistift hinters Ohr und dachte über ihre Situation nach. Sie musste darüber hinwegkommen, und das würde sie auch. Sie würde ihren Schreibfluss nicht kampflos versiegen lassen. Ernstzunehme Reporter lassen sich nicht von Kleinigkeiten aus dem Konzept bringen. Sie bekamen keine Schreibblockade, nur wegen … wegen … ja weswegen? Sie wusste nicht einmal, wie sie das, was sie erlebt hatte, bezeichnen sollte.

Sie schob ihren Notizblock wieder in ihre Tasche und machte sich nicht mehr die Mühe, weiter zu Prudys Werkstatt zu gehen. Wie hoffnungslos war sie, dass sie nun schon eine Geschichte über eine Frau schreiben wollte, die nach dem Weg fragte. Kopfschüttelnd überquerte sie die Straße und wollte zu ihrem Lieblingsfelsen gehen. Doch zuerst brauchte sie

Kaffee.

Einen großen Becher. Je bitterer, desto besser, darum ging sie zu Sam's Diner. Sams Kaffee war schwarz wie die Nacht und bitter, und hatte ihr mehr als einmal die Energie gegeben, die Nacht durchzuschreiben. Heute brauchte sie nur einen kleinen Kick. Geschrieben hatte sie die letzten Tage ja nicht wirklich etwas.

Und nachdem, was Norma Sue und Esther Mae gesagt hatten, wollte sie nach Sam sehen. Vielleicht stimmte ja *wirklich* etwas nicht. Vielleicht brauchte er jemanden zum Reden. Er *war* ihr in letzter Zeit nicht wie er selbst vorgekommen.

„Molly, wie geht's?", begrüßte er sie, sobald sie die Tür aufstieß. „Das Übliche?"

Sie nickte, ließ ihren Rucksack von der Schulter auf einen Hocker rutschen und fühlte sich plötzlich ausgelaugt. Als sie sich im Diner umsah, war es seltsam, Applegate und Stanley nicht beim Damespielen beim Fenster zu sehen. Doch im Moment war sie froh, dass der Laden leer war. Vielleicht konnte sie Sam ja zum Reden bringen. Sie war schließlich Reporterin, und Leute zum Reden zu bringen lag ihr im Blut. „Hi, Sam. Hast du vielleicht kalten Kaffee da?

Welchen, den du über Nacht auf der Heizplatte stehen gelassen hast? So dick wie Schlamm und stärker als Herkules?"

Sam runzelte die Stirn und wischte sich die Hände an seiner Schürze ab, bevor er nach einem Becher griff. „So schlimm, was?"

Sie nickte. „Leider ja." Sie hasste es, so niedergeschlagen zu sein. Besonders, wo sie hier war, um etwas über ihn herauszufinden. Warum war er in letzter Zeit so launisch gewesen? Vielleicht hatte es ja etwas damit zu tun, dass Applegate und Stanley in Petes Futterladen umgezogen waren.

Sie sah ihm zu, als er Kaffee in einen großen Pappbecher für sie goss. Er hatte die Pappbecher speziell für sie bestellt, damit sie ihren Kaffee mitnehmen konnte, wenn sie im Wald schrieb. „Sam, geht es dir gut? Belastet dich irgendwas?" Da. Sie hatte nicht lange um den heißen Brei herumgeredet. Sam war der süßeste Mann auf Erden, auch wenn er es unter einer liebenswert bärbeißigen Schale verbarg.

„Alles bestens", sagte er. „Zerbrich dir nur nicht deinen hübschen kleinen Kopf meinetwegen. Mach dir Sorgen um den armen Bob. Du musst auch mal über die anderen Cowboys schreiben. Mehr Geläster von den Jungs kann er wirklich nicht mehr ertragen, Molly-Maus.“

Die Säure in Mollys Magen begann sofort wieder zu brodeln. „Ist es so schlimm?“

„Molly, du weißt doch, wie diese Cowboys sind. Ich muss gestehen, dass ich mich auch nicht gerade zurückgehalten habe.“ Er blickte reumütig drein, doch nur einen Moment lang.

Molly klatschte mit der Hand auf den Tresen. „Ihr solltet euch alle was schämen!“

„Wofür? So sind Männer nunmal. Du hast ihnen Munition gegeben, und sie haben sie benutzt. Denk bloß nicht, dass Bob es nicht auch tun würde – aber nein, wenn ich so darüber nachdenke, würde er es vielleicht nicht tun. Doch das tut jetzt nichts zur Sache. Sie hatten nur ihren Spaß, und er wird schon darüber hinwegkommen. Aber du musst dich trotzdem auf jemand anderen konzentrieren. Und jetzt husch an die Arbeit. Mule Hollow braucht dich, also hör auf, deine Zeit mit mir zu vertrödeln.“

Sie verbarg ein Lächeln, schwang ihren Rucksack über ihre Schulter und ging in Richtung Tür. „Darum bin ich ja hergekommen – nicht wegen des Terpentins, das du als Kaffee bezeichnest, sondern um mich von dir ausschimpfen zu lassen. Bringt mich immer wieder auf den richtigen Weg. Hab dich lieb, Sam."

Und das tat sie auch. Sam und sie hatten eine Verbindung. Sie neckten einander regelmäßig, und beide genossen es. Das war ein weiterer Faktor, der sie mit Mule Hollow verband. Sam war wie eine Vaterfigur für sie.

Natürlich wusste er das nicht. Niemand wusste das. Bis Molly nach Mule Hollow gezogen war und so viele wundervolle Freunde gefunden hatte, hatte sie sich mit niemandem verbunden gefühlt. Aufgrund der Gleichgültigkeit ihres eigenen Vaters ihr gegenüber hatte sie schon früh aufgehört, nach persönlichen Beziehungen mit Menschen zu suchen. Was sie zu Hause nicht bekommen hatte, hatte sie woanders nicht gesucht. Sie hatte sich manchmal gefragt, ob etwas in ihr kaputt war, doch sie machte sich keine allzu großen Sorgen. Einige Leute hatten einfach ein schlechtes Zuhause, und sie war eine von vielen. Außerdem war sie eine Reporterin mit einer Agenda, die auf größere Dinge abzielte. Jede Geschichte, die sie schrieb, war ein Schritt nach oben, ihren Zielen entgegen. Auf dem Weg zur Verwirklichung ihrer Träume.

Träume, die sie schon seit Jahren hatte. Diese

Träume hatten sie zusammengehalten, als das Leben zu Hause gedroht hatte, sie zu zerbrechen. Es war schwer gewesen, mit ihrem Vater, einem Geschäftsmann aus Houston, zu leben. Sie konnte die Streits immer noch hören — Streits, die sie dazu getrieben hatten, sich in ihrem Schrank zu verstecken, wie ein Kind eben versuchte, dem ständigen Tumult zu entkommen. Es war ihre Vorstellungskraft gewesen, die sie gerettet hatte. Der Traum von der Welt, die außerhalb ihrer kleinen turbulenten Existenz lag, hatte ihr geholfen, damit umzugehen.

Auch wenn sie Mule Hollow von ganzem Herzen liebte und obwohl es für sie mehr ein Zuhause darstellte als alles, was sie als Kind gekannt hatte, war immer noch ein Zwischenstopp. Sie würde es zurücklassen, wenn die Zeit reif war.

Sie träumte davon, ins Ausland zu gehen und für eines der fünf angesehenen Magazine oder Zeitungen zu schreiben, die sie sich in den Kopf gesetzt hatte. Sie wusste, wenn sie einfach an ihrem Plan weiterarbeitete, konnte sie diesen Traum verwirklichen. Ihre Zeit war nahe. Sie hatte Interesse auf sich gelenkt und Lebensläufe verschickt und war zuversichtlich, dass ihr großer Durchbruch bald kommen würde.

Doch sie hatte nicht vorgehabt, Bob bei der Verwirklichung ihrer Träume zu verletzen. Süßer, wundervoller Bob. Die Cowboys waren wahrscheinlich furchtbar gewesen.

Kein Wunder, dass er so wütend auf sie war. So kurz angebunden und so ganz anders als sonst.

Doch nichts führte an der Tatsache vorbei, dass er ausdrücklich gesagt hatte, dass er eine Frau wolle. Sie hatte diese Tatsache nicht falsch verstanden und nichts Verletzendes geschrieben. Sicher, die anderen hatten sich über ihn lustig gemacht, doch würde er ihr das immer noch vorhalten, wenn er die Richtige fand?

Molly glaubte es nicht. Trotz ihrer Hoffnung ihm zu helfen, seine einzige wahre Liebe zu finden, glaubte Molly, dass er so glücklich darüber sein würde, dass er ihr zum Dank irgendwann einen dicken Schmatz geben würde!

Nicht, dass der Kuss, den er ihr geben würde, auch nur ansatzweise so sein würde, wie der, den er der Richtigen geben würde.

Molly runzelte die Stirn, als sie den Gehsteig verließ. Einen bizarren Moment lang hatte sie sich tatsächlich den anderen Kuss vorgestellt, der für die Frau seiner Träume reserviert war.

Das laute Dröhnen eines Motors unterbrach ihre Gedanken. Sie war dankbar für die Ablenkung. Als sie sich umdrehte, sah sie zu, wie ein Motorrad in Purpur und Chrom vor dem Diner anhielt. Heute war ungewöhnlich viel los in Mule Hollow. Mit dem Färbeunfall, der Lacys Hilfe gesucht hatte, waren heute drei Besucher von außerhalb hier. Und es war nicht einmal Wochenende!

Das war wirklich eigenartig.

Aber was war in den letzten Tagen *nicht* seltsam gewesen?

KAPITEL SECHS

Bob entdeckte den Van, bevor er auf dem Weg in die Stadt über das Viehgitter fuhr, um weitere Nägel zu holen. Er war neben seinem Briefkasten geparkt. Die Fenster waren heruntergelassen und aus jedem Fenster hingen kleine Kinder. Neben der Fahrertür stand eine Frau und winkte ihm zu.

Er nahm an, dass sie Probleme mit dem Auto hatte, parkte, sprang aus dem Truck und lief zu ihr, um ihr seine Hilfe anzubieten.

„Ma'am, brauchen Sie Hilfe?"

Sie tätschelte ihr bauschiges, orangefarbenes Haar und rieb ihre Hände über die Vorderseite ihrer engen schwarzen Hose – zumindest hielt er sie für eine Hose. Sie war so eng, dass sie Haut hätte sein können.

„Hallo, du *bist* Bob", sagte sie.

Dabei blinzelte sie, darum dachte Bob, dass sie vielleicht etwas in einem ihrer Augen hatte. Ihre Stimme klang seltsam, als hätte sie eine Erkältung, so heiser und tief. Und sie redete sehr langsam.

„Ich erkenne dich an den dunklen Locken und den Grübchen." Sie sprach gedehnt mit einem übertriebenen Südstaatenakzent.

Bob trat einen Schritt zurück und fragte sich, woher sie wusste, wer er war. Er hatte ihr seine Grübchen nicht gezeigt. Sie kamen nur zum Vorschein, wenn er lächelte. Und er lächelte gerade nicht. Er konnte nicht sehr gut leugnen, wer er war, obwohl er so seine Befürchtungen hatte, was kommen würde. Er tippte sich zum Gruß an den Hut. „Ja, Ma'am. Ich bin Bob. Kenne ich Sie?"

Sie lächelte ein strahlendes, rotlippiges Lächeln, und ihre Lider flatterten, als wollten sie gleich wegfliegen. Er kannte diese Frau nicht. Er hätte sich an sie erinnert. An ihr gab es reichlich, woran man sich erinnern konnte, doch vielleicht hatte er sie absichtlich vergessen.

„Also, du kennst mich nicht wirklich, aber ich kenne dich. Ich habe Molly Popps Artikel gelesen. Sie sagte, du bist bereit, eine Frau zu finden. Ich würde gerne mein Interesse bekunden."

Bob spürte, wie seine Zehen anfingen zu kribbeln. Wie Wasser, das langsam anfing zu kochen, spürte er, wie die Wut in seinem Körper aufstieg.

„Ich bin auf der Suche nach einem Ehemann. Ich weiß, das hört sich komisch an, wo ich doch so unangemeldet hier auftauche, aber als Frau muss man manchmal alle Vorsicht außer Acht lassen, wenn man etwas *Besonderes* sieht. "

Er war sich sicher, dass er missverstanden hatte, was die Frau sagte. Zumindest hoffte er, dass er es missverstanden hatte. Doch als sie sich mit einem strahlenden Lächeln zu ihm vorbeugte und nicht nur blinzelte, sondern geradezu in Überschallgeschwindigkeit mit den Wimpern klimperte, unterdrückte er ein Stöhnen. Sein Gehör war vollkommen in Ordnung, und die Frau litt nicht unter einem irritierenden Tick.

Sie wurde viel eher von etwas geplagt, das sich direkt auf Molly Popp zurückführen ließ.

Er kämpfte gegen die Wut auf die bizarre Wendung an, die sein Leben genommen hatte, und warf einen Blick auf die Kinder, die im Van saßen. Sie waren niedlich, und alle schienen noch nicht im

Schulalter zu sein. Was dachte sich diese Frau nur?

„Oh, mach dir ihretwegen keine Sorgen." Sie winkte den Kindern zu. „Das sind nicht meine. Ich leite eine Kindertagesstätte in Ranger. Du bist unsere Exkursion." Sie klatschte in die Hände und blickte zu ihm auf, als wäre er das tollste Exponat in einem Zoo! „Kinder", zwitscherte sie schrill, „sagt hallo zu Bob."

Bob sah die Kinder an. Was für eine Frau würde Kinder auf Männerjagd mitbringen? Zumindest waren sie sauber und sahen glücklich aus und winkten ihm aus vier verschiedenen Fenstern zu.

„Wissen ihre Eltern–"

„Oh, Bob, wie witzig! Aber natürlich wissen sie es." Sie tätschelte seinen Arm, und ihre Augen tanzten, als sie ihr Kinn zu ihm hob. „Glaubst du, ich würde diese Babys ohne Zustimmung der Eltern hier raus bringen?" Sie kicherte und trat an ihn heran. Er wich zurück. „Es ist nicht so, als wäre ich hergekommen, um einen Fremden zu treffen. Ich bin gekommen, um *dich* zu treffen. Und jeder weiß, was für ein toller Mann du bist. Wir sind alle atemlos der Geschichte gefolgt und haben darauf gewartet, ob ein glückliches Mädchen kommt und dein Herz erobert. Und dann schrieb Molly, dass du dich wirklich, wirklich nach einer Frau sehnst…" Sie seufzte.

Ein Auge begann schneller zu blinzeln als das andere.

Bob wollte davonlaufen, doch er fühlte sich nicht gut genug dazu.

Sie tätschelte erneut seinen Arm, und er bemerkte, dass ihre Fingernägel länger waren als seine Zehen.

„Es war eine der Mütter eines meiner Kinder, die gesagt hat, dass ich mit dem Tagträumen aufhören soll, da ich der einzige Single in unserer Clique bin. Sie meinte, ich sollte es einfach tun – wie Meg Ryan in *Schlaflos in Seattle*. Sie sagte, und ich zitiere: *Jana Diane Cravats, du musst einfach in den Van steigen und diesen kleinen 70-Meilen-Trip da raus machen und sehen, ob es klick macht zwischen dir und Bob.*" Natürlich habe ich erst nein gesagt. Ich konnte sowas nicht machen. Aber dann haben alle angefangen, mir Mut zu machen. Und wie du siehst – hier bin ich!"

Und ob sie hier war. Bob trat einen Schritt zurück, warf einen Blick über die Schulter und schätzte die Anzahl der Schritte zwischen ihm und seinem Truck. Warum hatte er so weit weg geparkt? „Tut mir wirklich leid, Miss. Entschuldigung. Aber hier liegt ein schrecklicher Irrtum vor." Er wirbelte herum und hatte zwei Schritte in Richtung Sicherheit gemacht, als die Verrückte vor ihm auftauchte und ein pinkfarbenes, mit Plastik umwickeltes Päckchen nach ihm warf. „Hier. Ich habe dir einen Buttermilchkuchen gebacken. Ich möchte ja nicht angeben, aber ich backe die besten Kuchen." Sie drückte ihm den Kuchen in die Hand und wedelte mit der Hand über die lila Karte, die in der Mitte aufgeklebt war. „Ich weiß, das ist alles ein bisschen verrückt. Vor allem, weil du ja schüchtern bist und so." Ihre Wimpern fingen wieder an zu klimpern. „Aber das ist mein Name und meine Telefonnummer auf der Karte, zusammen mit ein paar Bildern von mir. Ich möchte nicht, dass du mich mit einer anderen verwechselst." *Mit einer anderen*? Mit wem denn? Bob hatte das nicht kommen sehen. Um Mollys willen sollte es besser nicht noch andere geben, mit denen man die hier verwechseln konnte!

Das unverkennbare Dröhnen eines Motorrades, das seine Zufahrtstraße entlang raste, übertönte den Rest von Jana Dianes Worten. Sie wirbelte herum, um das Motorrad zu sehen, und wäre fast aus ihren Pumps gefallen.

Er hielt den Kuchen in der Hand und starrte mit offenem Mund, als das funkelnde Motorrad einen

Meter vor ihm anhielt. Das sah nicht gut aus. Eine Frau in Leder nahm langsam ihren Helm ab und ein Wasserfall goldener Haare ergoss sich über ihre Schultern, als sie ihr Bein über das Motorrad schwang und aufstand. Als Bob sie auf sich zukommen sah, wurde ihm übel. In ihrer rechten Hand trug sie eine schwarze Geschenktüte mit gelben Tupfen und gelber Kunstpelzborte am oberen Rand. Mit ihrem muskulösen Körperbau und dem bedrohlichen Aussehen ihres Outfits war die Tüte so fehl am Platz, wie sie es gewesen wäre, wenn Arnold Schwarzenegger sie getragen hätte.

Mit einem unangenehmen Gefühl im Bauch maß Bob erneut den Abstand zwischen sich und seinem Truck.

„Bob, Baby! Ich würde dich überall erkennen", dröhnte die Motorradamazone. Und bevor er die Flucht ergreifen konnte, stürzte sie sich auf ihn – *machte einen Hechtsprung direkt auf ihn zu!*

Der Alarm am Ofen ertönte und nicht einen Moment zu früh. Molly war am Verhungern. Sie steckte den Bleistift hinter ihr Ohr, verglich die Notizen auf ihrem gelben Notizblock mit der Kopie auf ihrem Laptop und drückte dann erleichtert die

Speichertaste, um Pause zu machen. Sie hatte sich gezwungen, Worte zu Papier zu bringen, und sich geweigert, dem Gedanken nachzugeben, dass sie eine Schreibblockade hatte. Sie war fest entschlossen zu beweisen, dass sie über die Sorge wegen Bob hinwegkommen konnte, und hatte sich mit ihrer Lieblings-Nichtschreibeaktivität abgelenkt.

Ihre Bemühungen hatten sich gelohnt, und sie hatte die letzten zwei Stunden damit verbracht, wie eine Verrückte am Computer zu tippen. Doch sie liebte Lasagne und innerhalb von Sekunden, nachdem der Alarm ertönte, hatte sie die Ofenhandschuhe angezogen und das köstlich duftende Gericht aus dem Ofen geholt. Sie wollte gerade das im Laden gekaufte Knoblauchbrot in den Ofen schieben, als jemand gegen ihre Haustür hämmerte. Sie warf einen Blick auf ihre mehr als chaotische Küche, zog die Handschuhe aus, warf sie auf die Theke und eilte zur Tür. Das letzte Mal, als jemand so gegen ihre Tür geklopft hatte, hatte Lilly Wells ihr Baby unten in Miss Adelas Wohnbereich zur Welt gebracht. Molly konnte immer noch den Schrecken in Cort Wells' Gesicht sehen, als er um Hilfe gerufen hatte. Sie war froh, dass es keine Wiederholung dieser Nacht geben konnte – niemand, von dem sie wusste, erwartete ein Baby. Ihre Leser hatten den Artikel, den sie nach der Geburt geschrieben hatte, geliebt. Tatsächlich hatte sie mehrere amüsante und aufschlussreiche Artikel nach diesem Erlebnis verfasst. Es war eine sehr profitable Erfahrung für sie gewesen.

Sie öffnete die Tür und war überrascht. Bob Jacobs war der Letzte, den sie erwartet hätte. „Bob", keuchte sie, trat zurück und griff nach der Kette an ihrem Hals. Ihr Herz begann zu pochen, und sie spürte eine plötzliche Hitze auf ihrem Gesicht. Sie zwang sich, ruhig zu bleiben, und sah ihn an.

Mit einer Hand stützte er sich am Türrahmen ab. Sein Gewicht lehnte schwer auf einer Hüfte. Seine andere Hand hatte er immer noch zum Klopfen erhoben. Er sah aufgewühlt aus, und sie war sich sicher, ihn noch nie so gesehen zu haben.

„Was ist los?", fragte sie, als er hereingestürmt kam und die Tür mit seinem Stiefel zustieß.

„Was los ist? Was los ist?" Er riss seinen Stetson vom Kopf und ergriff ihn fest mit beiden Händen. Seine Haare waren zerzaust, und sie bemerkte etwas Rotes auf seiner Wange. „Weißt du, dass ich Leute – *Frauen* – vor meiner Einfahrt hatte? Und Kinder. Ja,

Kinder. Sie hatte einen ganzen Van voll davon! Und Kuchen. Kuchen gab es auch."

Er war so aufgewühlt, dass er geradezu zeterte. Seine dunkelblauen Augen waren fast schwarz vor Wut – wie es in letzter Zeit oft der Fall zu sein schien – und seine Augenbrauen trafen sich beinahe über seiner Nase. Obwohl der Mann sie buchstäblich in eine Ecke gedrängt hatte, hatte sie den überwältigenden Drang, ihm den Stress aus diesen Augenbrauen zu glätten.

„Hast du sie noch alle, Molly?"

„Ich?" Sie hatte Angst zu fragen.

Er hielt inne und trat einen Schritt zurück. „Du weißt nicht einmal, was du getan hast, oder?"

Seine Frage war ruhig und niedergeschlagen. Er blinzelte und zu ihrem Leidwesen bemerkte sie erneut, wie verheerend gut er aussah. Sogar so aufgewühlt wie er war. Wütend – dieser Mann war wütend, und ihr fiel auf, wie gut er aussah! Hatte sie sie noch alle?

„Lächle nicht."

Lächelte sie etwa? Wie konnte sie lächeln, wenn er sich so offensichtlich über etwas aufregte?

„Es gibt nichts zu lächeln", knurrte er. „Wildfremde Frauen kommen zu mir nach Hause und bringen mir Kuchen!"

„Entschuldigung. Könntest du das bitte nochmal wiederholen?" Bei der Erwähnung des Kuchens schwand auch die letzte Spur eines Lächelns aus ihrem Gesicht.

„*Reporter*! Du hast mich schon verstanden."

Die Art und Weise, wie er das Wort ausspie, war alles andere als ein Kompliment.

„Ihr Reporter schert euch doch nur darum, eure Geschichten an den Mann zu bringen. Wen interessieren die Leute, deren Leben deswegen auf den Kopf gestellt wird?"

Molly schlug sich die Hand vors Gesicht und rieb sich die Augen. „Die Frau im Minivan", stöhnte sie. Sie blickte auf und begegnete seinem vorwurfsvollen Blick. „Ein Minivan voller kleiner Kinder?"

„Ja, du hast sie gesehen?"

Sie rang nach Luft und ließ ihre Hand an ihren Hals sinken, um erneut mit ihrer Kette zu spielen. „Also … ja, ich bin fast von ihr überfahren worden. Ich meine, sie hatte es offensichtlich eilig, dich zu sehen, und sie ist die Hauptstraße runter gerast, na ja, jedenfalls ... sie ist zu dir nach Hause gekommen?"

„Sie und ihr *Kinderhort*."

„Du meinst, das waren nicht ihre Kinder?"

„Nein." Er wippte zurück auf seinen Stiefelabsatz. „Ich war die Exkursion. Hast du das gehört? Ich war ihre *Exkursion!*" Er funkelte sie an und hob einen Finger. „*Mit* Zustimmung der Eltern."

Die Worte klangen todunglücklich, und er sah gleichzeitig wütend und verwirrt aus. Und zu Mollys Überraschung wollte sie ihre Arme um ihn legen und ihn trösten. Die Haarsträhne aus seinen Augen streichen ... *Oh stopp! Du bist in eine Ecke gedrängt, er ist stinkwütend auf dich und du denkst darüber nach, ihn zu trösten. Ja, genau. Als würde er wollen, dass du ihn tröstest! Wach auf, Molly. Der Mann kann Reporter nicht leiden – und dich am allerwenigsten!*

Sie verließ ihren Tagtraum, richtete sich auf ihre vollen Einsachtundfünfzig auf und straffte ihre Schultern. „Dann hat sie dir also Kuchen gebracht."

Seine Miene spiegelte Fassungslosigkeit wider. „Und Motorrad Tammy hat mir Zitronenquadrate in einer mit Kunstpelz verzierten Tüte gebracht." Er schüttelte den Kopf, als er versuchte, das Bild aus dem Kopf zu bekommen.

Das Motorrad! Molly stöhnte innerlich. „Oh nein! Die habe ich auch gesehen. Die zwei sind tatsächlich zu dir nach Hause gekommen?" So weit hatte sie nicht vorausgedacht. Die Einwohner von Mule Hollow hatten mehrere Veranstaltungen organisiert und Frauen eingeladen, mitzumachen. Sie hatten sich vorgestellt, dass Frauen hierherziehen und sich niederlassen würden. An Stalker hatte niemand gedacht. Oder in Betracht gezogen, dass es vielleicht nicht sonderlich klug war, jemandes Adresse einfach so herauszugeben. Aber es war doch nur ein kleiner Ort!

„Ja, sie sind zu mir nach Hause gekommen – oder zumindest zu meinem Tor. Zum Glück sind sie nicht wie jemand, den ich kenne, über das Weidegitter gefahren."

Nein, in ihren wildesten Träumen hatte sie nicht gedacht, dass die Frauen so verrückt reagieren würden. Was hatte sie getan? So viele Dinge gingen Molly durch den Kopf. Hatte sie Bob in Gefahr gebracht? Wildfremde, seltsame Frauen kamen zu ihm nach Hause. Cassie war eine Sache, doch Molly hatte die möglichen Konsequenzen ihrer Geschichte nicht in Erwägung gezogen. „Bob, ich verspreche, dass ich dir nie Ärger machen wollte." Sie legte ihre Handfläche auf seinen Unterarm und spürte, wie sich die sehnigen Muskeln unter ihren Fingern anspannten. Langsam atmete er ein, und die Baumwolle seines roten Hemdes spannte über seiner von schwerer Arbeit definierten Brust, als er seine Wut sichtlich zügelte.

„Schau", sagte er schließlich. „Ich weiß, du hast nicht gewollt, dass irgendwas Schlimmes passiert. Ich bin die letzten paar Stunden durch die Gegend gefahren, um meine Wut loszuwerden, doch es hat nicht geholfen. Ich habe sogar eine Weile an meiner Scheune gearbeitet, weil ich dich nicht anschreien will. Aber Molly ..."

Sein aufgewühlter Blick fiel auf ihre Hand und kehrte dann zu ihrem Gesicht zurück. Beide schwiegen und Molly wartete darauf, dass er fortfuhr. Es war offensichtlich, dass er ihr mehr zu sagen hatte.

„Diese Frauen haben sich praktisch um mich gestritten. Die Motorradfrau hat sogar einen eigenartig wackeligen Tanz aufgeführt, um mir die Fransen an ihrer Motorradkleidung zu zeigen." Sein Gesichtsausdruck war mürrisch. „Und das war, nachdem sie sich auf mich gestürzt hatte, als wäre ich eine Waffeltüte oder sowas. Weißt du, wie schwer es war, sie davon zu überzeugen, mich loszulassen? Sie hat es nur getan, weil die Kindergärtnerin eifersüchtig wurde und sie abgelenkt hat. Ich sage dir, Molly, die haben einen Vogel! Und das Schlimmste daran ist, dass die Mütter der Kinder diese verrückte Kindergärtnerin dazu ermutigt haben! Ist das zu fassen?"

Molly nahm ihre Hand von seinem Arm und winkte schwach in Richtung Küche. Sie wusste, dass er nach den richtigen Worten suchte, um nicht die Beherrschung zu verlieren. Eine der Stärken von Bob Jacobs – und er hatte viele – war sein normalerweise ruhiger, fast unschuldiger Charme. Nicht wirklich schüchtern, eher so, als überlegte er es sich genau, bevor er etwas sagte, das er bereuen könnte. Irgendwie hatte sie herausgefunden, wie man ihn an seine Grenzen brachte. Und das tat ihr leid. Als sie darüber nachdachte, wie sehr er versucht hatte, nicht hierher zu kommen und seine Wut an ihr auszulassen, hatte sie das Gefühl, dass sie ihm etwas schuldete.

„Ich habe Lasagne gemacht", platzte sie heraus. „Es ist genug für eine Armee, und du weißt ja, wie es ist, wenn man alleine lebt ..." Sie hatte ausdrücklich gesagt, dass es ihr leid tat – vielleicht würde er ja ein Zeichen ihrer Reue akzeptieren. „Würdest ... möchtest du mit mir essen?"

Warum lud sie ihn zum Abendessen ein? Er würde rundheraus ablehnen. Auf keinen Fall würde er zu der

Frau Ja sagen, die im Alleingang sein perfektes Leben auf den Kopf gestellt hatte. Sie verdiente den erschrockenen Blick, den er ihr zuwarf. Doch er verdiente so viel mehr als die Art und Weise, wie sie ihn behandelt hatte, dass sie nachlegte. Sicherer als zuvor bat sie ihn zu bleiben.

„Wirklich, bitte bleib. Ehrlich gesagt bin ich nicht besonders gut in der Küche, aber ich habe schon oft gesagt bekommen, dass sich meine Lasagne sehen lassen kann. Ein Abendessen ist das Mindeste, was ich tun kann, um dir zu zeigen, dass es mir leid tut, dass ich all diese Probleme verursacht habe."

Und es tat ihr wirklich leid.

Er ließ seinen Hut auf seine Hüfte sinken und musterte sie einen Moment lang. Zweifellos fragte er sich, was von ihr Besitz ergriffen hatte, zu glauben, dass er jemals ein solches Angebot von ihr auch nur in Erwägung ziehen würde. Molly biss sich auf die Lippe und bereitete sich auf die Ablehnung vor.

„Okay."

Sie blinzelte. Zweimal. Molly wehrte sich gegen das flattrige Gefühl, das sie überraschte, und rieb mit ihren Händen an der Vorderseite ihrer Jeans, um sich zu fangen. „Gut. Sehr gut. Hier, lass mich deinen Hut nehmen." Sie war atemlos, als sie nach seinem Hut griff. Ihre Finger berührten seine, und sie erstarrte einen Wimpernschlag lang. „Ich werde ... ihn einfach hier drüben hinhängen, und du kannst ihn dir auf dem Weg nach draußen wiederholen." Sie zerrte an seinem Hut. Er lächelte schwach, begegnete ihrem Blick, und einen winzigen Moment lang glaubte sie, etwas in seinen Augen zu sehen ... dann ließ er los und drehte sich zum Fenster um.

„Schöne Aussicht."

„Ja, gefällt mir auch." Sie konnte sich nicht bewegen – sie glaubte, das Aufflackern von Interesse gesehen zu haben. Sicher, es hatte einmal Interesse zwischen ihnen gegeben, doch sie waren wie zwei Schiffe, die in unterschiedliche Richtungen fuhren. Sie hatte diese Anziehung nicht lange nach ihrem Umzug abgestellt. Sie hatte nicht gewollt, dass etwas im Weg stand, wenn es an der Zeit war, weiterzuziehen. Sie hatte ihm klar gemacht, dass ihre Karriere in ihrem Leben Priorität hatte. Es war der einzig faire Weg. Ihre Prioritäten waren ein Dealbreaker für ihn gewesen, und er hatte jedes Interesse auf persönlicher Ebene abgestellt. Es war sofort und unumstößlich gewesen.

Es hatte jedoch nichts an ihrer Neugier geändert,

und als jemand einmal erwähnt hatte, dass sein Vater Reporter gewesen war, war sie überrascht gewesen, als ihr klar wurde, dass sein Vater Ted Jacobs war. Wie sie war er ein Freiberufler, nur mit dem Unterschied, dass seine Arbeiten fast dreißig Jahre lang in renommierten Magazinen und Zeitungen erschienen waren. Molly hatte seine Arbeit lange bewundert – der Mann hatte ein Händchen für das Beschreiben von höchst spannenden Situationen. Er hatte während seiner fast dreißigjährigen Karriere am Rande der Gefahr gelebt und Geschichten geschrieben, die das Leben berührten, und gleichzeitig Lektionen in Menschlichkeit erteilt. Molly respektierte ihn.

Während sie Bobs Rücken betrachtete, fragte sie sich, wie es gewesen war, mit einem so berühmten Vater aufzuwachsen. Es ging sie nichts an, darum versuchte sie, ihre Neugier zu zügeln, als sie seinen Hut auf den kleinen Tisch neben der Tür legte und sich auf die Lasagne konzentrierte. Sie holte tief Luft, ging in die Küche und stellte das Knoblauchbrot zum Aufwärmen in den Ofen.

Dankbar, dass er das Thema auf etwas weniger Explosives zwischen ihnen gelenkt hatte, antwortete sie. „Da ich der erste Mieter hier im Gebäude war, konnte ich die beste Aussicht wählen. Es ist schön, rauszuschauen und über die Dächer der Stadt bis zum Horizont zu sehen. Die Sonnenuntergänge sind spektakulär."

„Das kann ich mir vorstellen", sagte er und kam zur Tür. „Kann ich dir helfen – Whoa! Was ist denn hier passiert?"

Molly warf einen Blick auf das Waschbecken voller Schüsseln und die mit Mehl bestäubte Arbeitsfläche. Ausgerechnet so musste er in ihre Wohnung sehen. Sie seufzte.

„Ich mache manchmal Kochkurse."

Seine Augenbrauen zogen sich wieder zusammen, diesmal neugierig. „Wo?"

Molly biss sich auf die Lippe und wippte auf den Fersen. „Im Fernsehen. Ich suche mir eine der Shows auf einem Kochkanal aus und probiere was aus. An Tagen, an denen ich meinen Artikeln den letzten Schliff verpasse, backe ich Brot. Das entspannt mich."

„Ahh, das erklärt die Arbeitsfläche und das hier."

Er streckte die Hand aus und strich mit seinem Daumen über ihre Wange. Molly hickste und wirbelte sofort zum Wasserhahn herum, um ein Glas Wasser zu holen und die Überraschung auf ihrem Gesicht zu verbergen. Sie hatte seit Jahren keinen Schluckauf mehr gehabt, doch das war nicht das, was sie überrascht hatte.

„Dann hast du das Brot gebacken. Cool."

Sie trank das Glas aus und hielt gleichzeitig den Atem an. „Nein. Das ist gekauftes Brot." Als sie sich wieder normal atmend umdrehte, wanderte sein Blick durch den Raum. „Dann hast du das ganze selbstgebackene Brot gegessen?"

Warum hatte er nicht rüberkommen können, *nachdem* sie das Chaos hier beseitigt hatte? Er suchte ganz klar nach der perfekten Hausfrau, und das war sie sicher nicht – und sie wollte auch keine sein –, doch musste er unbedingt sehen, dass sie, selbst wenn sie es gewollt hätte, nicht einmal annähernd eine sein konnte?

Doch andererseits, was machte das schon?

„Ich kann kein Brot backen. Ich versuche es. Ich mache einen Riesensaustall und versuche es mindestens einmal im Monat, ob ich nun Probleme mit einem Artikel habe oder nicht. Aber ich kann kein Brot backen. Das Brot nimmt es nicht persönlich, und sonst kann ich auch nicht viel kochen." Na bitte. Die Katze war aus dem Sack. Warum es sie plötzlich störte, dass sie nicht gut in etwas war, in dem sie nie gut hatte sein wollen, verwirrte sie.

„Ich habe dich nicht als die Art von Frau eingeschätzt, die gerne in der Küche arbeitet." Er hatte diesen überraschten Unterton in seiner Stimme.

„Genau genommen ist das eine Grauzone für mich. Ich weiß nicht, ob ich es mag oder nicht."

Er lachte leise, und es klang wunderbar in Mollys Ohren. Bob war immer einer gewesen, der leicht lachte, und in letzter Zeit hatte sie ihm das genommen. Sie stand neben ihm in ihrer winzigen Küche, ihre Ohren glühten plötzlich, und ihr Magen rebellierte.

„Ähm, möchtest du immer noch helfen?", fragte sie und musste das Thema wechseln.

„Klar."

„Dann nimm doch bitte die Platzdeckchen aus der Schublade." –Sie deutete hinter sich. „Und das Besteck ist da drin." Sie zeigte auf die Schublade über der anderen. „Ich hole die Gläser. Ist Eistee okay für dich?"

„Das ist mein Lieblingsgetränk."

„Süß oder ungesüßt?"

„Je süßer, desto besser. Aber ich trinke ihn so oder so."

„Du hast Glück. Ich habe von meiner Mutter gelernt, Tee zu machen, und er ist so süß wie es nur geht, ohne Sirup zu sein."

Wenige Minuten später holte sie das Brot aus dem Ofen und stellte es auf den Tisch neben die Lasagne.

Sie hätte nicht überrascht sein sollen, als Bob ihren Stuhl für sie herauszog und dann wartete, bis sie Platz genommen hatte, bevor er sich selbst setzte.

Während Molly ihn beobachtete, bemerkte sie erst, dass sie die Kette an ihrem Hals so weit verzwirbelt hatte, dass sie kurz vor dem Zerreißen stand, als sie ihre Haut einzwickte. Es war lange her, dass sie mit einem Mann zu Abend gegessen hatte, und sie wusste, dass es auf peinliche Weise offensichtlich war.

Sie griff nach ihrem Glas, um zu trinken, doch stattdessen stieß sie es um. Sie wollte es auffangen, doch es war zu spät.

„Oh nein", keuchte sie. Sie sprang auf und stieß mit den Knien gegen den Tisch. Wenn er nicht unglaublich schnelle Reflexe gehabt hätte, wäre auch sein Tee umgefallen.

„Das tut mir so leid." Sie nahm ein Geschirrtuch von der Theke und fing an, den Tee aufzuwischen. Sie war normalerweise kein Tollpatsch, nein, nicht wirklich. Glücklicherweise war es eines ihrer kleineren Gläser, und sie hatte den Tee aufgewischt, bevor er sich auf seine Seite des Tisches ausbreiten konnte. Er war nett genug, sie wegen des kleinen Missgeschicks nicht aufzuziehen, und innerhalb weniger Augenblicke war sie wieder auf ihrem Platz.

Schwitzend.

„Okay", sagte sie. Ihr Herz pochte immer noch vor Scham. Kinder verschütteten ihre Getränke. „Nächster Versuch. Ich bin normalerweise nicht so ungeschickt."

Er schmunzelte und zeigte seine Grübchen. „Schon okay. Wirklich."

Sie holte tief Luft, faltete die Hände in ihrem Schoß und wollte sich entspannen. Was war los mit ihr? Sie musste irgendetwas ausbrüten. Fieber, zitternde Hände. Ihr Magen fühlte sich seltsam an, und sie dachte verschwommen. Sie hoffte nur, dass sie Bob nicht anstecken würde. Armer Mann, sie hatte ihm schon genug angetan, ohne ihn auch noch mit einer Grippe zu infizieren.

Oder was auch immer mit ihr los war.

KAPITEL SIEBEN

Molly benahm sich seltsam. Bob fragte sich, ob sie vielleicht etwas ausbrütete. Sie sah aber nicht krank aus. Sie sah aus, wie immer – wunderschön. Vielleicht ein bisschen rot. Aber das unterstrich nur ihre Schönheit. Mit dem Teint einer goldenen Aprikose, ihrem rostroten Haar und diesen grünen Augen war es kein Wunder, dass kein Cowboy seine Augen von ihr lassen konnte, sobald sie einen Raum betrat. Doch sie hielten Abstand, genau wie er. Molly war nur auf der Durchreise, und alle wussten, dass sie nicht bleiben würde. Es war an ihren Augen abzulesen, in der Distanz, die dort lauerte.

Doch in diesem Moment benahm sie sich merkwürdig. Vielleicht hatte er ihre Gefühle in Bezug auf das Kochen verletzt. Er hatte wahrscheinlich ziemlich erstaunt ausgesehen angesichts ihrer Enthüllung, dass sie überhaupt etwas in der Küche ausprobierte. *Natürlich* war er erstaunt gewesen. Verblüfft. Und ein bisschen perplex, um ehrlich zu sein.

Und die Tatsache, dass sie immer wieder versuchte, Brot zu backen … also, das war süß. Nicht, dass das etwas ändern würde. Sie würde weiterziehen. Er musste sich immer daran erinnern – und an die nicht allzu kleine Kleinigkeit, dass sie seinem ruhigen Leben irreparablen Schaden zugefügt haben könnte. Nicht, dass er völlige Anonymität wollte, doch er wollte auch nicht zum Ziel weiterer Exkursionen nach Mule Hollow werden.

„Hm, die ist gut", sagte er und schob sich einen Bissen von der dampfenden Lasagne in den Mund. „Du hast nicht übertrieben."

Sie hielt mit der Gabel in der Luft inne. „Das ist in der Küche das einzige, womit ich mich rühmen kann. Glaub mir."

Er lachte und sah zu, wie sie einen kleinen Bissen in den Mund schob. „Ich bezweifle das. Vielleicht kannst du kein Brot backen, aber das können die wenigsten. Ich hätte Dessert mitbringen sollen, zumal ich jetzt zufällig eine Menge davon habe." Warum sagte er sowas? Sie hatten sich tatsächlich entspannt, doch jetzt verspannte sich Molly bei der Erinnerung an seine eifrigen Besucherinnen.

„Das tut mir leid." Sie legte ihre Gabel auf den Teller, nahm ihre Serviette und tupfte sich den Mund ab. Sorge lag in ihrem Blick.

„Ich werd's überleben. Entspann dich und vergiss, dass ich was gesagt habe ... obwohl die Kindergärtnerin erklärt hat, dass sie eine fantastische Bäckerin ist. Als Mann kann man nichts falsch machen, wenn man eine großartige Bäckerin heiratet. Sieh dir Brady an – der Junge hat das Beste aus beiden Welten, nachdem Dottie eine ausgezeichnete Bäckerin *und* Chocolatière ist. Vielleicht könnte ich auch soviel Glück haben." Er lächelte – der Tag hatte seine komischen Momente gehabt.

Mollys Schultern entspannten sich. Sie legte die Serviette wieder ab und glättete die Falten, die sie hineingewrungen hatte. „Ja. Da hast du recht. Ähm ... du hast da was Rotes an deiner Wange."

Bob hob seine Serviette und rieb sich die linke Wange. Sie schüttelte den Kopf und zeigte auf ihre eigene rechte Wange. Er wischte über seine andere

Wange und starrte auf den roten Lippenstift auf der weißen Serviette. „Oh Mann! Ich hatte das die ganze Zeit im Gesicht?"

Sie nickte, und ihre Augen tanzten. „Diese Bäckerinnen sind gefährliche Frauen."

„Du weißt nicht einmal die Hälfte der Geschichte." Er wollte die verrückten Frauen vergessen. „Die Wahrheit ist, ich weiß nicht einmal, welche von ihnen mich geküsst hat. Als die Kindergärtnerin eifersüchtig auf die Motorradfrau wurde, hat sie quasi versucht, sich wie eine menschliche Brechstange zwischen uns zu schieben."

Mollys Miene wurde ernst. „Es tut mir aufrichtig leid. Aber offensichtlich erkennen die beiden etwas Gutes, wenn sie es sehen." Sie lächelte und runzelte dann die Stirn, als wäre ihr erst verspätet bewusst geworden, was sie gesagt hatte. Plötzlich schien sie sich wieder unbehaglich zu fühlen.

Bob ging es genauso, und er suchte nach etwas, worüber er sprechen konnte. Ihm wurde bewusst, dass er über Molly sprechen wollte. Trotz allem faszinierte sie ihn. Er ließ den Blick über die Wohnung, die sie ihr Zuhause nannte, schweifen. *Zuhause* war nicht ganz das Wort, mit dem er die Zimmer beschreiben würde.

In einem möblierten Zimmer gäbe es mehr, als sie hier hatte. Das Fehlen von persönlichen Gegenständen verwirrte ihn.

Ihre Wände waren leer. Nichts lag auf den Beistelltischen. Es gab ein Bücherregal voller Bücher, doch ansonsten befand sich nichts in dem Raum, was besagte, dass tatsächlich jemand in dieser Wohnung lebte. Das einzige, was auf dem Sofatisch lag, waren ihr Laptop und eine offene Mappe mit einem gelben Notizblock darauf.

„Hast du noch nicht ausgepackt oder ziehst du aus?" Er brach einen Bissen Knoblauchbrot ab und schob es sich in den Mund. Vielleicht war sie schon im Begriff zu gehen, und er hatte es nur noch nicht mitbekommen.

Sie sah sich um und lächelte. „Es ist schlimm, nicht wahr? Nein zu beiden Punkten. Ich nehme mir immer wieder vor, loszuziehen und ein paar Wohnaccessoires zu kaufen. Vielleicht eine Pflanze. Aber ich bin kein besonders hausbackener Mensch und würde sie wahrscheinlich umbringen."

„Du meinst, du hast vor, das Zimmer so zu lassen?"

Sie sah ausdruckslos aus. „Ich bin ehrlich gesagt

generell kein großer Einkäufer. Es braucht Zeit, um all den Kram zu kaufen. Und ... naja–"

Sie zuckte mit den Schultern.

Bob lachte. Sie war so ernst. „Willst du dein Zuhause nicht gemütlich machen?" Sie bezeichnete all das, was eine Wohnung zu einem Zuhause machte, als *Kram*, beinahe so, als wäre es ein Schimpfwort.

Er wollte nicht, dass sie sich schlecht fühlte, doch als sie ihre Gabel hinlegte, ihre Hände in ihren Schoß legte und den Blick durch den Raum schweifen ließ, wünschte er sich plötzlich, er könnte seine Frage zurücknehmen. Was war mit ihm und seiner großen Klappe los? Als sie seinem Blick begegnete, wusste er, dass er ihre Gefühle verletzt hatte und es ihr schwer fiel, es nicht zu zeigen.

„Ich bin ein Trottel. Was du in deiner Wohnung tust geht nur dich etwas an. Jeder nach seinem Geschmack. Dem einen ist's eine Speise, dem anderen Gift, nicht wahr?" Er lächelte und hoffte, die letzten fünf Minuten verscheuchen zu können.

„Ich denke schon." Ihre Brauen zogen sich zusammen, während sie ihren Mangel an weltlichem Besitz betrachtete. „Ich schreibe. Das ist, was ich tue. Ich schreibe. Ich recherchiere und schreibe noch mehr.

Ich denke, meine Prioritäten sind anders als die von anderen."

„Du willst keine Wurzeln schlagen?" *Hey, Jacobs, Finger weg. Du kennst die Antwort auf diese Frage. Du hast es schonmal am eigenen Leib erfahren, oder hast du das vergessen?*

„Wie ich schon gesagt habe, als ich hergekommen bin, möchte ich gerne reisen."

„Ach ja. Das hast du gesagt. Mule Hollow ist nur ein Sprungbrett für dich."

Sie senkte den Kopf. „Naja, ähm, ich bin mir der Tatsache bewusst, dass Mule Hollow eine riesige Ressource ist. Ich betrachte es als Geschenk. Nicht nur, weil ich die Gelegenheit habe, dem Ort zu helfen und gleichzeitig meine Leserschaft auszubauen, sondern auch weil hier mein Glaube wiederhergestellt wurde und ich so viele Freunde gefunden habe."

Die Aufrichtigkeit in ihrer Stimme und in ihrem Gesichtsausdruck ließen ihn nachhaken. „Aber du denkst immer noch nicht, dass Mule Hollow der Ort ist, an dem du dich niederlassen kannst – hier, unter Freunden?"

Sie nahm ihre Gabel und schob ihr Essen auf ihrem Teller herum. „Schau, früher habe ich mich in meinem Kleiderschrank versteckt ... und geträumt. Ich meine, ich habe mir Orte in meinem Kopf vorgestellt, an die ich reisen würde, wenn ich groß bin und reisen könnte. Orte, an denen ich etwas verändern könnte. Ich möchte Geschichten erzählen, die dazu beitragen, die Welt zu einer Gemeinschaft zusammenzubringen. Verbindung aufbauen, dabei helfen, eine Brücke zwischen allen Menschen zu schlagen ...“

Und das war schön und gut, aber es bedeutete immer noch, niemals an einem Ort Wurzeln zu schlagen. „Du hast ein Händchen für das Schreiben von Geschichten, an denen die Leute teilhaben möchten. Glaub mir, ich habe das am eigenen Leib erlebt.“

Sie errötete wieder. „Und das tut mir so leid. Ich kann es nicht oft genug wiederholen.“

Wie konnte er böse auf sie sein? Er war nie jemand gewesen, der lange einen Groll hegte. Außer vielleicht bei seinem Vater. Wenn ein Mann seine Karriere seiner Familie vorzog, waren die Verhältnisse ziemlich klar. Und tatsächlich hatte er manchmal immer noch mit diesem Groll zu kämpfen. Er wusste, dass es nicht richtig war, doch es war nun einmal so.

„Was ist mit Heiraten? Du hast immer noch keine

Pläne, jemals zu heiraten?"

Sie schob den letzten Bissen ihres Essens in den Mund und schüttelte ruckartig den Kopf. „Ich nicht. Ich habe, was ich brauche. Ich fühle mich dazu berufen zu schreiben. Ich lebe mein Leben nach meinen Vorstellungen, konzentriere mich auf meine Karriere und weiß, was ich mit meiner Schreiberei erreichen kann. Zu Anfang habe ich nicht das ganze Bild gesehen. Doch dann wurden meine Augen geöffnet, und plötzlich wurde mir alles klar. Was ich schreibe, kann die Macht haben, die Herzen der Menschen zu berühren."

Sie machte eine Pause und holte tief Luft. „Deshalb war ich so begeistert davon, was du tust. Du bist auf der Suche nach der richtigen Frau, und bereitest alles auf den Moment vor, in dem sie in dein Leben tritt. Ich wollte helfen."

Sie war etwas Besonderes.

„Ich möchte eine Familie und stelle mich gerade darauf ein. Das ist alles, was ich jemals wollte."

„Und ich weiß, dass dir meine Geschichten über dich nicht gefallen haben, aber ich habe sie geschrieben, um dir zu helfen. Ich weiß, ich weiß – du brauchst meine Hilfe nicht. Aber meine Geschichten könnten dir die Frau deiner Träume bringen."

Sie war hartnäckig. „Vielleicht", antwortete er. „Aber ich hätte nie gedacht, dass meine zukünftige Frau Leder mit Fransen tragen könnte." Er konnte sein Schmunzeln nicht unterdrücken.

Molly lächelte und zwinkerte ihm zu. „Du weißt nie, was die Zukunft bringt, Bob."

Er sah sie mit absoluter Gewissheit an. „Ich kann dir mit Sicherheit sagen, dass ich meine Zukunft heute nicht gesehen habe. Ganz sicher nicht."

„Morgen ist ja auch noch ein Tag."

Die Sonne ging gerade unter, als Bob den mit Ziegeln gepflasterten Weg zu seiner Veranda hinaufging. Er holte John Boy aus einem provisorischen Zwinger neben der Treppe, kraulte das seidige Haar, öffnete die Tür und trat in sein Haus.

„Hey, Kleiner, hast du mich vermisst?" Ihm gefiel der Gedanke, zu etwas anderem als zu seinen Pferden und Kühen nach Hause zu kommen. Ein Hund war keine Familie, aber es war ein Anfang.

Er blieb in der Küche stehen und ließ den Blick über den offenen Raum schweifen. Er lebte erst seit einem Monat hier, doch im Gegensatz zu Mollys Wohnung sah es so aus, als hätte er sein ganzes Leben hier verbracht. Er hatte Bilder aufgehängt und sogar Blumen in den Eingangsflur gestellt. Die Frau in dem Laden in Ranger, in dem er viele Sachen gekauft hatte, hatte ihm erst gesagt, dass die Vase mit den Seidenblumen nur ein Ausstellungsstück war.

Nachdem er ein paar Wochen lang im Laden eingekauft hatte, hatte sie sie ihm als Dankeschön geschenkt. Jetzt sahen sie in der Mitte des kleinen Tisches in seinem Foyer sehr einladend aus.

Es gefiel ihm. Die Blumen erinnerten ihn an Frühling und Freude. Und das war genau das Gefühl, das er wollte, wenn er sein Haus betrat.

Er und Molly betrachteten das Leben auf vollkommen gegensätzliche Weise. Er wusste genau, warum er wollte, dass sich sein Haus wie ein Zuhause anfühlte. Seine Vergangenheit war direkt dafür verantwortlich, dass er sich von seiner Umgebung getröstet fühlen wollte. Er wollte die Sicherheit eines Hauses mit Wurzeln tief im Boden von Texas. Er wollte eine Familie hier in dieser soliden kleinen Gemeinde gründen und wissen, dass seine Kinder immer wissen würden, dass sie einen Ort hatten, an den sie nach Hause kommen konnten. Er hatte Mule Hollow mit Bedacht ausgewählt, als er im Rodeozirkus kreuz und quer durchs Land gereist war. Es war ein komisches Gefühl gewesen, als er vor sechs Jahren aus seinem verbeulten Truck gestiegen war und sich verbunden gefühlt hatte.

Der arme kleine Ort. Die Erinnerung daran, wie traurig er damals ausgesehen hatte, erstaunte ihn immer wieder. Er war mit seinen heruntergekommenen Gebäuden und verlassenen Straßen mitleiderregend gewesen, und doch hatte der abgelegene kleine Ort etwas tief in seiner Seele angesprochen.

Er hatte sein Rodeoleben nicht gleich an den Nagel gehängt, sondern war bis zu seinem Finale in Las Vegas dabei geblieben. Doch er hatte gewusst, dass er gefunden hatte, wonach er gesucht hatte, und dass er zum Ende der Woche aus dem PBR aussteigen und sofort nach Mule Hollow zurückkehren würde. Clint Matlock hatte ihn eingestellt und ihm alles beigebracht, was er über Ranching wusste. Es reichte, um ihm das nötige Selbstvertrauen zu geben, damit er es mit seiner eigenen Ranch versuchte.

Er plante sein Leben seit dem Tag, an dem sein Vater ihn ins Internat abgeschoben hatte. Seine Mutter war gestorben, und sein Vater hatte seine Karriere seinem Kind vorgezogen. Bob hatte keine andere Wahl gehabt, als sein Schicksal zu akzeptieren. Er hatte ein Zimmer zugewiesen bekommen, das er sich mit einem anderen Jungen geteilt hatte, jeden Tag in einer Mensa gegessen, einen Großteil seiner Ferien entweder im Internat oder bei Familientreffen eines Mitschülers verbracht und nur gelegentlich mal mit seinem Vater zu Abend gegessen. Das aber natürlich nur, wenn sein Vater zwischen zwei Projekten Zeit fand, um seinen Sohn einzuschieben.

Auf diesen Teil seines Lebens war Bob seit Jahren wütend. Seine Rebellion hatte ihn zum Bullenreiten getrieben. Einige Jungs ritten aus Freude am Reiten oder wegen des Adrenalins. Für ihn war es ein Ventil für seine Wut gewesen. Eine Beinahetragödie war nötig gewesen, um ihn aus dem Loch der Wut zu ziehen. Doch nur weil er nicht mehr wütend wegen seiner lieblosen Kindheit war, bedeutete das nicht, dass nicht etwas von dem alten Zorn wieder aufloderte, sobald er zurückblickte. Er hatte seine Momente. Und er hatte keine Geduld mit Eltern, die ihren Kindern nicht die Liebe und Aufmerksamkeit schenkten, die sie verdient hatten. Seine Kinder würden so viel Liebe bekommen, wie ein Mann nur geben konnte.

Zumindest musste er Molly bewundern – sie hatte nicht gesagt, dass sie eine Familie wollte. Er verstand vielleicht nicht, dass sie ihre Arbeit einer Familie vorzog, doch er respektierte, dass sie wusste, dass sie nicht beides haben konnte. Nicht in der Welt, in der sie Karriere machen wollte.

Als er sich in seinem gemütlichen Zuhause umsah, machte sich ein Gefühl der Zufriedenheit breit. Er wusste genau, was er wollte und was nicht. Und eines war sicher. Er wollte eine traditionelle Ehefrau, um mit ihr sein traditionelles Zuhause mit Liebe und Kindern zu füllen.

Er hob John Boy hoch und lächelte ihn an. Seine strahlend goldenen Augen und sein schiefes Grinsen jubelten ihm zu. Border Collies waren die besten Hunde, die sich ein Mann wünschen konnte. Sie waren ausgezeichnete Rinderhunde und großartig mit Kindern. Bobs Hoffnung war, die Liebe seines Lebens gefunden zu haben, bevor John Boy ein Jahr alt war.

„Sie ist da draußen, John Boy. Ja, ist sie.“

Der Welpe drehte den Kopf zur Seite und runzelte die Stirn, während er Bob unschuldig musterte.

„Oh, du glaubst mir nicht.“ Bob neigte den Kopf

und kraulte den Welpen. „Ich sage dir, dass sie da draußen ist. Und glaube mir, ich bin mehr als bereit, sie kennenzulernen."

Molly saß an einem Picknicktisch vor Sam's Diner. Ihr Laptop stand aufgeklappt vor ihr. Sie war glücklich, letzte Hand an einen Artikel für das *Countryside Magazine* legen zu können. Sie musste sich weiter konzentrieren, doch sie hatte endlich einen großartigen Abnehmer gefunden. Es war nicht das *Time Magazine*, doch es war ein guter Artikel, und damit würde sie ihre Rechnungen bezahlen können.

Während sie im warmen Sonnenschein saß, ein Getränk neben sich und die Deadline für den Artikel eingehalten, wanderten ihre Gedanken dorthin, wo sie den ganzen Morgen über immer hinzuwandern versucht hatten. Zu Bob.

Es war zwei Tage her, seit sie ihn gesehen hatte, und sie hatte oft an ihr gemeinsames Abendessen gedacht. Es war ein so überraschender Abend gewesen, und seitdem hatten sich Teile davon immer wieder in ihre Gedanken eingeschlichen und sie von ihrer Arbeit abgelenkt. Sie war an diesem Abend so nervös gewesen. Doch Bob war so nett und gar nicht nachtragend gewesen. Und sogar witzig. Er war *Bob* gewesen.

Und sie konnte nicht leugnen, dass sie alles an ihm attraktiv fand, sogar seinen unaufdringlichen Glauben und seine Freundlichkeit.

Bei ihm bekam man, was man sah, und das berührte ihr Herz, besonders seine Freundlichkeit. Mollys eigener Vater hatte Zorn und Zittern in ihrem Haus verbreitet. Obwohl er niemals körperlich gewalttätig gewesen war, hatten alle – vor allem ihre Mutter – unglücklich sein müssen, wenn er unglücklich gewesen war.

Und Molly? Sie war ein Nachgedanke gewesen. Sie konnte sich nicht daran erinnern, dass er je Zeit mit ihr verbracht hatte. Ihre Mutter hatte sein mangelndes Interesse damit erklärt, dass Nelson Popp keine Kinder hatte haben wollen, doch da ihre Mutter sich ein Kind gewünscht hatte, hatte er ihr eines geschenkt. Molly war also ein besonderes Geschenk für ihre Mutter. Komisch, dass sie sich nie *besonders* gefühlt hatte. Eines der vielen Dinge, die sie an Mule Hollow angezogen hatten, war die Tatsache, dass die Cowboys hier Frauen und Familien wollten. An ihrem ersten Tag hier hatte sie eine Gruppe von Menschen vorgefunden, die begeistert und entschlossen waren, nicht nur eine Gemeinde wiederaufzubauen, sondern vor allem eine Gemeinschaft, die sich für den Aufbau von Familien einsetzte. Sie war begeistert gewesen – aus der Sicht einer Journalistin.

Die aufrichtige Liebe zwischen all den Paaren zu sehen, die geheiratet hatten, seit sie in den Ort gezogen war, hatte ihr ein neues Bild gezeigt, wie das Leben sein konnte. Doch bis Bob mit ihr an ihrem eigenen Tisch gesessen und sie in dieser intimen Umgebung mit ihm zu Abend gegessen hatte, hatte sie noch nicht ein einziges Mal über ein Zuhause und ein Familienleben für sich selbst nachgedacht.

Und sie beharrte darauf, dass sie auch jetzt nicht darüber nachdachte. Sie hatte Träume, Ziele, Dinge, die sie erreichen musste. Orte, die sie sehen und erleben wollte. Leben, die sie mit den Worten berühren wollte, die sie zu Papier brachte. Sie hatte einen Plan für ihr Leben und konnte sich nicht ablenken lassen. Nicht einmal von Bob.

„Molly! Ju-hu, Molly!" Esther Mae Wilcox, deren rotes Haar in der Sonne loderte, kam den Weg zu ihr hinunter. Kürzlich hatte Lacy Esther ein neues Styling verpasst, das wunderschön gewesen war. Doch leider sah sie an den meisten Tagen so aus, als wären ihre Haare im Wäschetrockner durch das Aufbausch-Programm geschickt worden – einschließlich Esther Mae.

Heute war das nicht anders. Ihre Haare fächerten sich auf beiden Seiten in unebenen Flügeln auf und ließen sie so aussehen, als wäre sie einen Moment vom Abheben entfernt.

„Was gibt's, Esther Mae?"

„Ich habe mit dir nie über den Angriff von Bobs Stier gesprochen."

Molly schloss den Laptop. „Mir geht's gut, Esther Mae. Mach dir keine Sorgen um mich."

Esther Mae setzte sich an den grünen Picknicktisch und sah Molly an.

„Bob hat dich gerettet." Esther machte eine dramatische Pause, ihre Haarflügel flatterten an den Seiten. „Hat sich mitten in den Pfad des wütenden Bullen gestellt und dich gerettet. Mit knallender Peitsche. Romantisch wie im Kino. Findest du *Indiana Jones* nicht romantisch?"

Sie war also nicht die einzige, die Bob und Indy in dieselbe Kategorie eingeordnet hatte. Das Wort

Romantik riss Molly jedoch aus ihren Tagträumen heraus wie ein Stich mit einer Nadel. „Nicht wirklich romantisch, Esther Mae. Definitiv heroisch." *Indiana Jones* heroisch!

„Das ist doch dasselbe. Die Art und Weise, wie Bob losgeprescht ist und dich vor diesem blutrünstigen Bullen gerettet hat, lässt mein Herz einfach noch schneller schlagen."

„Jetzt mach mal langsam, Esther Mae. Lass dich nicht mitreißen. Denk daran, es war ja schließlich sein Bulle. Was hätte er tun sollen, mich vor seinem Haus niedertrampeln lassen? Selbsterhaltung ist nichts Romantisches."

Esther Mae schnaubte. „Jetzt komm schon, Molly. Du weißt, dass du den Jungen magst. Du beschreibst ihn in deinen Artikeln in den schillerndsten Farben. Man kann nicht so schreiben und nichts Besonderes für denjenigen empfinden."

„Na wunderbar. Wie kommst du denn darauf? Ich beschreibe die Fakten. Und Fakt ist, dass Bob ein netter Kerl ist, der einer Frau eines Tages ein großartiger Ehemann sein wird."

„Und Du? Was ist mit dir?"

„Mit mir?" Molly versuchte, cool zu bleiben –

schließlich hatte sie gespürt, dass das kommen würde. Cool zu reagieren war der beste Weg. „Aber mal was ganz anderes, Esther Mae, du musst wieder zu Heavenly Inspirations gehen und Norma Sue und Lacy und Sheri ... und Adela und wer sonst noch durch das Schaufenster den Ort beobachtet, sagen, dass sie ihre Kupplermützen wegpacken können. Denn, wenn sie glauben, dass ich mich ins Gemenge stürzen werde, um mir Bob zu angeln, dann haben sie sich kräftig getäuscht."

Esther Mae runzelte die Stirn. „Ich werde es ihnen sagen. Wenn ich die Artikel nicht selbst gelesen hätte, würde ich sagen, dass sie jemand anderes geschrieben hat." Sie machte eine Pause und zog ihre Stirn noch krauser als zuvor. Die Sommersprossen auf ihren Wangen schienen ihr Stirnrunzeln nachzuahmen, was ihre Enttäuschung doppelt deutlich machte.

Molly sah nervös zu, und ihre Ängste wuchsen, als sich Esthers Mundwinkel langsam nach oben bewegten und sich schnell zum Lächeln einer Besessenen verzogen. „Du weißt, dass er Besucher hat. Weibliche Besucher. Die ihm Essen bringen." Sie hatte die Deadline für den Artikel für *Countryside* und auch für ihre wöchentliche Kolumne eingehalten, doch dafür hatte sie sich bis heute Morgen nicht erlaubt, ihre Wohnung zu verlassen. Es war keine Überraschung, dass jeder über die Kindergärtnerin und Motorrad-Tammy Bescheid wusste. „Ja, ich habe von den beiden gehört. Und ich fühle mich schrecklich–"

„Zwei. Liebes, wo bist du gewesen? Vielleicht zwei pro Tag."

„Was?" Molly erschrak. Sie fuhr sich mit der Hand über das Gesicht und stöhnte. Zwei pro Tag. Armer Bob, er musste furchtbar wütend sein. Bei ihren erbärmlichen Kochkünsten würde mehr als eine Mahlzeit nötig sein, um das aus der Welt zu schaffen. Warum hatte er sich nicht wieder bei ihr beschwert? Warum war er nicht wie nach der Kindergärtnerin und der Motorradbraut wieder in ihre Wohnung gestürmt, um ihr Vorwürfe zu machen?

„Ich muss los, Esther Mae. Bis später." Sie steckte ihren Laptop in den Rucksack. Sie wusste, dass Esther Mae sie mit Argusaugen beobachtete und ihren Mitverschwörerinnen über ihr seltsames Verhalten berichten würde. Doch das war nicht die Zeit, sich Gedanken darüber zu machen, was irgendjemand von ihr hielt. Es ging um Bob und die Schwierigkeiten, die sie in sein Leben gebracht hatte.

Alles, woran sie denken konnte, war, ihn zu finden und sich zu entschuldigen. Sie war schon auf der anderen Straßenseite, als Esther Mae ihr kichernd nachrief. „Wenn du denkst, dass die Besucherinnen schon was sind, solltest du erst einmal seine Post sehen!“

KAPITEL ACHT

Clint stieß einen langen Pfiff aus und starrte auf Bobs Esstisch. Bob starrte auch, wie er es in den letzten vier Stunden, seit die Post angekommen war, immer wieder getan hatte. Es war einfach nicht richtig.

Als er gestanden hatte, dass er bereit für eine Ehefrau war, hätte er sich nie träumen lassen, dass sich die Post auf seinem drei Meter langen Esstisch türmen würde! Da waren lila Umschläge, rosa Umschläge, Umschläge mit kleinen glitzernden Irgendwassen darauf, Umschläge mit Schnörkeln und Umschläge mit Blumen. Und er konnte einige sehen, auf denen Kusslippen zu sehen waren – ob nun echt oder falsch, er hatte nicht vor, sie nahe genug zu betrachten, um es herauszufinden.

Und das war nur das, was er aus der Ferne sehen

konnte. Traurig aber wahr. Der Anblick von all dem Fluff und Flausch war genug, um einen Mann nervös zu machen. Und wenn ein Blick auf den Regenbogenberg mit schamlosen Interessensbekundungen einen Cowboy nicht schon zum Würgen brachte, reichte der Geruch definitiv. Bob nahm an, dass all die blumigen Aromen, die von dem Haufen ausgingen, einen Cowboy aus zwanzig Metern Entfernung aus dem Sattel werfen konnten.

Und hier standen er und Clint damit in seinem Haus!

„Oh Junge, Bob, du hast nicht übertrieben", sagte Clint und fächelte sich Luft mit seinem Hut zu. „Hast du welche davon aufgemacht?" Mutig trat er auf den Tisch zu und pflückte mit zwei Fingern einen grünen Umschlag an der Ecke aus dem Haufen. Er war mit einer gelbe Blumengirlande verziert, die am oberen Rand verlief. Langsam hob er ihn zum Licht, dann an seine Nase und schnupperte. „Whoa!"

Bob sah zu, wie Tränen in die Augen seines Freundes traten.

„Du bist mutiger als ich", sagte er und trat zwei Schritte zurück, als Clint ihn zu sich winkte. „Auf keinen Fall! Wenn ich gewusst hätte, dass der Postbote das über meine Weidegitter schleppt, hätte ich dafür gesorgt, dass Sylvester vor dem Haus wäre, um ihn zu verscheuchen.“

Das stimmte. Er war verblüfft gewesen, als er einem stirnrunzelnden Postboten die Haustür geöffnet hatte, der ihm mitgeteilt hatte, er sei kein Stadtpostbote, und das bedeutete, dass er keine Hausbesuche machen wollte, doch sie hätten nicht genug Platz für die Briefe in der Poststation. Und dann hatte der magere Mann den riesigen Sack zu seinen Füßen fallen gelassen. Bob hatte dem Mann fassungslos nachgeblickt, als er zu seinem Fahrzeug gestapft und wieder davongefahren war.

Bob war überrascht gewesen, darum hatte er den schweren Sack aufgehoben und zu seinem Tisch gebracht.

Clint wedelte mit dem Umschlag vor seiner Nase und brachte seine Gedanken zurück in die Gegenwart. „Komm schon, Bob, du musst wenigstens ein paar lesen. Wer weiß? Deine wahre Liebe könnte in diesem Haufen warten. Könnte genau diese Erbsengrüne hier sein.“

Bob lächelte nicht. „Mach nur, wenn du willst. Die müssen alle verrückt sein.“

Clints Grinsen explodierte, und er riss den Umschlag auf. Das Geräusch eines sich nähernden Trucks — und John Boys quietschendes Bellen – gab Bob eine Entschuldigung, Clint allein lesen zu lassen. Als er zur Hintertür ging, um zu sehen, wer gekommen war, folgte Clints Lachen ihm.

„Oh Herr, gib mir Geduld und lass das nicht noch eine Überraschung sein." Oder ein Lastwagen voller Ranchhelfer, die zum Lästern gekommen waren.

„Hey, Brady", rief er, als er seinen Freund sah. Der hochgewachsene Gesetzeshüter ging den gekiesten Weg entlang und sah so verstimmt aus, wie Bob sich fühlte.

„Du bringst mir besser nicht noch mehr schlechten Nachrichten", rief er und trat auf die Veranda, um etwas dringend benötigte frische Luft zu schnappen. John Boy huschte ihm hinterher, setzte sich sofort auf seinen Stiefel und lehnte sich gegen sein Bein, um Brady anzuknurren. Bob bückte sich und streichelte beruhigend über den Rücken des Welpen. „Wenn du schlechte Nachrichten bringst, gebe ich dir fünf Sekunden Zeit, um dich umzudrehen und in die Stadt zurückzukehren, bevor ich meinen Wachhund hier auf dich hetze." Er grinste Brady an, richtete sich auf und bot ihm seine Hand zum Gruß an.

Brady schüttelte seine Hand, lächelte aber nicht. „Ich muss leider sagen, dass es nicht sonderlich gute Nachrichten sind. Ich dachte mir, ich fahre nochmal vorbei, bevor ich nach Hause fahre. Und so leid es mir tut, aber Motorrad-Tammy sitzt wieder da draußen an deinem Weidegitter. Das ist gruselig, Bob. Das ist jetzt der vierte Tag, den sie hier rumhängt. Sie würde glatt ein Zelt aufschlagen, wenn ich sie nicht rausschmeißen würde. Mein offizieller Rat ist, wenn sie meine Warnung nicht beachtet und verschwindet, solltest du eine einstweilige Verfügung gegen sie erwirken. Stalker sollte man nicht auf die leichte Schulter nehmen.“

Bob legte eine Hand auf den Verandapfosten, blickte in Richtung der untergehenden Sonne und versuchte, die Unruhe in seiner Brust niederzuringen. Er hasste es, wieder Wut auf Molly zu empfinden, doch sie war da. Sicher, sie hatte das nicht gewollt, doch es war nun einmal passiert. Und er war derjenige, der für ihren Mangel an verantwortungsvoller Berichterstattung bezahlen musste.

„Ich habe keine Angst vor einer Frau“, sagte er. „Tammy hat nicht alle Tassen im Schrank, aber ich glaube nicht, dass sie gefährlich ist. Jedenfalls noch nicht."

„Sei dir nicht so sicher. Es geht nicht darum, was du glaubst und was nicht. Wir reden hier über Tatsachen, und in meinen Tagen bei der Truppe in Houston habe ich Tragödien unter Umständen gesehen, die weitaus weniger verdächtig waren."

Bob war sich bewusst, dass er die Augen vor den Tatsachen verschloss, doch er weigerte sich, klein beizugeben. „Lass uns einen Schritt nach dem anderen machen, okay?"

„Es ist deine Entscheidung."

Aus dem Haus drang Gelächter nach draußen. Bob neigte den Kopf und warf Brady einen Blick zu. „Das ist Clint. Er liest meine Post."

„Oh ja, ich habe davon gehört. Du bist anscheinend beliebter als der Weihnachtsmann. Norma Sue hat Jarvis im Diner gesehen, und er hat sie und die anderen darauf hingewiesen, bevor er sich auf den Weg zu dir gemacht hat. Du weißt, was das bedeutet."

„Ja, ich weiß. Ich kann ihr Lachen schon hören." Bob ließ den Kopf hängen und war sich klar, dass alle wussten, was auf seinem Tisch lag. „Schau mal rein und sag mir, ob es lustig ist. Aber halt dir die Nase zu."

Widerstrebend folgte er Brady ins Haus, nervös, nachdem der Sheriff ihm bestätigt hatte, dass alle wussten, in welchen Zirkus sich sein Leben verwandelt hatte, und alles dank der einen und einzigen Miss *Molly Popp*.

„Ich wollte nicht, dass das passiert", sagte Molly und sah sich im Salon voller Frauen um. Heavenly Inspirations war bis auf den letzten Platz voll. Norma Sue und Esther Mae saßen in den Stylingstühlen. Sheri und Adela saßen am Maniküretisch, während Sheri Adela ihre wöchentliche Maniküre gab. Lacy lehnte an der Wand und hörte Molly mit der eindringlichen Miene eines Meisterschachspielers zu. Und Molly saß unbehaglich auf dem Shampoosessel und wünschte, sie könnte den Abfluss hinunterkriechen und sich ertränken. Bob hatte ihre Anrufe nicht angenommen, und obwohl sie nach ihm Ausschau gehalten hatte, war er nicht in die Stadt gekommen, so dass sie sich nicht hatte entschuldigen können. Es war völlig klar, dass er ihr die Schuld an der Situation gab.

„Das ist nicht deine Schuld, Molly", sagte Norma Sue, doch ihr markantes Lächeln, das sich sonst von der obersten Ecke von Texas bis zur Küste zu erstrecken schien, fehlte.

„Norma Sue, du weißt, dass es so ist. Wenn ich diesen Artikel nicht geschrieben hätte, müsste Bob sich nicht auf seiner Ranch verstecken. Ich hätte nie gedacht, dass ausgerechnet *ich* das sagen würde, aber Gott sei Dank ist Sylvester da, um Eindringlinge abzuschrecken. Applegate und Stanley haben sogar angefangen, diese Frauen als Bobjägerinnen zu bezeichnen! Wie schrecklich ist das bitte?"

Es war wahr. Seit dem Abend, an dem sie und Bob zusammen in ihrer Wohnung gegessen hatten, tauchten ein- oder zweimal am Tag Frauen auf, und einige hatten nicht wieder gehen wollen. Besonders Motorrad-Tammy, die in diesem Moment die Straße runter in Sam's Diner saß und aß. Und es machte Applegate und Stanley fertig, dass sie nicht im Diner waren, um zu lauschen. Wegen ihrer mysteriösen andauernden Fehde mit Sam hatten die beiden Oldtimer ihr Damespiel auf dem Picknicktisch vor Petes Futterladen zurückgelassen und waren vor dem Fenster des Diners gesehen worden, von wo aus sie in den Gastraum spähten. Sie weigerten sich, hineinzugehen, obwohl es offensichtlich war, dass ihre

Neugier sie bei lebendigem Leib auffraß. Es war erbärmlich.

„Molly, reg dich nicht auf", sagte Esther Mae und brach damit in ihre trüben Gedanken ein. Molly blickte rechtzeitig auf, um zu sehen, wie sie sich die Haare tätschelte. Obwohl Lacy Esther Maes dreistöckigen Bienenstock, der mit jeder Bewegung geschaukelt hatte, bereits vor einer ganzen Weile abgeschnitten hatte, war die Angewohnheit, ihn zu tätscheln, um sicherzustellen, dass er immer noch fest an ihrem Kopf klebte, tief in Esthers Gewohnheiten verwurzelt. „Bob hat gesagt, dass er eine Frau will. Der Junge wird sich eben an die Vorstellung gewöhnen müssen, dass es offensichtlich eine überwältigende Gruppe von Frauen gibt, die sich zu gerne in dieser Rolle sehen würden. Es ist wie in diesem Film mit Tom Hanks, in dem der Sohn beim Radiosender anruft und versucht, seinem Vater eine neue Frau zu besorgen. Oh, ich liebe diesen Film einfach! Habe ihn erst gestern Abend wieder gesehen. Natürlich wäre es schön, wenn ein paar dieser Hühner normal wären. Was denkst du, kannst du in deinem nächsten Artikel konkret darauf hinweisen, dass sich diejenigen ohne Gehirn gar nicht erst bewerben sollen?"

„Es ist nicht so, dass sie kein Gehirn haben, Esther Mae", mischte Norma Sue sich ein. „Es ist einfach so, dass Gott Ameisen viel mehr gesunden Menschenverstand geschenkt hat, als diesen armen Dingern."

Esther Mae sah Norma Sue an, als ob sie von einem anderen Planeten käme. „Norma Sue. *Normale Frauen* kleben keine Schilder an die Seiten ihres Autos, auf denen steht: *Heirate mich, Bob*. Und was ist mit gestern, als diese Frau diesen Kofferraum voller Lautsprecher hatte und das Vieh durchgegangen ist, während sie dem armen Kerl Liebeslieder vorgespielt hat? Das ist kein Mangel an gesundem Menschenverstand. Das ist dumm wie Brot." Norma Sue schüttelte den Kopf.

„Das sagt du. Jemand mit einer so extrovertierten Persönlichkeit könnte genau das richtige Gegenstück zu Bobs ruhiger, ausgeglichener Persönlichkeit sein."

Molly befürchtete, dass sie diesen süßen Teil von Bobs Persönlichkeit zerstört hatte.

„Ladys", sagte Adela mit ihrer sanften Stimme der Vernunft. „Sich den Kopf heiß zu reden bringt auch nichts."

Molly hörte der Debatte ihrer Freundinnen weiter

zu, und sie musste zugeben, dass sie mit Esther Mae in dieser Frage einer Meinung war, was ungewöhnlich war. Sie hätte geglaubt, dass Norma Sue die Frauen für verrückt hielt und dass Esther Mae ihr Verhalten als normal einschätzen würde. Doch die Tatsache, dass die Debatte völlig verkehrt herum geführt wurde, war für den Verlauf dieses gesamten Trips nach Gagaland geradezu selbstverständlich. Doch wie auch immer, normale Frauen taten nicht die verrückten Dinge, die Bobs Verehrerinnen getan hatten. Sie brachten nicht einen Haufen Kinder im Vorschulalter auf eine Exkursion, um einen Junggesellen zu sehen. Immerhin war Bob kein Welpe in einem Fenster oder ein Affe in einem Käfig. Obwohl er sich ihretwegen wahrscheinlich wie einer fühlte.

Esther Mae runzelte die Stirn. „Adela, ich rede mir den Kopf nicht heiß. Und um Norma gegenüber fair zu sein, muss ich zustimmen, dass die Frau im Hochzeitskleid vielleicht wirklich professionelle Hilfe suchen sollte."

„Esther Mae, sei still", blaffte Norma Sue und warf Molly einen Blick zu.

Mollys Magen zog sich zusammen. „Wie bitte? Eine Frau in einem Hochzeitskleid?" Davon hatte sie noch nichts gehört. Sie sah sich im Raum um, in dem es plötzlich still war wie in einem Gerichtssaal, in dem gerade das Urteil verkündet wurde. Sheri konzentrierte sich plötzlich ein wenig zu sehr auf Adelas Maniküre, und selbst Adela sah aus, als ob sie im Gebet versunken wäre. Mollys fragender Blick fiel auf Lacy.

Der blonde Wirbelwind sah plötzlich so aus, als hätte sie schlechte Milch getrunken. „Molly, reg dich bitte nicht darüber auf."

Diese Worte bestätigten Mollys Verdacht, dass mehr passiert war; etwas, das ihr nicht gefallen würde. Die Tatsache, dass Lacy mit ihren rosa Fingernägeln auf ihre Hüftknochen trommelte, war nur ein weiterer Beweis. Lacy fuhr sich mit einer Hand durchs Haar, sah sich im Raum um und begegnete dann Mollys Blick. „Okay, ich werde es dir erzählen, aber bitte flipp nicht aus. Alles ist gut. Wirklich – ja, es ist vielleicht ein bisschen komisch, aber–"

Molly stand auf. „Lacy, sag mir, was passiert ist. Bitte."

„Applegate und Stanley haben gestern Nachmittag eine Frau in einem Hochzeitskleid auf der Hauptstraße gesehen. Du weißt, wie sie leiden, weil sie nicht im Zentrum des Geschehens bei Sam sind. Wie wir alle mitbekommen haben, können sie vom Picknicktisch vor dem Futterladen viel sehen, auch wenn sie nicht im Diner sind. Sie können zumindest beobachten, wer ins Diner kommt und geht. Und ja, Sam hat bestätigt, was sie allen erzählt haben – dass gestern eine Frau in einem Hochzeitskleid wie ein Sahnetörtchen mit Tiara ins Diner gekommen ist."

Wie hatte sie das verpassen können?

Ein kollektiver Seufzer schwappte durch den Raum. Wenn das stimmte, hatte Molly im Alleingang Bob Jacobs' Leben in ein Fiasko verwandelt.

Und das zusätzlich zu der ohnehin schon beängstigenden Realität, dass Bob buchstäblich einen Stalker haben könnte. Sheriff Brady musste mehrere Trips zu Bob unternehmen, um Motorrad-Tammy mitzuteilen, dass sie keinen Claim auf Bobs Land abstecken konnte. Oder Ansprüche auf Bob erheben. Die Frau hatte tatsächlich drei Nächte hintereinander versucht, ein Zelt im Graben neben Bobs Weidegitter aufzubauen!

Sie machte Molly Angst. Sie war zu verbissen. Eine normale Frau stürzte sich nicht auf einen Mann, wenn sie ihn zum ersten Mal sah. Und Bob hatte gesagt, es wäre anstrengender gewesen, ihr auszuweichen, als sich in irgendeiner Arena auf dem Rücken eines Stiers zu halten. Das war furchteinflößend.

Dann waren da die Kuchen. Der Postbote hatte ein echtes Problem. Er hatte in einer Woche mehr verderbliche Waren an Bob geliefert, als er in seinen zwanzig Jahren im Postdienst im ganzen Ort ausgeliefert hatte. Ganz zu schweigen von den schweren Säcken voller Karten und Briefe, die immer noch kamen. Esther Mae hatte mit ihren Vergleichen mit dem Film *Schlaflos in Seattle* recht. Sowohl Tom Hanks als auch Bob hatten eine Menge Post bekommen, doch das hier war kein Film. Das war das wirkliche Leben – Bobs Leben – und Molly könnte es in Gefahr gebracht haben.

Da war es ganz egal, dass sie das nicht gewollt hatte und dass ihre Absichten ehrbar gewesen waren. Im Film war die Antwort eine Flut von Heiratsanträgen von sympathischen Frauen gewesen und Toms Rolle hatte schließlich die perfekte Frau gefunden. Wenn Bobs Richtige auf irgendetwas reagiert hätte, das Molly in ihren Artikeln geschrieben hatte, würde das auch nichts helfen. Sie würde in dem Theater untergehen, das Molly ausgelöst hatte!

Es war alles zu dumm, um real zu sein, doch traurigerweise löste sich nicht alles in Wohlgefallen auf, nur weil es dumm war. Es war nur allzu real, und sie musste einen Weg finden, es wieder geradezubiegen. Unbedingt. „Molly, komm mit mir." Lacy packte sie an der Hand und zog sie aus ihrem Stuhl. „Ich denke, du brauchst ein Antistressprogramm. Und das bedeutet eine Fahrt in meinem Cadillac."

Molly überlegte, ob sie sich zur Wehr setzen sollte. Doch Lacy liebte es, in ihrem 1958er Cadillac-Cabrio zu fahren. Und obwohl Molly von ihren Bemühungen, sie aufzuheitern, tief gerührt war, tat es ihr leid, Lacy zu sagen, dass selbst eine Fahrt in ihrem geliebten Auto das Chaos, das sie verursacht hatte, nicht aus der Welt schaffen konnte. Doch sie konnte keine Ausrede finden, nicht mitzugehen, besonders, da Lacy sie und alle anderen praktisch auf den Gehsteig vor den Laden schob, wo der Caddy wie ein großes rosa Rettungsfloß stand.

Lacy sprang wie immer behende über die Fahrertür und grinste Molly an wie ein Schulmädchen hinter dem Lenkrad.

„Komm schon, Molly, lass uns keine Zeit

verschwenden.“

„Steig ein und hör auf, dir Sorgen zu machen“, sagte Norma Sue und stieß sie an.

Molly setzte sich auf die Tür, schwang die Beine darüber und ließ sich auf das weiße Leder des Beifahrersitzes fallen. Jeder, der wusste, wie Lacy fuhr, trat vom Fahrzeug zurück und winkte.

„Ich weiß nicht, warum ich das tue“, seufzte sie, als Lacy den Motor anließ. Sie sagte nichts, sondern trat nur auf das Gaspedal und schoss rückwärts aus dem Parkplatz.

„Molly, ich habe Lust, schnell zu fahren, also lehn dich zurück, schnall dich an, dann reden wir.“

Sie waren erst eine halbe Meile vom Ort entfernt, als Motorrad-Tammy sie einholte.

Sie trug eine schwarze Lederhose und einen Mantel mit Fransen, die im Wind wehten. Die Fransen, die sie für Bob zum Tanzen gebracht hatte. „Was macht sie?“, keuchte Molly und sah überrascht zu, wie sie sie grüßte und dann mit dem purpurn schimmernden Motorrad in einer Geschwindigkeit davon schoss, die Molly nur als verrückt beschreiben konnte.

„Glaubst du, sie ist auf dem Weg zu Bob?“, rief

Lacy über den Fahrtwind und das Dröhnen des schnell kleiner werdenden Motorrads hinweg.

„Wenn ich wetten würde, würde ich ja sagen. Begreift sie nicht, dass sie seine Höflichkeit überstrapaziert hat?"

„Sieht nicht so aus, als würde sie das interessieren." Lacy warf ihr einen Blick zu, der fragte, was Molly dagegen tun wollte.

„Das ist einfach nicht richtig, Lacy. Nur weil ich einen Artikel geschrieben habe, hat sie nicht das Recht, den armen Bob so zu belagern."

„Nein, hat sie nicht. Keiner von uns wollte, dass sowas passiert, als wir die *Ehefrauen gesucht* Kampagne ins Leben gerufen haben."

„Dann reicht's jetzt, Lacy! Fahr ihr hinterher." Molly starrte geradeaus und behielt das Motorrad im Visier, das sich in der Ferne stetig von ihnen entfernte. „Ich habe genug, Lacy. Ich habe Bob diese Suppe eingebrockt, und ich werde sie wieder auslöffeln. Als Erstes werde ich mich in meiner Kolumne bei ihm offiziell entschuldigen und auf nette, aber entschlossene Weise allen mitteilen, dass Mule Hollow viele wunderbare Junggesellen hat, dass aber ein bestimmtes Protokoll befolgt werden muss. Doch zuerst müssen wir Tammy einholen und ihr ein für alle Mal klarmachen, dass sie verschwinden soll. Das geht jetzt schon viel zu lange so!"

Lacy brauchte keine weitere Überredung und lächelte sie an. „Halt dich fest, denn jetzt geht es los." Als Lacy aufs Gas trat, warf das Drehmoment des alten Caddys Molly auf den Sitz. Lacy lachte und trotz der Geschwindigkeit, mit der die Landschaft vorbeiflog, musste Molly lächeln.

Und dann sah sie, wie Tammy mit ihrem Motorrad in die Auffahrt zu Bobs Haus preschte und über das Weidegitter fuhr.

„Was tut sie da?", keuchte Molly, der das Lachen vergangen war.

„Für mich sieht das nach Ärger aus. Kannst du Sylvester irgendwo sehen?"

Molly blickte über die Weide, als Lacy den Fuß vom Gas nahm. „Nein. Gott sei Dank. Komm schon, wir müssen ihr folgen."

„Geht klar, Schwester. Das ist mehr Abenteuer als ich hatte, seit ich die Viehdiebe verfolgt habe!"

Molly biss sich fast auf die Zunge, als sie über das lästige Weidegitter fuhren. Die Erinnerung an ihre letzte Begegnung auf dieser Seite des Zauns ließ sie in beide Richtungen blicken, um sicherzugehen, dass Sylvester nicht doch aus dem Nichts auftauchte, wie er es getan hatte, als er sie angegriffen hatte. Doch jetzt war gar kein Vieh zu sehen. Und das war wahrscheinlich der Grund, warum Tammy glaubte, eine Chance zu haben, zu Bobs Haus zu gelangen. Das war verrückt! Was hatte sie da nur losgetreten?

Sie verlor das Motorrad einen Moment lang aus den Augen, als es über der Kuppe verschwand. Als sie selbst über die Kuppe fuhren setzte ihr Herz aus, und sie schrie bei dem Anblick, der sich ihr bot.

Aus der einen Richtung preschte Sylvester direkt auf das Motorrad zu! Und aus der entgegengesetzten Richtung rannte Bob – immer der Held – los, um ihn abzufangen.

Und dieses Mal hatte er weder eine Peitsche noch seinen Truck.

KAPITEL NEUN

Lacy brachte den Caddy ruckartig auf dem Hügel zum Stillstand. „Molly, sie wird Bob umbringen. Und sich selbst!"

Mollys Herz pochte ihr bis in den Hals, und sie konnte nur nicken und weiter nicken, als sie zusehen musste, wie Bob auf den Bullen zu rannte.

Als die dumme Tammy begriff, was auf sie zukam, hatte sie zumindest so viel Verstand, dass sie versuchte, einen Frontalzusammenstoß zu vermeiden. Sie riss ihr Motorrad nach rechts herum und ließ Kies aufspritzen, doch der Hinterreifen verlor den Halt und schoss unter ihr hervor. Auf der Seite liegend rutschte das Motorrad mitsamt Fahrerin direkt auf Sylvester zu. Schlimmer noch, Bob rannte auf die gewisse Katastrophe zu.

Sekunden, bevor Sylvester über die Frau in Bauchlage hinweg pflügen konnte, sprang Bob über das Motorrad und stellte sich direkt zwischen den verrückten Bullen und die noch verrücktere Frau.

Geschickt schlug Bob Sylvester auf die Nase und wandte sich vom Motorrad ab, um die Aufmerksamkeit des Bullen auf sich zu lenken. Doch es gab keinen Ausweg für ihn! Wenn sie in einer Arena gewesen wären, hätten Männer den verletzten Reiter (in diesem Fall Tammy), für dessen Schutz Bob ausgebildet war, in Sicherheit gebracht, und es hätte einen Zaun gegeben, über den er hätte klettern konnte, oder ein Fass, in das er hätte springen können, wenn er sein Leben riskiert hätte, um den Bullen davon abzuhalten, dem Reiter weiteren Schaden zuzufügen. Doch er war auf freiem Feld. Allein.

„Wir müssen etwas tun", jammerten Molly und Lacy praktisch gleichzeitig. Beide wussten, dass das kein Rodeo war und Bob in einem aussichtslosen Kampf einem Bullen ausgesetzt war, der, wie Molly nur zu gut wusste, nicht dazu neigte, sich von einem Menschen abschrecken zu lassen.

„Wir fahren runter zu ihm." Lacy drückte gleichzeitig auf das Gas und die Hupe. Der Caddy machte einen Satz nach vorn, bereit zum Tango, als Sylvester seinen massigen Kopf senkte und mit den Hufen scharrte.

Lacy und Molly schrien, um die Aufmerksamkeit des Bullen auf sich zu lenken und Bob zu verschonen. Doch sie waren zu weit weg, um das Unvermeidliche aufzuhalten, und mussten mitansehen, wie der Bulle auf Bob zu stürmte. Die einzige Rettung war Bobs Schnelligkeit, als er sich umdrehte, die Stirn des Stiers mit seiner ausgestreckten Hand traf und sich zur Seite katapultierte. Es war eine spektakuläre Aktion. Molly war sich sicher, dass er genau dasselbe als Ablenkungsmanöver in der Arena benutzt hätte.

Doch der massive Bulle schwenkte um und folgte ihm weiter. Trotz seiner Bemühungen konnte Bob beim nächsten Angriff nicht ausweichen, und Molly musste hilflos zusehen, wie der Bulle über ihn hinweg trampelte.

Der Caddy fuhr den Hügel hinunter, doch Molly schien es, als würden sie niemals bei Bob ankommen. Und die ganze Zeit sah sie, wie Sylvester über Bob hinweg trampelte.

„Ich werde versuchen, seine Aufmerksamkeit auf das Auto zu lenken, weg von Bob", schrie Lacy und schlug auf die Hupe. Molly hätte sich aus dem Auto geworfen und von dem wildgewordenen Tier treten lassen, wenn das zum Ergebnis gehabt hätte, dass er von Bob abließ. Doch Lacy raste an dem Stier vorbei.

„Bitte lass ihn uns folgen. Bitte lass ihn uns folgen", sang Molly, die sich nur zu sehr der Tatsache bewusst war, wie sehr das Tier Autos hasste. „Ziele in Bewegung ziehen ihn scheinbar magisch an", rief sie erleichtert, als Sylvester aufblickte und auf den Caddy zu stürzte. Molly hatte bereits den Sicherheitsgurt gelöst und kniete auf dem Sitz. Sie drehte sich in Richtung Heck um und wedelte mit den Armen. „Er kommt, Lacy, und Bob bewegt sich. Er ist am Boden, aber wenn wir ihm genug Zeit geben, kann er sich und Tammy vielleicht in Sicherheit bringen. Ich habe Bullenkämpfer im Fernsehen gesehen, die nach solchen Angriffen aufgestanden sind." Sie wusste nicht wie, doch Bullenreiter und Bullenkämpfer überlebten regelmäßig solche Angriffe. Wenn das doch einer dieser Fälle wäre!

„Ich folge dem Pfad um das Haus herum und sehe, ob wir ihn dort hinlotsen können. Vielleicht kippt er ja irgendwann vor Erschöpfung um", schrie Lacy, die wie ein Profi fuhr und das große Auto über die Weide zurück auf den Schotterweg lenkte. „Molly, ein Welpe!", schrie sie plötzlich.

Molly wirbelte herum, ihr Blick folgte Lacys Finger und zeigte auf einen Fellball, der unter dem Zaun hervorkroch, der den Garten des Hauses von der offenen Weide abtrennte. „Sylvester wird ihn töten", keuchte Molly. Sie traf ihre Entscheidung, warf einen Blick zurück auf den Bullen, der keine zehn Meter hinter ihnen war. „Halt an."

Lacy zögerte keinen Moment, bevor sie auf die Bremse trat. Molly sprang über die Tür, noch bevor das Auto zum Stillstand kam. Molly sprintete die zwei Meter zu dem Welpen und hob ihn mit einer Hand auf. Als sie sich umdrehte, war Lacy mit dem Auto schon da, und Molly hechtete mit dem Kopf voran über die Tür in Sicherheit.

Ihre Erleichterung war von kurzer Dauer, als sie auf dem Rücksitz auf die Knie kletterte und sah, dass Sylvester mit gesenktem Kopf das hintere Ende des Caddys rammte.

„Halt dich fest", schrie Lacy und trat das Gaspedal bis zum Anschlag durch.

Im nächsten Moment schossen sie die Schotterstraße entlang, die hinter der Scheune am Haus vorbeiführte. Wütender als je zuvor donnerte Sylvester direkt hinter ihnen her. Sein Kopf war immer noch gesenkt wie der Rammschutz eines Trucks. Er tobte mit donnernden Hufen hinter ihnen her.

Molly warf einen Blick auf den schwarz-braunen Welpen auf dem Boden des Autos und war erleichtert, dass sie zumindest Bobs Hund gerettet hatte. Doch was war mit Bob?

„Hey, Molly, da ist ein Zaun und ein offenes Tor. Halt dich fest, wir fahren da durch."

Molly blickte über die Schulter und sah das Tor. Sie war noch nie in ihrem Leben so glücklich gewesen, ein Tor zu sehen. „Lass uns ihn durchbringen, dann können wir wieder umdrehen, und ich werde ihn einsperren und hoffe, dass wir ihn langweilen und er keine Lust hat, den Zaun niederzureißen." Sie begann wieder, mit den Armen zu winken, und hoffte, dass sie bald Bob und Tammy würde zu Hilfe kommen können.

„Komm schon, du Mistvieh", schrie sie, als der Bulle langsamer wurde. „Jetzt ist nicht die Zeit, müde zu werden. Nur noch ein Stückchen weiter." Sie passierten das Tor, doch jetzt trabte das Tier nur noch und blickte von einer Seite zur anderen wie ein majestätisches Kraftpaket, das von seinem morgendlichen Spaziergang gelangweilt war. Als er durch das Tor tänzelte, wollte Molly vor Erleichterung weinen. Sie hatte sich darauf vorbereitet, aus dem Auto zu springen und den Köder zu spielen, um ihn hindurchzulocken, wenn es sein musste.

Stattdessen war sie so erleichtert, dass er ihnen folgte, sie jubelte und sprang auf dem Sitz. Als Lacy über ein Schlagloch fuhr, wäre sie beinahe aus dem Wagen geschleudert worden.

„Ups, tut mir leid", rief Lacy. „Molly, da hinten sind ein paar Kühe. Ich werde in diese Richtung fahren, um ihn vom Tor weg zu führen."

Zu Mollys großer Erleichterung sah Sylvester die Kühe auch und trabte in deren Richtung davon, ohne sich weiter für das Auto zu interessieren.

„Halleluja", rief Molly.

Als Lacy ihre Gelegenheit erkannte, verlor sie keine Zeit. Sie lenkte das große Auto um und fuhr zurück zum Tor, das Molly schnell zuzog. Ihre Hände zitterten, als ihre Gedanken zu Bob und Tammy zurückkehrten. Sie wickelte die Kette um die Streben, sicherte sie schließlich und sprang wieder ins Auto.

Jetzt konnte sie nur noch an die beiden Menschen denken, die auf der Weide lagen.

Wie schwer waren sie verletzt?

Als das Auto um die Kurve fuhr, stand Tammy bereits und starrte Bob an.

Bob, der genau dort lag, wo er gewesen war, als Sylvester ihn niedergetrampelt hatte.

Der Wartebereich im Krankenhaus war voll, und Molly wollte sich die Haare raufen, so sehr lagen ihre Nerven blank. Dieser Tag hatte sie leicht zehn Jahre Lebenszeit gekostet. Als sie um die Ecke gekommen waren und gesehen hatten, dass Tammy aufgestanden war, Bob jedoch immer noch am Boden lag, hatten sie und Lacy sich getrennt. Lacy war zum Haus gelaufen und hatte den Notruf gewählt, und Molly war zu Bob gerannt. Er hatte versucht aufzustehen, was ihr zumindest einen kleinen Hoffnungsschimmer gab. Doch er hatte Probleme gehabt und sein Rücken hatte unter dem zerfetzten Stoff seines Hemdes geblutet. Tammy hatte ihren Helm abgenommen und schien auf wundersame Weise, wahrscheinlich aufgrund der Lederkombi, die sie trug, nicht verletzt zu sein. Doch sie war geschockt und stammelte immer wieder, dass sie nicht gewollt hatte, dass ihm etwas zustieß.

Molly hatte sich in ihrem Leben noch nie so hilflos gefühlt wie in dem Moment, als sie neben Bob im Gras gekniet und ihn wieder hingelegt hatte.

Er hatte sie angesehen und das Bewusstsein verloren.

Doch nicht, bevor Molly den Ausdruck in seinen Augen gesehen hatte. Diesen vorwurfsvollen Blick.

Der Blick, der gesagt hatte, dass er wusste, dass alles ihre Schuld war.

Tammy musste geglaubt haben, dass er tot war, denn sie war losgerannt, hatte ihr Motorrad aufgehoben und war losgefahren. Sie hatte es bis zum Weidegitter geschafft, als Brady seinen großen Truck in die Einfahrt lenkte und ihr den Fluchtweg versperrte.

Danach war alles ganz schnell gegangen. Der Krankenwagen war in der Schule stationiert, die knapp zwanzig Meilen entfernt war, und da es in Mule Hollow kaum Verkehr gab, brauchten sie nur etwas mehr als fünfzehn Minuten, um sie zu erreichen. Zu diesem Zeitpunkt war Bob bereits wieder aufgewacht und wütend wie eine Hornisse. Sie hatte mit einem Handtuch, das Brady ihr gegeben hatte, Druck auf eine stark blutende Verletzung an seiner Schulter ausgeübt.

Doch Bob hatte unmissverständlich verlangt, dass sie sich von ihm fernhielt.

Kaum hatte er die Worte ausgesprochen, hatte er wieder das Bewusstsein verloren, und Brady hatte sie angewiesen, weiter Druck auf seine Wunde auszuüben, während er Bobs Nacken stabilisierte. Sie hatte solche Angst, dass sie mit den Zähnen knirschte.

Tammy war unverletzt, war schnell wieder auf ihr Motorrad aufgesprungen und hatte die Stadt verlassen. Nach den strengen Worten, mit denen Brady sie bedacht hatte, glaubte Molly nicht, dass Bob sich Sorgen machen musste, die verrückte Tammy jemals wiederzusehen. Erleichterter wäre er wahrscheinlich nur, wenn er auch Molly nie wiedersehen würde. Sie verdiente seinen Zorn. Sie konnte immer noch nicht fassen, dass sie direkt dafür verantwortlich war, dass er fast getötet worden war. Doch es war so. Und er wusste es.

„Wie geht es dir?", fragte Norma Sue und drückte ihr eine Tasse Kaffee in die Hand.

Mit zitternden Lippen starrte Molly auf den Kaffee und spürte, wie die Tränen hinter ihren Augen brannten und ihre Brust schmerzte, als sie versuchte, sie zurückzuhalten. Sie würde nicht mehr weinen.

Tränen würden Bob nichts nützen. Und sie wollte kein Mitleid. Sie war schuld.

„Als ich Reporterin geworden bin", presste sie schließlich heraus, und ihre Stimme klang selbst in ihren eigenen Ohren schwach. „Habe ich nie gedacht, dass jemand durch etwas, das ich geschrieben habe, tatsächlich zu Schaden kommen könnte. Ich ... mir geht es überhaupt nicht gut. Was, wenn Bob stirbt? Von all den verantwortungslosen Dingen ... ich fühle mich so schmutzig. Als hätte ich eines dieser Müllmagazine geschrieben."

Norma Sue überraschte sie, indem sie einen Arm um ihre Taille legte und sie sanft umarmte. „Bob wird nicht sterben. Er ist ziemlich mitgenommen, aber er ist ein zäher Hund. Weißt du nicht, dass Cowboys aus steifer Füllung und Gummiknochen bestehen? Es braucht schon mehr als ein paar Tritte von Sylvester, um ihn unterzukriegen."

„Aber du hättest es sehen sollen, Norma. Es war furchtbar. Er könnte jetzt tot sein."

„Aber er ist es nicht, Molly", sagte Lacy, die aus Richtung des Raumes kam, in dem Bob versorgt wurde.

„Vollkommen korrekt", nickte Norma.

„Er ist okay. Wie schon gesagt, sein Bein ist gebrochen – doch dafür braucht er nur eine Aircast-Schiene – er hat ein paar gebrochene Rippen und einen Haufen Prellungen. Aber, Honey, seine Wirbelsäule ist in Ordnung, und seine inneren Organe sind auch unverletzt. Zumindest glauben sie nicht, dass irgendetwas verletzt ist. Sie werden ihn über Nacht dabehalten, um ihn zu beobachten, da man sowas nicht immer gleich sieht. Aber sein Stolz ist es, der am meisten verletzt ist. So, wie ich Bob kenne, dachte er, er könnte dem Bullen davontanzen. Du weißt ja, dass er einer der besten Bullenkämpfer der Branche war, als er ausgestiegen ist. Es gibt viele Bullenreiter, die ihm ihr Leben verdanken."

Molly holte tief Luft und nickte. „Ich habe vor ein paar Wochen im Internet über ihn gelesen."

„Dann weißt du, dass er viel Schlimmeres durchgemacht hat."

„Ja. Aber *ich* bin schuld daran."

Norma sah sie eindringlich an. Das runde Gesicht der älteren Frau hellte sich auf, als sie anfing zu lächeln. „Dann solltest du es wieder gut machen. Findest du nicht auch, Lacy? Er wird ganz schön erledigt sein, wenn er nach Hause kommt."

„Ja", zwitscherte Lacy und klatschte in die Hände. „Das wäre perfekt. Der arme Bob hat niemanden hier, der sich um ihn kümmern könnte. Und wenn seine Rippen zertrümmert sind und sein Bein in dieser Plastikschiene steckt, dürfte es ihm schwerfallen, allein zurechtzukommen. Ganz zu schweigen davon, dass sich jemand um seinen Welpen kümmern muss."

Norma Sue nickte zustimmend bei jedem Wort, und Molly konnte die Glühbirne sehen, die über ihren Köpfen aufblitzte. Schamlos, ja schamlos, das war es, doch sie hatten recht! Und der Gedanke, Bob nach all dem Ärger, den sie ihm in der vergangenen Woche eingebrockt hatte, tatsächlich zu helfen, erleichterte sie ungemein.

„Ich werde es tun. Ich kann für ihn kochen und saubermachen. Ich werde ihn so verwöhnen, dass er mir einfach vergeben muss. Und um seinen süßen kleinen Welpen kümmere ich mich sowieso schon."

Lacy und Norma Sue grinsten breit.

Sie richtete sich zu ihrer vollen Größe auf, die Schultern straff, die Wirbelsäule steif ... sie würde ihm helfen. Dann ließ sie den Kopf hängen. „Aber er hat gesagt, dass ich mich von ihm fernhalten soll. Du hast ihn gehört. Er war überhaupt nicht nett."

Die Erinnerung an die Szene vor ein paar Stunden, als sie versucht hatte, ihn in der Notaufnahme zu sehen, traf sie wie ein Messer in die Brust. Seine harten Worte hatten sie an der Tür aufgehalten. Er hatte ihr gesagt, dass sie ihm nichts als Ärger gebracht hatte, seit sie nach Mule Hollow gekommen war und es sich in den Kopf gesetzt hatte, sein Leben zu ruinieren. Hatte sie das wirklich? Und wäre es das, was sie jetzt tat?

Er wollte sie vielleicht nicht sehen, doch sie musste bleiben.

Sie musste sich vergewissern, dass es ihm gut ging.

„Du wirst dich nicht von ein bisschen schlechter Laune abhalten lassen, oder?", fragte Norma Sue.

„Genau", fügte Lacy hinzu und trat näher. „Sylvester hat ihn ordentlich am Kopf erwischt. Wahrscheinlich wusste er nicht einmal, was er gesagt hat. Du weißt, wie sanftmütig Bob ist, wie nett und rücksichtsvoll. Wenn die Funken fliegen, neigen die Leute natürlich dazu, nicht sie selbst zu sein."

„Hör auf mit deinen Funken", stöhnte Molly. Wenn es jemals auch nur den geringsten Hinweis gegeben hatte, dass Bob sich zu ihr hingezogen gefühlt hatte, war das jetzt sicher Schnee von gestern. „Ich möchte ihm helfen, und wiedergutmachen, was ich ihm angetan habe. Mehr nicht."

Norma Sue nickte so heftig, dass ihre grauen Locken auf ihrem Kopf wippten. „Wir verstehen schon. Nicht wahr, Lacy?"

„Und ob wir das tun. Und wir werden alles tun, um dir dabei zu helfen."

Genau deshalb machte sich Molly Sorgen. Doch in diesem Moment musste sie so viel tun, um sich mit Bob zu versöhnen, dass ihr egal war, was in den Köpfen ihrer Freunde vorging.

Ja, es war, um ihre Schuldgefühle zu lindern, gab sie zu.

Und ja, sie fühlte sich schrecklich dabei. Aber es war die richtige Entscheidung.

Sie nickte, um den Deal mit sich selbst zu besiegeln, und richtete sich dann wieder auf. Sie konnte es schaffen. Sie hatte Bob vielleicht in dieses Chaos gestürzt, doch sie würde ihn auf keinen Fall allein leiden lassen.

„Was denkt ihr, wie wütend er wohl sein wird?" Norma lachte und tätschelte ihr den Rücken. „Männer ... sie werden wütend, aber sie kriegen sich ziemlich schnell wieder ein. Außerdem habe ich noch keinen getroffen, der nicht wenigstens einen kleinen Stups von der weiblichen Bevölkerung in die richtige Richtung gebraucht hat. Er kriegt sich schon wieder ein. Vor allem, wenn du dich wirklich gut um seinen Welpen kümmerst."

Molly blickte von Norma Sue zu Lacy und wusste, dass sie in eine Falle getappt war. Aber was sollte sie tun? Doch sie würde den Plan der beiden von Anfang an kontrollieren. Die Kupplerinnen von Mule Hollow konnten die Idee, dass es für sie und Bob Jacobs ein Happy End gab, vergessen. Selbst, wenn sie es nicht sehen konnten, Molly hatte Augen im Kopf, und wenn es jemals zwei Menschen gegeben hatte, die wie Tag und Nacht waren, dann waren sie es.

Außerdem hoffte sie so sehr, dass sie den Anruf erhalten würde, auf den sie ihr ganzes Leben gewartet hatte. Sie war froh, dass sie beschlossen hatte, den Sprung zu wagen und ihren Lebenslauf zu verschicken, solange sie gefragt war. Ein Mädchen musste auf der Welle reiten, während die Flut rollte, und je früher sich eine Chance für sie bot, desto besser. Zumindest, nachdem sie das Unrecht wiedergutgemacht hatte, das sie Bob angetan hatte. Allein, sich an den Ausdruck in seinen Augen zu erinnern, bevor er das Bewusstsein verloren hatte, reichte, um sie alles tun zu lassen, was nötig war, um ihn dazu zu bringen ... ja wozu? Sie zu mögen? Sie wieder zu respektieren? Was wollte sie von ihm? Vergebung? Oder war es mehr?

Sie schüttelte die Fragen ab. Es ging nicht um das, was sie von ihm wollte. Es ging einzig und allein darum, ihm durch eine schwere Phase hindurch zu helfen.

In die sie ihn hineingebracht hatte.

Clint fuhr über ein Schlagloch in der Straße, und Bob spürte, wie jeder Muskel in seinem Körper protestierte.

„Tut mir leid, Kumpel", sagte Clint und sah zu ihm hinüber. „Ich werd's überleben", sagte Bob und hielt sich seine Rippen.

Er war froh, endlich das Krankenhaus verlassen zu haben. Es war seltsam, erst vor einer Woche hatte er Molly vor Sylvester gerettet. Es schien eine Ewigkeit her zu sein. „Also habt ihr Sylvester versorgt?"

„Wir haben ihn aufgeladen und ihn in den hintersten Bereich meiner Ranch gestellt, wo er sich fernab von allem beruhigen kann. Wie du gesagt hast ist er im Moment so aufgeregt, dass wir kein Risiko mehr eingehen sollten, dass er sich noch jemanden vornimmt. Da draußen regt ihn niemand auf."

„Danke. Es ist ein Wunder, dass niemand draufgegangen ist. Er ist vollkommen ausgeflippt, als er das Knattern des Motorrads gehört hat. Ich hätte ihn verlegen sollen, nachdem ich bemerkt hatte, wie nervös er geworden ist, wann immer diese Frau vor dem Tor aufgetaucht ist."

„Bob, der Bulle war auf deinem Grundstück. Sie hatte kein Recht, das Weidegitter zu überqueren."

Clint sprach die Wahrheit. Dennoch änderte das nichts an seinen Schuldgefühlen darüber, dass zwei Menschen wegen seines Bullen fast verletzt worden waren. Sylvester war schon immer reizbar gewesen. Aber er war noch nie so wild geworden. Andererseits hatte Bob in seinem ganzen Leben noch nie so viel Wahnsinn gesehen.

„Du warst gestern ziemlich hart zu Molly", sagte Clint, seine Stimme eher fragend als tadelnd.

Bob wäre sich frustriert mit der Hand durch die Haare gefahren, wenn er seinen Arm hätte heben können; doch seine Schulter war ziemlich ramponiert, und es war unmöglich. Zumindest für heute. Er wusste aus Erfahrung, dass es einige Tage dauern würde, bis sein Körper die Tritte weggesteckt hatte. Doch es würde vielleicht etwas länger dauern, bis er über das hinweg war, was in seinem Kopf vorging, wenn er an Molly dachte.

Reporter, sie schrieben ihre Geschichten, ohne einen Gedanken daran zu verschwenden, wem sie dabei schadeten. „Sie hat bekommen, was sie verdient hat." Er hasste das Gefühl, das diese Worte in ihm auslösten. Ja, er war wütend. Wütender als er seit dem Tag war, als sein Vater weggegangen war und ihn ohne einen Blick zurück ins Internat abgeschoben hatte. „Schau, Clint. Das war Wahnsinn. Ich weiß, dass ich Molly den Ärger verzeihen sollte, den sie verursacht hat. Aber im Moment bin ich einfach noch nicht so weit. Ich habe einfach genug."

Er brauchte ein bisschen Zeit allein. Er wollte nach Hause kommen, die Tür schließen und auf die Stille seines Hauses lauschen. Er war wütend, frustriert und wurde von Schuldgefühlen geplagt – was ihn ein wenig verwirrte. Warum sollte er Schuldgefühle haben?

Sofort wanderten seine Gedanken zu Mollys Gesichtsausdruck, als er ihr unmissverständlich gesagt hatte, dass sie die Notaufnahme verlassen sollte. Er hatte sie verletzt.

Und warum sollte ihn das stören? Sie hätte ihn fast umgebracht.

„Achtung", warnte Clint, als er in Bobs Einfahrt einbog und über das Weiderost fuhr.

Bob biss die Zähne zusammen – das war ungefähr der einzige Teil seines Körpers, den er gut genug bewegen konnte, um sich auf das Rattern vorzubereiten. Der scharfe, gnadenlose Schmerz, der durch seine Rippen schoss, raubte ihm den Atem, und es gelang ihm nur mit Mühe, ein Stöhnen zu unterdrücken. Sein Körper steckte Verletzungen nicht mehr so weg wie früher, soviel war klar.

„Ich bin froh, dass ich nicht mehr von denen habe." Clint lächelte ihm mitfühlend zu, nachdem sie den zweiten Weiderost überquert hatten, der Bobs Hof von der Weide trennte.

Bob schaffte es, ein „Ja" herauszupressen, denn er spürte jedes Holpern des Trucks, als sie die Auffahrt zu seinem Haus hinauffuhren.

Er war mehr als bereit, den Truck zu verlassen und die Einsamkeit und Ruhe seines Hauses zu genießen.

Mollys neu lackierter gelber VW-Käfer, der hinter seinem Truck auf der Rückseite seines Hauses parkte, versprach nicht die Entspannung, auf die er gehofft hatte.

KAPITEL ZEHN

Ganz ruhig bleiben, Molly. Es war leichter gesagt als getan, dachte Molly, als sie auf Bobs Veranda trat. Sie hatte beobachtet, wie Clints schwarzer Truck hinter ihrem Käfer angehalten hatte, und fragte sich, was in sie gefahren war, überhaupt auf die Idee zu kommen, das zu tun.

Sie schloss die Augen und nahm die Hand von ihrem rebellierenden Magen, um den kleinen Welpen zu streicheln, den sie in ihrem anderen Arm hielt, als sie sich auf das Trauma vorbereitete, das garantiert folgen würde.

Du kannst das, Molly. Sie holte tief Luft, um sich zu beruhigen, und verschluckte sich beinahe daran, weil ihr Hals so trocken war. Und selbst, wenn er nicht staubtrocken gewesen wäre – als sie aus dem Schatten trat und den schockierten Ausdruck auf Bobs Gesicht sah, hätte ein Atemzug auf keinen Fall das Herzklopfen oder den Schweiß, der unter ihren Achseln zu fließen begonnen hatte, stoppen können.

Wenn sie jemals gedacht hätte, dass sie eine dieser zierlichen kleinen Frauen war, die nicht schwitzten – wurde sie eines Besseren belehrt. Sie war ein schweißtriefendes Häufchen Elend. Innerlich wie äußerlich.

Aber es ging hier nicht um sie. Dieser Gedanke war das einzige, was sie dazu brachte, einen Schritt nach vorne zu machen. Sie hatte von Anfang an gewusst, dass Bob sie nicht mit offenen Armen empfangen würde, selbst, wenn der Arme es gekonnt hätte. Egal wie unbehaglich sie sich fühlte oder wie unhöflich er reagieren würde, sie würde nicht das Handtuch schmeißen, denn sie hatte jedes bisschen seiner Feindseligkeit verdient. Immerhin hatte sie den wütenden Mann, der sie anstarrte, selbst erschaffen. Dieser Mann war nicht der Bob, den sie Monat für Monat beobachtet und den sie bewundert hatte.

Nein, das war auch nicht richtig. Nette Jungs konnten wütend werden. Sie hatte ihn nicht auf einen Sockel gestellt. Nein, sie hatte einen Nerv in Bob getroffen, von dem sie nicht gewusst hatte, dass er da war. Etwas, das sie reparieren musste. Und egal, was nötig war, sie würde es reparieren.

Sie hob ihr Kinn, hielt den sich jetzt windenden Welpen mit beiden Händen fest, trat vor und öffnete die Trucktür.

„Was willst du hier?", knurrte er.

Sie hatte einmal einen Artikel über Schreibkunst gelesen, der besagte, dass Menschen nicht knurrten. Sie war da ganz anderer Meinung. Das war Knurren, und es passte so überhaupt nicht zu Bob, dass es sie ins Herz traf.

Die unfreundlichen Worte ließen sie zurückweichen, obwohl sie sich auf seine Wut vorbereitet hatte. „Ich bin hier, um mich um dich zu kümmern. Und um deinen Welpen." Und das konnte sie. Sie konnte es wirklich. Sie würde einen Weg finden, das Funkeln wieder in Bobs schöne Augen zu bringen.

„Ich kann mich um mich selbst kümmern. Glaub mir. Deine Hilfe brauche ich nicht."

Seine marineblauen Augen bewegten sich auf und ab, als hoffte er, sie mit ihrer eisigen Kälte einzufrieren. Einen Moment lang brachte Molly kein

Wort heraus. Was hatte sie getan? Dies war nicht der süße Bob, den sie gekannt hatte. Dieser Cowboy war so hart wie es nur ging. Die einzige Weichheit, die sie bemerkte, war, als sein Blick auf den Welpen fiel, der offensichtlich froh war, ihn zu sehen, so wie er sich wand, um aus ihren Armen zu entkommen und zu seinem Herrchen zu gelangen. Molly verdrängte das Bedürfnis zu weinen, hielt sich an dem Welpen fest und suchte tief in sich nach Fassung.

Sie würde bleiben.

Sie schuldete es ihm, ob er es wollte oder nicht. Wenn liebevolle Strenge das war, was er brauchte, würde er sie bekommen. „Ich habe dich in dieses Chaos gestürzt, und ich werde dich da wieder rausholen. Du kannst nichts tun, mich davon abzuhalten, also versuch es erst gar nicht."

„Clint, sag dieser Frau, dass ich kein Kindermädchen brauche."

Clint schüttelte den Kopf, seine Augen leuchteten amüsiert.

„Genau genommen hat der Arzt sehr wohl gesagt, dass du jemanden brauchst. Mindestens eine Woche lang. *Sieben Tage* waren seine genauen Worte, bis die Fäden gezogen werden. Er hat gesagt, dass es

Probleme geben könnte, wenn du allein hier am Ende der Welt lebst. Er will wenigstens tagsüber jemanden bei dir haben."

„Ist mir egal, was der Arzt gesagt hat. Sie spielt nicht den Babysitter für mich. Oder John Boy."

Molly schlug sich mit der freien Faust an ihre Hüfte und funkelte ihn an. „Das werde ich. Jemand muss deine Verbände wechseln, und jemand muss dir und John Boy was zu essen geben."

Clint ging zu Bob und half ihm beim Aussteigen aus dem Truck. Molly war entsetzt darüber, wie langsam er sich bewegte. Wie er gegen Clints Seite sackte war ein guter Indikator für das Ausmaß seiner Schmerzen. Sie hatte im Internet Artikel über Bullenkämpfer und deren Verletzungen abgerufen. In einem stand, von einem Bullen umgerissen zu werden, war wie von einem Auto überfahren zu werden, das mit einer Geschwindigkeit von zwanzig Meilen pro Stunde fuhr. Die unerträglich langsamen Bewegungen zu beobachten, während Bob sich an Clint festhielt, um die Stufen zu erklimmen, trieb ihr erneut Tränen in die Augen.

Konzentriere dich, Molly. Fokus. Denk daran, warum du hier bist. Du bist hier, um dir seine

Vergebung zu verdienen. Du bist hier, um Wiedergutmachung zu leisten. Du bist nicht hier, um ihm etwas vorzuheulen. Männer mögen kein Mitleid!

Sie ging hinter ihnen die Stufen hinauf, wischte sich über die Augen und spannte die Bauchmuskeln an. Sie konnte das.

„Ich habe Kartoffelsuppe gekocht", sagte sie fröhlich und legte John Boy in sein Körbchen neben den Stufen. „Esther Mae hat mir das Rezept gegeben und gesagt, Kartoffelsuppe wäre gut für Kranke. Gibt Kraft und so weiter. Also habe ich eine gekocht." Sie versuchte, fröhlich zu klingen, doch es gelang ihr nicht sonderlich gut. John Boy winselte und kläffte, als er draußen gelassen wurde. Molly wollte zurückgehen und sich ihm anschließen, hielt aber an ihrer Entschlossenheit fest.

„Ich bin nicht krank, und du musst nicht für mich kochen. Geh nach Hause, Molly."

Wieder unterdrückte sie den Impuls wegzulaufen. „Hör auf zu knurren, Cowboy. Du brauchst mich."

„Clint, lass diese Frau nicht – ich wiederhole *nicht* – bleiben. Bitte begleite sie nach draußen, wenn du gehst."

Clint gluckste, während er Bob behutsam half,

sich auf dem großen Sofa niederzulassen. Zweifellos nicht leicht für jemanden mit mehreren gebrochenen Rippen. Der Arme schwitzte und stöhnte, obwohl er so tun wollte, als hätte er alles unter Kontrolle. Und er glaubte nicht, dass er sie brauchte? Ha!

„Tut mir leid, Kumpel", sagte Clint und schluckte sein Lachen herunter. „Ich halte mich da raus. Lacy hat mir strikte Befehle erteilt."

Molly bemerkte, dass Clint darauf achtete, dass er nicht in Schlagreichweite war, als er ihm das sagte. Nicht, dass Bob hätte zuschlagen können. Er entschied sich stattdessen dafür, den Ellbogen ins Sofa zu rammen. Eine Bewegung, die er seinem Gesichtsausdruck nach zu urteilen sofort bereute.

Clint wich zurück. „Alles wird gut, Bob. Ruf mich an, wenn du mich brauchst." Dann drehte er sich auf dem Absatz um und ging zur Tür.

„Clint! Geh bloß nicht!"

Wenn Augen Dolche werfen könnten, wäre Clints Rücken perforiert gewesen, als er lachend zur Tür ging.

Molly hielt sich die Hand vor den Mund, um ihre zitternden Lippen zu verbergen. Sie hatte in ihrer Zeit in Mule Hollow gelernt, dass Cowboys Jungs waren, ungeachtet aller Unannehmlichkeiten, die sie empfinden oder verursachen konnten.

Die Tür fiel zu, und plötzlich war sie allein mit Bob. Und sie hatte das deutliche Gefühl, dass sich in diesem Moment selbst Sylvester nicht mit ihm hätte anlegen wollen.

Darum entschied sie sich für die Sicherheit der Küche. Sie nahm an, ihn mit Essen beruhigen zu können, darum schenkte sie ihm ein Glas Tee ein und füllte ihm eine Schale mit Suppe. Sie konnte seinen Hinterkopf vom Küchenherd aus sehen und war nicht überrascht, dass er sich keinen Zentimeter bewegte. Er saß so steif und unnachgiebig wie eine Statue. Ihre Nervosität meldete sich zu Wort, und sie überlegte, was sie tun oder sagen sollte.

Dann nahm sie das Tablett in die Hand. „Okay, Molly, auf geht's. Doc hat dir eine Woche geschenkt, um alles in Ordnung zu bringen", flüsterte sie vor sich hin. Sie wappnete sich und atmete tief durch, um ihre Nerven zu beruhigen.

Nicht, dass das funktioniert hätte.

„Was machst du da, Molly?" Mit

zusammengekniffenen Augen sah Bob, wie Molly ein Tablett vor ihm auf den Tisch stellte. Er versuchte, die dunklen Ringe unter ihren Augen und den verwundbaren Schatten, den er in ihnen sah, zu ignorieren.

„Schau, Bob." Sie ließ das Tablett los und stemmte die Hände in die Hüften. „Gib es zu: du weißt, dass du Hilfe brauchst. Du kannst nicht einmal allein vom Sofa aufstehen. Und denk dran, dass sich jemand um John Boy kümmern muss."

Da hatte sie recht, doch er sagte nichts. Diese Frau hatte genug getan, um sein Leben durcheinander zu bringen. Alles, was er tun musste, war zu schnuppern, um zu wissen, was in seinem Esszimmer war.

Er musterte sie – den anmutigen Schwung ihres Kiefers, die Anspannung, die dort völlig fehl am Platz war, als sie nach der silbernen Kette um ihren Hals griff. Zwischenzeitlich wusste er, dass sie das tat, wenn sie nervös oder unsicher war.

Zumindest war es eine gewisse Befriedigung, dass er sie nervös machte.

„Ich habe dir Suppe und Tee gebracht. Ich weiß, dass du Schmerzen hast. Du musst deine Schmerztablette nehmen. Und der Arzt hat auch

Antibiotika geschickt. Diese Risse an deiner Schulter sind tief."

„Woher weißt du, was der Arzt mir verschrieben hat?"

„Ich habe mit einer Krankenschwester darüber gesprochen. Ich kümmere mich um dich."

Er schüttelte den Kopf und starrte zu Boden. Die Spitze ihres Schuhs befand sich am Rand seines Sichtfeldes, und er beobachtete, wie sie sie in den Teppich grub, bevor sie vor ihm auf die Knie ging. Sie legte die Hände auf ihre Oberschenkel und blickte zu ihm auf.

„Komm schon, Bob. Ich weiß, dass ich Mist gebaut habe. Ich weiß, ich habe dein Leben auf den Kopf gestellt." Sie schluckte schwer und blinzelte Tränen zurück. *Tränen.* „Ich weiß, dass du mich hasst, aber ich lasse dich jetzt nicht im Stich. Ja, ich weiß, dass der ganze Ort bereit wäre, hierher zu kommen und sich um dich zu kümmern, wenn ich gehen würde. Aber sie geben mir die Chance, dir zu beweisen, dass es mir leidtut. Und selbst, wenn du mich nicht hier haben willst, musst du zugeben, dass ich diejenige bin, die hier sein sollte. D-da es meine Schuld ist."

Er hasste Tränen. Er hasste es, sich wie ein Idiot

zu fühlen. Und er wusste, dass er sich wie einer benahm, trotz aller Gründe, die er als Ausrede benutzen konnte, um damit durchzukommen.

Er wandte den Blick von ihr ab und kämpfte gegen das plötzliche Bedürfnis an, sie an sich zu ziehen und ihr zu sagen, dass alles in Ordnung war. Nicht, dass er das hätte tun können. Er hatte im Moment nur einen halben unverletzten Arm und sein Bewegungsspielraum war eingeschränkt, da er verbunden und geflickt war.

Er konnte nicht leugnen, dass sie mit ihrer Behauptung, dass er nicht allein vom Sofa aufstehen konnte, vollkommen richtig lag. Und an John Boy musste er auch denken.

Trotzdem, Tränen oder nicht, er sollte sich wirklich Gedanken darüber machen, Molly zu trösten. Als er in ihre Augen blickte, fühlte er sich plötzlich, als wäre er dem Untergang geweiht.

„Also gut, du kannst bleiben. Aber Bemuttern kommt nicht in Frage", sagte er schroff. Ihr Lächeln sagte ihm, dass sie den schroffen Ton völlig ignoriert hatte.

„Kein Bemuttern. Versprochen."

Sein Magen knurrte, und er nickte in Richtung

Suppe. „Wie schmeckt die?" Alles musste besser sein als das bisschen, das er im Krankenhaus gegessen hatte.

„Sag du es mir", zwitscherte sie etwas zu fröhlich.

Sie griff nach der Schale und hielt sie ihm entgegen.

Bob ignorierte den anfänglichen Schmerz, der von seinem Ellbogen bis zu seiner Schulter schoss, als er die Hand nach der Schale ausstreckte. Ohne es zu wollen schnitt er eine Grimasse. Die Steifheit und der Schmerz machten das Heben eines Löffels und das Halten der Schale nicht gerade leicht. Im Krankenhaus hatte eine Krankenschwester versucht, ihn zu füttern, doch er hatte sich geweigert, auf diese Weise zu essen, weshalb er jetzt am Verhungern war. Er griff erneut nach der Schüssel, doch Molly zog sie zurück. Der Blick in ihren Augen machte ihm Angst.

„Wie konnte ich so gedankenlos sein? Du kannst ja kaum den Löffel zum Mund führen, nicht mit deiner Schulter."

Er zog eine Augenbraue hoch. „Ich kriege das schon hin. Gib mir die Schale." Er wedelte mit den Fingern nach der Schüssel, nicht sicher, was er tun würde, wenn sie sie ihm gab. Sie schüttelte den Kopf.

„Komm schon, Molly, gib mir die Schale." Er mochte den Ausdruck in ihren Augen nicht, als sie zwischen ihm und der Schale hin und her blickte. Kein bisschen.

Molly sah Bob an. Was in aller Welt hatte sie gedacht?

Sie hatte nicht gedacht! Die Suppe war eine Idee von Esther Mae und Norma Sue gewesen, jetzt, wo Molly darüber nachdachte. Sie ließen sich wirklich keine Chance entgehen. Sie waren exzellent in dem, was sie taten. Das musste Molly ihnen lassen, diesen engagierten Frauen der Mule Hollow Kuppelbrigade. Sie hatten sich nur zwei arme Trottel ausgesucht und sie ins Visier genommen, obwohl sie wussten, dass es unmöglich funktionieren konnte. Natürlich war ihr bewusst, dass ihre Anwesenheit hier ihnen Freiraum gab, Sam und Adela aufs Korn zu nehmen.

Mit einem Seufzer setzte sie sich auf die Armlehne des Sofas. Bob sah sie argwöhnisch an, als sie den Löffel in die Suppe tauchte. „Ich weiß, dass du Schmerzen hast. Aber die Bewegungen können sie nur schlimmer machen. Und wer weiß, ob du überhaupt noch etwas auf dem Löffel hast, *wenn* du ihn in den Mund bekommst."

Er sagte nichts, blickte nur vom Löffel zu ihrem Gesicht. Sie drehte mit dem Löffel langsame Kreise in der Luft und hoffte zu zeigen, dass es nicht so furchtbar war, wie seine Miene vermuten ließ. Am Ende gewann sein Hunger den Kampf, und er öffnete den Mund.

„Wenn die Schwellung nachlässt und die Fäden raus sind, kannst du dich wieder besser bewegen. Der Arzt hat gesagt, dass du Glück hast, nicht auch noch die Schlüsselbeine oder die Arme gebrochen zu haben. Dies ist der Grund, warum dir dein Schulterbereich so wehtut. Er hat gesagt–"

„Ich weiß, was er gesagt hat, Molly. Ich war da, erinnerst du dich?"

Sie spürte die Hitze der Röte, die von ihren Zehen bis zu ihrem Haaransatz aufstieg. Der Raum war plötzlich unangenehm still, als sie sich darauf konzentrierte, den Löffel zu seinem Mund zu führen, ohne mit der Hand zu zittern. Sie schluckte die Unsicherheit, die ihre Entschlossenheit zu zerstören drohte, hinunter. Was hatte sie glauben lassen, dass das funktionieren könnte? Wenn er sie nicht hier haben wollte –

„Das ist gar nicht so schlecht."

Molly hob ihren Blick und sah ihm in die Augen. Offensichtlich war das ein Friedensangebot. Sie lächelte. Es war nicht perfekt, aber es war ein Anfang. Da war er, der lockere, charmante Mann. Der, in dessen Gegenwart sie sich entspannen konnte. Zumindest gelang ihr das mit dem sanftmütigen Bob besser als mit dem gereizten.

Sie lächelte und kämpfte dabei gegen das Flattern in ihrer Brust an. „Wir werden später sehen, was du sagst. Da ist jede Menge Speck und Käse drin. Ich weiß nicht, wie Norma Sue darauf kommt, dass das gesund sein soll, wo doch so viel böses Zeug drin ist."

Sein Magen knurrte, als gäbe es kein Morgen, und er hob sein Kinn in Richtung des schwebenden Löffels. „Das Risiko gehe ich ein."

Er lächelte, und zum ersten Mal seit Tagen zeigten sich seine Grübchen.

Mollys Herz setzte einen Schlag lang aus. Diese Grübchen waren zum Dahinschmelzen!

Plötzlich musste sie sich fragen, ob sie wirklich so dumm war, wie alle glaubten. Bob war der perfekte Mann, und sie versuchte, ihm eine andere Frau zu finden. Der Haufen Umschläge in seinem Esszimmer hatte nach ihrer Aufmerksamkeit geschrien, seit sie sein Haus betreten hatte. Und jetzt, wenn sie seine Grübchen betrachtete, fragte sie sich, was wohl in diesen Briefen stand.

Zuerst hatte sie sie nicht gesehen, weil der Essbereich durch eine Wand von der offenen Küche und dem Wohnzimmer abgetrennt war. Der furchtbare Geruch, der von der Tür herüberdrang, hatte die Reporterin in ihr geweckt und sie angezogen, um zu sehen, ob ihre Nase die Wahrheit sagte. Hatten sich womöglich hundert Frauen in Bobs Esszimmer gezwängt? Frauen, die offensichtlich nicht begriffen hatten, dass Parfüm nicht in Massen zu verwenden war? Oder ging hinter dieser Wand irgendetwas anderes vor sich? Der Geruch war gelinde gesagt grauenhaft.

Der bunte Haufen Briefe hatte sie an Konfetti erinnert, und ihre Finger hatten sofort gejuckt, wenigstens ein paar davon zu öffnen. Der Geruch ließ sie jedoch überall jucken, was zu ihrer Ungeduld beitrug, nachzusehen, welche Art von Korrespondenz sie für ihn gesammelt hatte. Die Briefe konnten nicht ausschließlich von Verrückten kommen, auch wenn sie so rochen. Tief im Inneren war sie immer noch neugierig – schließlich war sie Reporterin – auch wenn sie diese unglückliche Situation für Bob verursacht hatte.

Doch es waren Bobs Briefe, nicht ihre. Riechen konnte sie, aber nicht lesen. Also hatte sie ihre Finger davongelassen.

Zumindest bis jetzt.

Und nun fragte sie sich, warum sie ihn verkuppeln wollte und nicht selbst um seine Aufmerksamkeit kämpfte.

Ihr wurde bewusst, dass er sie beobachtete, und wartete, während sie den Löffel Suppe zwischen ihnen schweben ließ.

„Tagträume?"

„Tut mir leid. Ich habe nachgedacht." Sie bot ihm den Löffel an.

„Worüber?" Das Wort kam gedämpft heraus, während er auf einer Kartoffel kaute.

„Die Briefe", quietschte sie. „Hast du welche davon gelesen?" Sie wusste, dass es keine gute Idee war, sie anzusprechen, doch ihre Neugier brachte sie regelmäßig in Schwierigkeiten. Sie zuckte zusammen, als er plötzlich finster dreinblickte. „Tut mir leid. Ich war nur neugierig. Ich meine, es stimmt, Tammy war ein bisschen durchgeknallt. Und ja, auch die anderen.

Aber Bob, denk drüber nach – da könnten ein paar wirklich nette Briefe drin sein", fuhr sie fort und erinnerte sich daran, dass ihre Karriere an erster Stelle stand und sie aufhören musste, sich all dieses Kuppeleigerede zu Kopf steigen zu lassen.

„Vergiss es, Molly. Dass ich diese Briefe lese ist ungefähr genauso wahrscheinlich wie dass ich mich für einen Online-Datingdienst anmelden würde."

„Hey, ich habe zufällig mehrere Freunde in Houston, die ihr Glück beim Online-Dating gefunden haben."

„Wirklich." Absoluter Unglaube lag in seiner Stimme.

„Ja wirklich. Und dieser Typ im Fernsehen sagt–"

„Und ich freue mich wirklich für ihn. Aber komm bloß nicht auf die Idee, mich anzumelden. Du hast wirklich schon genug getan."

Der Blick, den er ihr zuwarf, sagte *keine Diskussionen*. Sie waren also in einer Pattsituation. Sie hob einen weiteren Löffel Suppe und hielt ihn ihm wie ein Friedensangebot entgegen.

Einen Moment später nahm er es an. Der knurrende Magen eines Mannes hatte offensichtlich Vorrang vor persönlichem Groll.

„Kann ich ein paar lesen?“, fragte sie in der Hoffnung, dass er ihr nicht den Kopf abreißen würde. „Ich meine, wirklich, Bob, die haben sich die Zeit genommen, diese Briefe zu schreiben.“

„Molly, du kannst so viele lesen, wie du willst, solange du versprichst, sie wegzuwerfen, damit ich sie nicht mehr riechen muss. Und solange du versprichst, mir nichts vorzulesen.“

Sie rammte den Löffel in die Suppenschale und starrte ihn an. „Doch lass uns doch einfach mal annehmen, dass deine Traumfrau da drin ist. Das könnte sein. Wie im Kino –“

„Glaub mir, Molly, ich habe die Filme gesehen, und ich gehe ganz sicher nicht auf das Empire State Building oder irgendwoanders hin. Vergiss es.“

Molly hielt ihre Zunge im Zaun und bot ihm einen weiteren Löffel Suppe an. Sie war sich nicht ganz sicher, was ihr Problem war, doch die Tatsache, dass er so engstirnig war, half nichts.

Seine wahre Liebe konnte in diesem Stapel sein. Sie hätte sie womöglich zusammenbringen können.

Auch wenn sich dieser Gedanke in ihrem Bauch plötzlich anfühlte wie ein Klumpen Schweineschmalz.

„Molly, lies meine Lippen. Vergiss es. Hast du

mich verstanden? Vergiss es."

Bob schlief. Vollkommen erledigt. Molly hatte ihn gefüttert und ihm den einen Cowboystiefel ausgezogen. Nach langem Kampf war ihr klar geworden, dass es eine Kunst war, Stiefel auszuziehen. Sie war keine Künstlerin, doch sie hatte es schließlich geschafft, ohne seinen unverletzten Fuß zu brechen. Dann hatte sie ihm geholfen, beide Beine auf das Sofa zu legen, und hatte besorgt zugesehen, wie er auf dem Sofa in eine liegende Position gerutscht war. Es musste schrecklich schmerzhaft gewesen sein. Es hatte ihr gesagt, dass er ihr nicht wünschte, dass sie sich jemals die Rippen brach. Als das Schmerzmittel schließlich zu wirken begann, hatte sie John Boy hereingebracht und ihn von Bobs Rippen ferngehalten, als er den zappelnden Welpen streichelte. Sie fand es bezaubernd, wie er mit dem Welpen gesprochen hatte, als wäre er ein Baby.

Nachdem die Medizin dazu geführt hatte, dass Bob schmerzlos schlummerte, hatte sie ihn mit einer leichten Decke zugedeckt und war dann zu dem Berg Post gegangen.

„Wo fange ich nur an?", fragte sie den Welpen, der auf ihrem Schoß saß. Er schien auch den Stapel zu studieren. Er nieste, als wollte er sagen, hör auf Zeit zu vertrödeln und mach einfach einen auf! Also tat sie es.

Sie schloss die Augen und griff nach einer Kombination aus Vorfreude und Angst in den Stapel. Als sie die Augen öffnete, hielt sie einen rosa Umschlag mit roten Lippenabdrücken in der Hand.

„Oh, John Boy, wie kitschig ist das denn? Haben diese Frauen meine Kolumne nicht gelesen? Wissen sie nicht, dass Bob nicht auf sowas steht?" Es war sinnlos, einen zu öffnen, von dem sie wusste, dass die Schreiberin sowieso nicht die Richtige für Bob wäre. Sie ließ ihn auf den Boden fallen, schloss die Augen und griff erneut in den Stapel.

Als sie ein Auge öffnete, war sie erleichtert, einen geschmackvollen blauen Umschlag zu sehen, der keinerlei grelle Verzierungen aufwies. „Okay, schon besser." Die Zeitung hatte Bobs Adresse nicht preisgegeben. Stattdessen waren die Briefe an „Bob Jacobs, Mule Hollow, Texas" gerichtet. Sie musste immer noch ihre Schuldgefühle niederringen, als sie mit flatterndem Herzen den ersten Brief aufriss und zu lesen begann.

Und beinahe vom Stuhl gefallen wäre!

„Whoa! John Boy, halt dir die Ohren zu, Baby." Sie starrte die Worte auf dem Papier an. Wow, man durfte sich wirklich nicht von Äußerlichkeiten täuschen lassen.

„*Seife*. Genau das braucht diese Frau, John Boy", keuchte sie. Der Welpe sah sie mit neugierigen Augen an. „Was denkt sie sich nur, *sowas* zu schreiben?"

Molly fühlte sich plötzlich billig und faltete den anstößigen Brief zusammen, bevor sie ihn wieder in den Umschlag steckte. Sie warf einen Blick auf den Brief mit den Küssen. Vielleicht war der ja besser? Nein. Sie konnte sich einfach nicht überwinden.

Sie entschied sich stattdessen für einen roten Umschlag mit Herzen. Sie dachte positiv und riss ihn auf.

Lieber Bob, ich habe von Anfang an Mollys Kolumne gelesen und muss sagen, dass Sie mich sehr beeindruckt haben. Wenn Molly meint, dass Sie so wundervoll sind, dann muss es wahr sein. Darum würde ich mich gerne mit Ihnen treffen ...

Molly hörte auf zu lesen. Sie klang anständig, sogar süß. Sie fühlte sich wie ein Eindringling, faltete den Brief wieder zusammen und legte ihn auf die rechte Seite, weit weg von denen auf der linken Seite, die sie als *Nur über meine Leiche* Stapel bezeichnete. Da wurde ihr bewusst, dass sie kein Eindringling war; sie war Bobs Beistand.

Ja. Genau das war sie!

Was bedeutete, dass sie einen ernsten Job zu erledigen hatte. Molly betrachtete den Stapel genauer, und eine neue Zielstrebigkeit ersetzte zumindest einen Teil der Schuld, die sie empfunden hatte. Sie war hierhergekommen, um wiedergutzumachen, dass sie Bobs Leben in einen Zirkus verwandelt hatte. Doch wenn die Richtige für ihn in diesem Haufen war, dann war es an Molly, sie zu finden und ihr die Chance zu geben, die sie verdient hatte. Die Chance, die Bob verdient hatte.

John Boy wuffte und grinste sie an, als spürte er, dass sie die Wahrheit gefunden hatte, und wollte ihr sagen, dass das eine wichtige Aufgabe war. In der Tat. Molly streichelte mit einer Hand über den Rücken des Welpen, atmete tief durch und verscheuchte alle Zweifel und Bedenken. Sie hustete vom Parfumgeruch und griff nach einem weiteren Brief.

Lieber Bob, hast du jemals den Film Schlaflos in Seattle gesehen? Molly lachte auf und warf den Brief nach links. „Tut mir leid, meine Liebe, keiiiin Empire State Building für Bob."

KAPITEL ELF

olly hatte John Boy längst in sein Körbchen gebracht, nachdem er so oft geniest hatte, dass sie zu dem Schluss gekommen war, dass es nicht gut für ihn war, in der Nähe der parfümierten Briefe zu sein. Ihr Rücken verkrampfte sich, und sie selbst war im Begriff zu niesen, als sie Bob etwas sagen hörte. Dankbar für einen Grund aufzustehen legte sie den Brief aus der Hand und ging, um zu sehen, was er brauchte. Aber als sie den Raum betrat, war er still.

„Bob", sagte sie leise und beugte sich über ihn. Er sah mit geschlossenen Augen so friedlich aus. Eine widerspenstige Haarsträhne war in seine Stirn gefallen, und bevor sie sich aufhalten konnte, berührte sie sie.

Sie hatte sein Haar immer bewundert, seine dunklen, weichen Wellen. Sie fühlten sich so seidig an, wie sie angenommen hatte. Sie biss sich auf die Lippe und strich sie ganz sanft aus seiner Stirn, froh, dass sich seine Miene entspannt hatte. Die Schmerzmittel mussten geholfen haben. Es war so viel an Bob, das fast zu gut war, um wahr zu sein. Doch sie kannte ihn lange genug, um zu wissen, dass alles, was mit Bob Jacobs zu tun hatte, echt war. Er war schön, innerlich wie äußerlich.

Er regte sich, und seine Nase zuckte, wahrscheinlich wegen der Parfümreste, die wie eine Wolke über ihr schwebten.

„Bob, was kann ich für dich tun?", fragte sie, doch offensichtlich schlief er. Er murmelte leise, und sie lächelte. Ja. Genau, was sie vermutet hatte – er redete im Schlaf. Ihre Neugier gewann die Überhand, und sie beugte sich vor. Ihre langen Haare fielen von ihrer Schulter auf sein Kinn. Sofort flogen seine Augen auf, und er erwischte sie auf frischer Tat, als sie über ihn gebeugt stand und direkt in seine dunklen Augen starrte.

„Hallo, schöne Frau", sagte er benommen.

Sie erstarrte, ihr Gesicht keine zehn Zentimeter von einer Menge Ärger entfernt! Ihr Herz donnerte wie das Schlagen von tausend Pferdehufen auf hartem

Boden.

Beweg dich, Molly. Weg von diesem Cowboy!

„H-hallo", brachte sie schließlich atemlos heraus und immer noch über ihn gebeugt. Vollkommen bewegungsunfähig.

Bobs verträumter Blick wanderte von ihren erschrockenen Augen zu ihren Lippen. Ihre Augen reagierten darauf, indem sie seine Lippen suchten. Perfekte Lippen. Breit und glatt mit einem Schwung nach oben an den Winkeln, als wäre er immer am Rande eines Lächelns. Das war Bob. Zumindest war das Bob gewesen, bevor sie sein Leben auf den Kopf gestellt hatte.

„Ich ... ich dachte, du brauchst mich", sagte sie schließlich. Sie kam wieder zu Sinnen, richtete sich auf und strich sich die Haare hinter die Ohren. Flucht wäre gut.

Doch sie konnte nicht. Er lächelte sie an, und das war viel stärker als der Fluchtreflex. Außerdem war es offensichtlich, dass er unter Einfluss der Schmerzmittel stand.

„Ich brauche dich wirklich."

Molly lachte und fühlte sich bei seinen Worten albern glücklich. Es war der Einfluss des

Medikaments, das wusste sie. Trotzdem war die Empfindung, die die Worte in ihrem Herzen auslösten, erstaunlich real. Molly trat zurück, als hätte sie eine heiße Pfanne berührt. Doch sein unbehagliches Stöhnen, als er plötzlich versuchte, sich aufzusetzen, zog sie direkt zurück zur Pfanne.

Nein! Sie ging auf die Knie. „Hier, lass mich dir helfen", keuchte sie und griff nach ihm. Er hielt inne und lächelte sie träge mit dem benommenen Lächeln von jemandem an, der nicht ganz wach war.

„Das wäre mächtig nett von dir", sagte er gedehnt. Mit schweren Lidern und erschlafftem Gesichtsausdruck musterte er sie, beugte sich vor und lehnte sich dann zurück. „Ich habe das Gefühl, dass meine Rücken kaputt ist", sagte er, bemühte sich jedoch erneut, sich aufzurichten.

„Warte!", rief sie erneut. Er verzog sein Gesicht vor Schmerzen und sah zu, wie sie zwei Kissen vom Boden aufhob, die sie vom Sofa genommen hatte, als Clint ihn nach Hause gebracht hatte. Behutsam schob sie einen Arm unter seine unverletzte Schulter und versuchte, den Flickenteppich von Nähten auf seinem Rücken nicht zu berühren. „Okay, jetzt, aber ganz langsam", sagte sie und stützte ihn ab, als er sich weit genug nach vorn bewegte, dass sie ein Kissen unter seinen Kopf schieben konnte.

Ihre Gesichter waren einander sehr nah. Sie konnte seine Haare an ihrer Stirn spüren, als sie ihm vorsichtig in eine bequemere Position half, und war sich seines Atems auf ihrer Wange nur allzu bewusst.

Der Kuss kam aus heiterem Himmel.

Im einen Moment half sie ihm, sich zurückzulehnen, und im nächsten hob er seinen Kopf und berührte ihre Lippen mit seinen. Mollys Denkprozess setzte vor Schock aus.

Und so schnell es passiert war, war es auch schon wieder vorbei. Es konnte nicht einmal als echter Kuss eingestuft werden, so schnell endete er. Als ihr bewusst wurde, dass er sie tatsächlich küsste, und sie ihre Augen öffnete – nicht, dass sie sich daran erinnern konnte, sie geschlossen zu haben –, war er schon vorbei. Es war wie Vergeltung für all den Ärger, den sie ihm eingebrockt hatte.

Echte Vergeltung. Denn als sie die Augen öffnete, war Bob eingeschlafen.

Friedlich, ahnungslos schlafend. Und Molly?

Molly war ein nervliches Wrack.

Bob lag wach in seinem Bett und starrte an die Decke.

Schatten von Ästen tanzten über ihm, vom hellen Mond erleuchtet. Wenn er ganz ruhig lag, konnte er sich entspannen und die Schmerzen seines Körpers fast ignorieren.

Aber nur fast.

Seine Gedanken kehrten zu Molly zurück. Er hatte es ihr schwer gemacht, doch sie hatte es sich nicht anmerken lassen und sich bemüht, das Chaos, das sie in seinem Leben angerichtet hatte, wiedergutzumachen.

Er lächelte. Sie war entschlossen, sich um ihn zu kümmern. Sicher, er wusste, dass es zum Teil dazu diente, ihre Schuldgefühle loszuwerden, doch er würde lügen, wenn er nicht zugeben würde, dass er nach dem anfänglichen Schock, sie zu sehen, froh war, sie hier zu haben. Wenn sie doch nur eine Ahnung gehabt hätte, wie schlimm er manchmal bei Rodeos zugerichtet worden war … Sie wäre geschockt zu wissen, dass diese Verletzungen nichts im Vergleich zu denen waren, die er zuvor überlebt hatte.

Er fühlte sich ein wenig schuldig. Er war oft verletzt gewesen und war gut allein zurechtgekommen. Er wusste, wie es ablief. Es würde ein paar Tage lang höllisch wehtun, und dann würde es ihm wieder gut gehen. Das Bullenreiten im Rodeozirkel war aus gutem Grund auf Platz drei unter den zehn schlechtesten Jobs, die jemand ohne Bezahlung machen konnte. Es war ein hartes Geschäft.

Manche Leute wussten nicht, dass ein Reiter auf Tour manchmal zweimal an einem Abend auf einem Bullen ritt, während ein Bullenkämpfer bei einem Event auf bis zu siebzig Bullen traf. Es war ein gefährlicher Job, und Schmerzen und Verletzungen gehörten dazu. Es war kein Job, den er vermisste.

Zumindest jetzt nicht. Als er den Job gelebt hatte, hatte er ihn geliebt. Dann wäre er fast auf einem langen, dunklen Wegstück in Texas ums Leben gekommen. In jener Nacht hatte sich seine Perspektive in jeder Hinsicht geändert.

Er war erschöpft auf dem Rückweg von einer Veranstaltung gewesen. Er war hinter dem Lenkrad eingeschlafen – etwas, das ihm noch nie passiert war — und hatte eine Leitplanke gestreift. Ironischerweise hatte er sein Leben an einem einzigen Abend bei der Arbeit mehr riskiert als fünf durchschnittliche Männer — und es war ein Duell mit einer Leitplanke nötig gewesen, um ihn aufzuwecken.

Als Bob an diesem Abend am Straßenrand

gesessen hatte, hatte er all den Ärger und Groll losgelassen, die er seit seiner Kindheit mit sich herumgeschleppt hatte. Als er zwanzig Minuten später weitergefahren war, war er ein anderer Mann gewesen. Er wusste, dass er mehr wollte, und er hatte die Wut und den Groll durch den wiedererweckten Kindheitswunsch nach einer Familie ersetzt. Bob hatte sich daraufhin am nächsten Tag auf die Suche nach dem richtigen Ort gemacht, um sich niederzulassen. Im Laufe der Jahre war er kreuz und quer durchs Land gereist und hatte viele Orte gesehen. Doch jetzt suchte er nach einem Ort, den er zu seinem Zuhause machen konnte. Wo er Pläne schmieden und sich seine Zukunft aufbauen konnte. Als er Mule Hollow gefunden hatte, hatte er ohne Bedauern das Bullenreiten an den Nagel gehängt.

Und jetzt wartete er auf die richtige Frau, mit der er seine Träume wahrmachen konnte.

Er ignorierte die Schmerzen in Nacken und Schultern und drehte seinen Kopf gerade so weit, um auf den Wecker blicken und sich das Tageslicht herbeiwünschen zu können. Es war eine sehr lange Nacht gewesen.

Bevor Molly am Abend gegangen war, hatte sie

sich große Mühe gegeben, ihm vom Sofa aufzuhelfen, doch es hatte nicht funktioniert. Wenn alles geprellt und gebrochen war, war es fast unmöglich, aus einer liegenden Position auf die Füße zu kommen. Am Ende war er gezwungen gewesen, über seinen Schatten zu springen und ihr zu zeigen, wie er in einem solchen Fall aufstand. Was bedeutete, sich aus seiner liegenden Position auf seine Hände und Knie auf den Boden zu rollen. Dann benutzte er den Tisch als Stütze, um sich aufzurappeln. Ja, es war ein trauriger Anblick. Doch wenn man eine Brust voller gebrochener Rippen hatte, war sich in der Taille zu beugen fast schlimmer als die Tritte, die die Rippen gebrochen hatten.

Jetzt, wo sie gesehen hatte, wie er sich abgemüht hatte, tat sein Stolz genauso weh. Nicht, dass es ihn interessierte, was Molly über ihn dachte.

Ja richtig, Cowboy. Rede dir das nur weiter ein. Sie hatte so gut geduftet wie ein frischer Frühlingstag, als sie ihre Arme um ihn gelegt und behutsam versucht hatte, seine Schmerzen zu lindern. Es war verwirrend.

Als er es endlich in eine stehende Position geschafft hatte, hatte sie sich unter seinen unverletzten Arm geschoben, zu ihm aufgeblickt und ernst sein Gesicht gemustert. Und dann war es passiert. Ihre

Wangen waren zart gerötet ... er hatte den plötzlichen Drang gespürt, seinen Kopf zu senken und sie zu küssen. Natürlich gab er den Medikamenten die Schuld. Die Idee, Molly zu küssen war ungefähr genauso gut, wie auf Sylvesters Weide zu gehen und mit ihm tanzen zu wollen.

Es hatte die Situation nicht besser gemacht, dass sie ihn mit den erschrockenen, weit aufgerissenen Rehaugen ansah, als hätte sie vielleicht gerade selbst darüber nachgedacht, ihn zu küssen.

Ja, es lag an den Medikamenten. Sie hatten ihn benommen gemacht.

Ein Blick auf den Bleistift hinter ihrem Ohr war Mahnung genug, sich zusammenzureißen. Molly Popp, die Reporterin, würde Mule Hollow wieder verlassen, sobald es keine Geschichte mehr für sie zu schreiben gab und sich ihr die nächste Gelegenheit bot. Und da der Tag, den er mit ihr verbracht hatte, diese anfängliche Anziehungskraft, die er für sie empfunden hatte, zurückgebracht hatte, sollte er die Schotten besser dichtmachen.

Ja. Das hatte er sich in den letzten fünf Stunden, die er in seinem Bett gelegen und an die Decke gestarrt hatte, immer wieder gesagt.

In der Stille lauschte er dem Ticken seines Weckers. Wenn er seine Hand ohne Schmerzen heben könnte, würde er seinen Schädel auf eine Gehirnerschütterung untersuchen. Denn etwas stimmte nicht mit seinem Gehirn. Ja, so musste es sein.

Fakt war, dass er trotz aller Gründe, die er hatte, wütend auf Molly zu sein, nur an ihre Süße denken konnte. Diese Süße kehrte immer wieder zurück, um alle Wut, die er ihr gegenüber empfand, ein Stückchen weiter weg zu stoßen.

Sie hatte das schnurlose Telefon direkt neben seinem Arm auf die Matratze gelegt – für den Notfall, wie sie gesagt hatte – und alle Feueralarmbatterien überprüft, falls ein Feuer ausbrach, während er schlief.

Sie war süß, das stimmte schon. Sie hatte die ganze Zeit dafür gesorgt, dass er sich so wohl wie möglich fühlte, ihm alle Arbeit abgenommen und dann hatte sie seinen Hund mit nach Hause genommen.

Er lächelte. Sie war nach Hause gegangen und hatte völlig vergessen, ihm seine Schmerzmittel zu bringen, bevor sie gegangen war.

Er spürte das Lächeln, das sich auf seinem Gesicht ausbreitete. Wenn es nicht so wehgetan hätte, hätte er gelacht. Doch mit vier gebrochenen Rippen und zahllosen Prellungen lachte man nicht.

Und Schlaf konnte man auch vergessen.

Darum hatte er jede Menge Zeit nachzudenken.

Molly ging in Bobs stille Küche, stellte ihre Handtasche auf die geflieste Arbeitsfläche, setzte den Welpen auf den Boden und sah sich noch einmal in Bobs Haus um. Aus den Dingen, mit denen er sich umgab, konnte sie ablesen, dass er ein wunderbarer Familienvater sein würde. Er hatte seine Wurzeln tief in dieses Haus geschlagen, in dem er seit etwas mehr als einem Monat lebte. In seinem Haus herrschte Wärme, was sie jedoch nicht überraschte, denn Bob strahlte selbst Wärme aus. Das Haus war in Creme- und Brauntönen dekoriert, mit hier und da einem Spritzer von Rot und Grün. Nicht ganz wie aus einem Einrichtungsmagazin, doch es war nah dran.

Er hatte Gemälde an den Wänden und Kissen auf den Stühlen. Es gab große bunte Teppiche auf den Böden und sogar ein schönes Blumenarrangement am Eingang. Alles hier sagte *Willkommen in meinem Haus*. Bob Jacobs hatte keine Witze gemacht, als er gesagt hatte, er sei bereit für eine Frau. Er *war* bereit, sein Zuhause mit einer Familie zu füllen.

Und er würde die perfekte Frau für den perfekten Ehemann brauchen.

Umso mehr Gründe hatte sie, über ihre Schulmädchennervosität hinwegzukommen, die sie in seiner Nähe empfand.

Hast du Gefühle für Bob?

Diese Frage hatte sie die ganze Nacht verfolgt. Es war seine Schuld. Dieser Kuss! Sie hatte nicht damit gerechnet, geküsst zu werden ... es schien unwichtig zu sein, da es eher ein Küsschen gewesen war. Es hatte sie den Rest des Nachmittags so durcheinander gemacht, dass sie wie kopflos durch die Gegend gerannt war und Bob nicht in die Augen hatte sehen können, ohne rot zu werden! Er hatte sie nervös gemacht, als er sie dabei beobachtet hatte, wie sie ihre Vorkehrungen getroffen hatte, um sicherzustellen, dass er für die Nacht alleine sicher war. Als sie John Boy eingepackt hatte und geflohen war, war sie sich sicher gewesen, dass er sie für eine Verrückte hielt.

„Habe ich Gefühle für Bob?", murmelte sie leise. Es war dumm, diesen Gedanken überhaupt zuzulassen. Es war nur die Überraschung des Kusses gewesen ... doch dann hatte er auch gesagt, dass er sie brauchte.

Nicht, dass sie es geglaubt hätte.

Es war verrückt, verrückt, verrückt.

Und noch verrückter. Er brauchte sie nicht – er hatte unter dem Einfluss starker Schmerzmittel gestanden!

Sie holte tief Luft. Sie musste sich zusammenreißen – und wenn sie herausfinden konnte, wohin die echte Molly Popp verschwunden war, würde sie es auch tun. Der Gedanke, ihm gegenüberzutreten, nachdem sie sich gestern Abend so seltsam verhalten hatte, war demütigend. Er hatte sich letzte Nacht wahrscheinlich in den Schlaf gelacht.

Sie drehte sich um und drehte den Wasserhahn auf, nahm die Kaffeekanne und füllte sie mit Wasser. Beschäftigung. Das war es, was sie brauchte, um ihren Kopf klar zu bekommen, bevor sie in sein Schlafzimmer ging. Als sie die Kaffeemaschine eingeschaltet hatte, füllte sie ein Glas mit Wasser, holte erneut tief Luft und griff nach den Schmerztabletten.

Sie stockte, als sie die kleine weiße Tablette neben der Packung auf der Theke liegen sah.

Genau da, wo sie sie gestern Abend hingelegt hatte.

Sie hatte doch nicht? Der arme Mann! Sie schloss die Augen und zwang sich, sich zu beruhigen.

Es funktionierte nicht. Sie nahm sich die Tablette und das Glas Wasser, eilte in Bobs Zimmer – und wäre fast mit ihm zusammengestoßen, als er um die Ecke kam.

Sie wäre beinahe über ihre eigenen Füße gestolpert, als sie ihn sah. Er hielt seinen Arm gegen seine Flanke gepresst, stützte seine Rippen mit einer Hand und griff mit der anderen Hand nach der Tür.

Wie konnte sie vergessen haben, ihm seine Schmerzmittel zu geben!

„Guten Morgen", sagte er. Trotz der Schweißperlen auf seiner Stirn lächelte er.

„Warum hast du mich nicht angerufen?", fragte sie. „Ich kann nicht fassen, dass ich dir deine Medikamente nicht gebracht habe. Und warum in aller Welt bist du nicht im Bett?" Sie schalt ihn. Der arme Mann litt furchtbare Schmerzen, und sie schalt ihn wie ein Kind! „Es tut mir so leid, hier, lass mich dir helfen", sagte sie und kratzte ihr letztes bisschen Würde zusammen. Sie stellte das Wasser und die Medizin auf den Tisch und trat an seine Seite. Sie ignorierte das alberne Grinsen auf seinen Lippen und legte ihren Arm um seine Taille.

„Molly, entspann dich", lachte er.

Er *lachte*!

„Normalerweise nehme ich sowieso keine derart starken Schmerzmittel. Es geht mir gut. Ich bin okay."

„Wohl kaum", bemerkte sie und fühlte sich sofort wie eine Kröte. Doch er lachte. Und hatte Schmerzen. Und sie war so frustriert. „Es tut mir so leid", wiederholte sie. „Alles. Komm. Wir bringen dich aufs Sofa, und dann kannst du die Medizin nehmen und dich besser fühlen."

„Nein. Bring mich bitte in die Küche zum Hocker."

„Aber–"

„Kein Aber. Ich nehme keine Schmerzmittel mehr und lege mich auch nicht mehr aufs Sofa. Ich will mich wenigstens ein bisschen bewegen."

Gemeinsam gingen sie einen Schritt, und sie hörte ihn scharf einatmen. „Du musst was nehmen."

„Nein, muss ich nicht. Küche, bitte." Fältchen tanzten um seine Augenwinkel, doch er lachte nicht mehr, und sie wusste, dass es all seine Kraft erforderte, aufrecht zu stehen.

Er legte seinen Arm schwer auf ihre Schultern,

und sie nickte. „Okay, stütz dich auf mich." Es dauerte eine Weile, doch schließlich schafften sie es in die Küche.

John Boy kam über den Dielenboden gerannt, verlor den Halt und rutschte gegen Bobs nackten Fuß. Sie hatten fast den Barhocker erreicht. „Hey, kleiner Kumpel, ich würde dich ja streicheln, aber ich kann mich nicht bücken."

„Er hat dich letzte Nacht schrecklich vermisst", sagte sie und wollte mehr für ihn tun. Doch was? Sie sah zu ihm auf und begegnete seinem Blick.

„Du hast nicht geschlafen, oder?", fragte er. Molly erstarrte und war sich sicher, dass sie so pink war wie die Fassade von Lacys Salon. Sie schüttelte den Kopf. Und trotz allem lächelte er und ließ zu, dass diese Grübchen ihren Verstand zu Brei machten.

Konzentriere dich, Molly! Fokus.

„Bist du in Ordnung?", fragte er.

Sie nickte, auch wenn gar nichts in Ordnung war.

„Alles bestens", brachte sie heraus. „Ich habe nur kurz Luft holen müssen."

Er senkte seinen Kopf, sodass seine Lippen ganz nah an ihrem Ohr waren. „Ich weiß genau, was du meinst."

KAPITEL ZWÖLF

ob wusste, wie man ängstliche Hengste beruhigt. Er wusste, wie man scheues Vieh beruhigt. Doch er wusste nicht, was er mit einer schüchternen Frau tun sollte.

Er saß an der Kücheninsel auf einem hohen Hocker und sah zu, wie Molly sich darauf vorbereitete, seine Bandagen zu wechseln. Ihre Finger zitterten. Er hatte nicht gedacht, wie sehr es sie belasten würde, dass sie vergessen hatte, ihm seine Medizin zu geben.

„Molly, bitte entspann dich. Ob du es glaubst oder nicht, hier auf dem Barhocker zu sitzen, ist eine gute Sache. Zumindest kann ich mich setzen und aufstehen, ohne, dass es allzu sehr wehtut, also hör auf, dir Vorwürfe zu machen." Er streichelte John Boys Rücken mit der Fußspitze und lächelte, als der Welpe sich umdrehte und mit den Pfoten nach seinem Zeh schlug. Als John Boy jedoch plötzlich herzhaft in seinen Zeh biss, stieß Bob einen erschrockenen Schrei aus.

Mollys Lippen verzogen sich zu einem Lächeln. „Du musst gut auf ihn aufpassen." Sie riss eine Packung frischen Verbandmull auf, und ihre Schultern entspannten sich.

„Ich lerne jeden Tag", sagte er und bemerkte, dass das sowohl für John Boy als auch für Molly zutraf. Er sah zu, wie sie auf ihn zukam, und lächelte fast, als er daran dachte, wie sie ihn vorhin gescholten hatte. Sie war süß, wenn sie frustriert war.

„Du weißt, du kannst unmöglich den ganzen Nachmittag da sitzenbleiben", sagte sie. „Der Arzt sagte, du musst das Schmerzmittel einnehmen. Du musst schließlich irgendwann ein bisschen schlafen. Ruhe hilft dem Körper zu heilen." Sie presste ihre sanft geschwungenen Lippen, die sich nur einen Hauch in den Mundwinkeln kräuselten, zu einer Linie zusammen, und ihre Augen schmolzen vor Sorge.

Sie war wieder sie selbst und irritierend überzeugend in ihrer Argumentation.

„Molly, ich hatte vorhin Schmerzen vom

Aufstehen aus dem Bett, wirklich. Doch wenn ich mich später ein bisschen mehr bewegt habe, nehme ich etwas Medizin, sobald ich mich entscheide, mich ein bisschen auf dem Sofa auszuruhen, wenn du dich dann besser fühlst."

„Dann fühlen wir uns beide besser", sagte sie, zog das Papier vom Verbandsmull und trat hinter ihn. Er konnte die Wärme ihres Atems auf seiner Haut spüren, als sie sich darauf konzentrierte, seine Verbände zu wechseln. Sie roch nach frischer Luft und warmem, sonnigem Morgen. Es war angenehm. Beinahe süchtigmachend.

Jetzt war er derjenige, der unsicher war. Er betrat gefährliche Gefilde.

Aber er würde später in Ruhe darüber nachdenken. Im Moment hatte er solche Schmerzen, dass er keinen klaren Gedanken fassen konnte. Trotz der Schmerzen hatte er sich entschlossen, keine Schmerzmittel mehr zu nehmen.

Er spürte, wie ihre langen, anmutigen Finger ihn verbanden, schloss die Augen und erlaubte sich einen Moment lang, es zu genießen. Ihre Berührung und das Wissen, dass sie in seinem Haus war, war alles, was er im Moment brauchte. Es war schön, dass sich jemand um ihn kümmerte. Letzte Nacht, als er wach gelegen und an sie gedacht hatte, war ihm bewusst geworden, dass Schlafen so ziemlich das Letzte war, was er tun wollte, während sie hier war. Ja, er war vollkommen durch den Wind, weil er keinen Moment von Mollys Gesellschaft verpassen wollte.

Diese Anziehung war zum Scheitern verurteilt, doch darüber würde er nachdenken, wenn die Zeit gekommen war.

Jetzt wollte er sie nur besser kennenlernen. „Okay, was möchtest du zum Frühstück?"

Ihre Frage überraschte ihn. Er warf einen Blick über seine Schulter. Sie lächelte und konzentrierte sich dann wieder auf ihre Arbeit.

„Ich kann Rührei machen. Ich bin nicht gut mit Gebratenem, aber Rührei kann ich machen. Die lassen einem mehr durchgehen."

„Ich dachte, du hast gesagt, du kannst nicht kochen?"

Sie lachte, und ihre Finger zittern, als sie den Verband glattstrich. Ihr Lachen war leise, wie ein lautes Flüstern. Er hatte es immer bewundert. Mollys Lachen war einer dieser stillen, unaufdringlichen Laute, die verweilten und jemanden dazu bringen konnten, etwas zu tun, in der Hoffnung, es wieder zu hören. Ja, er hätte Molly den ganzen Tag lachen hören können.

„Ich habe nicht gesagt, dass ich nicht kochen kann. Ich habe gesagt, dass ich nicht *gut* kochen kann."

„Dann wirf doch einfach ein paar Eier in die Pfanne und lass mich sehen, was du draufhast."

Das brachte sie wieder zum Lachen. Sie zog sein Hemd herunter und ging zum Kühlschrank. Als sie sich umdrehte, hielt sie einen Karton Eier und einen Krug Milch in der Hand. „Du frühstückst sonst bei Sam, oder?"

„Jeden Morgen. Bis vor Kurzem zumindest." Warum hatte er das jetzt gesagt? Sie hielt inne und sah ihn mit besorgten Augen an.

„Tut mir leid."

„Schau, Molly, das war nicht gegen dich gerichtet. Hör bitte auf, dich zu entschuldigen. Es macht mich wahnsinnig."

Die Anspannung, die nachgelassen hatte, war zurück. „Wie kann ich nicht sagen, dass es mir leidtut? Sieh dich an, Bob. Du bist da draußen fast zu Tode getrampelt worden, und es ist meine Schuld. Wenn der Bulle dich getötet hätte, wäre das meine Schuld gewesen. Siehst du das nicht? Wie kann mir das nicht leidtun?" Sie sah ihn mit flehenden Augen an.

„Molly, willst du, dass ich sage, ich vergebe dir? Würdest du dich dann besser fühlen? Denn ich tue es. Ich vergebe dir."

Sie blinzelte, dann stellte sie die Eier auf die Theke und stand schweigend da. Er sah, dass sie heftig blinzelte, und hielt es für das Beste, nichts zu sagen, damit sie ihre Gefühle wieder unter Kontrolle bekam. Nach ein paar Minuten schniefte sie und sah ihn mit feuchten Augen von der Seite an. Großen, schönen, grünen Augen ... aufrichtigen Augen.

„Danke."

Er nickte. Er musste zugeben, dass er sich daran gewöhnen konnte, sie bei sich zu Hause zu haben. In seinem Leben. Er fragte sich, was sie von seinem Zuhause hielt. Im Vergleich zu ihrem. Er fragte sich, ob sie jemals daran gedacht hatte, ein Bild für ihre Wand zu kaufen. Ob sie jemals darüber nachdachte, sich niederzulassen.

Doch vor allem fragte er sich, warum er sich das fragte.

„Du willst was?" Molly stand am Waschbecken und

spülte die Kaffeetassen aus, als sie glaubte, ihn sagen zu hören, er wolle nach seinen Kühen sehen. Sie wirbelte herum. „Nach deinen Kühen sehen?" Molly war sprachlos. Sie hatten sich ein schnelles Frühstück geteilt und über das Leben auf der Ranch gesprochen, etwas, von dem sie sehr wenig wusste, es jedoch sehr interessant fand. „Bob, wie willst du nach deinen Kühen sehen? Clint und Brady und die gesamte Cowboy-Population von Mule Hollow kümmern sich für dich um deine Tiere, also musst du dir keine Sorgen um die Kühe machen. Du hast selbst gesagt, dass die Fahrt im Truck hierher schmerzhaft war."

Er lachte. „Molly–" Er verzog vor Schmerzen das Gesicht. „Autsch, das war nicht gut. Die Sache mit einem Mann und seinen Kühen ist, dass es einem Cowboy nur guttut, jeden Tag seine Tiere zu sehen. Frag mich nicht warum, es ist einfach so. Ich weiß, dass ich unmöglich mit ihnen arbeiten kann, aber ich kann sie mir ansehen. Mit deiner Hilfe."

Molly nahm die Teller vom Tisch und trug sie zum Waschbecken. Wie konnte sie ihm eine solche Bitte abschlagen? Sie wusste nicht, wie es gehen sollte, doch wenn er der Meinung war, dazu in der Lage zu sein, wie konnte sie dann nein sagen? Jetzt verstand sie, warum er sie vorhin gebeten hatte, ihm beim Anziehen seines Cowboystiefels zu helfen.

„Okay. Was soll ich tun?" Sie drehte sich um und ertappte ihn bei einem Lächeln. Ihr Herz setzte einen Schlag lang aus, und sie sah die Überschrift vor sich – die sie sofort löschte, bevor sie die Gelegenheit bekam, sie zu lesen.

„Als erstes kannst du das Fernglas vom Schreibtisch in meinem Büro holen. Ich würde es selbst holen, aber dann würden wir die Kühe erst morgen sehen."

„Okay, Fernglas. Das hört sich interessant an. Du gehst schon mal in Richtung Hintertür los. Das Fernglas und ich werden dich schon einholen", sagte sie trocken und ging zu seinem Büro neben dem Eingang.

Sein Lachen folgte ihr, und ihr Magen schlug einen kleinen Purzelbaum – den sie geflissentlich ignorierte. Sie hatte sich endlich wieder im Griff, und so würde es auch bleiben.

Als sie mit dem Fernglas zurückkam, stand er strahlend in der Hintertür, als hätte er gerade den Mount Everest bestiegen.

„Sieh dich an! Du hast eine gute Zeit vorgelegt."

Sie wusste, dass es ihm wahrscheinlich unsägliche Schmerzen bereitet hatte, zur Tür zu gehen, doch er lächelte.

„Ich war schnell wie der Wind", feixte er.

„Oh, warst du das? Und jetzt?"

„Mach die Tür auf und nimm mich mit, Sweetheart."

„Okay, Zuckerbaby", schnaubte sie. Der Mann war verrückt. Sie öffnete die Tür, legte ihren Arm wieder um seine Taille und wartete, während er seinen unverletzten Arm vorsichtig über ihre Schultern legte. Seine Finger strichen dabei über ihre Wange, und ihre Wärme ließ unausgesprochene Fragen in ihr aufsteigen.

Oh nein, das tust du nicht, dachte sie und verscheuchte die Fragen sofort wieder. Sich diese Fragen zu stellen konnte ein Mädchen glatt in Schwierigkeiten bringen.

Bob erreichte den Baum. Es hätte ihn fast umgebracht, diesen Baum zu erreichen. Die Gründe, aus denen er nach seinem Vieh sehen wollte, störten ihn. Er wusste, dass Clint sich gut um seine Herde kümmern würde.

Clint Matlock war der beste Viehzüchter der Gegend. Warum wollte Bob also unbedingt den Hügel erklimmen, um ein paar seiner Kühe zu sehen?

Weil es ihm einen Grund gab, seinen schmerzenden Arm um Molly zu legen.

Es war nicht so, als überlegte er sich regelmäßig Gründe, seine Arme um eine Frau zu legen. Wenn er ehrlich war, hatte er seit langer, langer Zeit keine Frau mehr in seinen Armen gehalten. Er war zu sehr damit beschäftigt gewesen, zu arbeiten und Geld zu sparen, um sich diese Ranch kaufen zu können. Doch das erklärte immer noch nicht, warum er sich quälen musste, indem er eine Frau im Arm hielt, die keinen Hehl daraus gemacht hatte, dass sie keine Familie wollte.

Als er auf ihre kastanienbraunen Haare hinabblickte, schluckte er und machte einen weiteren gigantischen Sprung in Richtung Wahnsinn, indem er sich fragte, wie sich ihre Haare anfühlten. Sie waren dick. Dick und glänzend, und die warme Farbe erinnerte ihn an das Fell einer kastanienbraunen Stute, das im Licht der Sonne glänzte. Ihre Haare rochen nach Blumen. Nicht wie die penetranten Gerüche, die von den Umschlägen im Esszimmer ausgingen, sondern eher ein Hauch von Blumen. Gerade genug, um in ihm den Wunsch zu wecken, den Kopf zu senken und den Duft ein bisschen tiefer zu inhalieren.

Sie hatten es gerade rechtzeitig zum Baum geschafft, dass es ihm erspart blieb, sich vollkommen zum Narren zu machen. Erschüttert von den Ideen, die in seinem kranken Gehirn kreisten, ergriff er schnell einen niedrig hängenden Ast, um sich zu stützen, und hoffte, wünschte sie sich so weit wie möglich von ihm weg. Was sie schneller tat als er erwartet hatte, beinahe, als könnte sie seine Gedanken lesen. Sie zog sich nicht einfach nur zurück, es war eher so, als wäre sie gerannt.

Sie machte fünf schnelle Schritte, legte den rechten Arm um ihre Mitte und spielte mit der Kette um ihren Hals.

Sie sah ihn nicht an, was gut war. Richtig. Warum beobachtete er sie dann und wartete darauf, dass ihr Blick seinem begegnete? In der Hoffnung, einen Schimmer derselben Anziehung zu sehen, die er ihr gegenüber empfand?

Es geschah nicht. Wie eine Statue stand sie stocksteif da und beobachtete sein Vieh in der Ferne. Er jedoch wusste, wie sie aussahen.

„Also, da sind sie", sagte sie und ließ ihre Kette los, um eine anmutige Geste in Richtung der Tiere zu machen.

„Ja, da sind sie." Er beobachtete sie weiter.

Sie drehte sich zu ihm um und ertappte ihn dabei. Sie neigte den Kopf ein wenig und schlug ihre langen, in einer Jeans steckenden Beine an den Knöcheln übereinander. Das ließ sie noch schlaksiger erscheinen als sie war.

Sein Magen zog sich zusammen, und er holte tief Luft und versuchte, sie sich irgendwo in Europa vorzustellen, mit einem Bleistift, der hinter ihrem Ohr steckte, bei einem Interview in einer vom Krieg verwüsteten – er konnte die Worte nicht denken, von sich vorstellen ganz zu schweigen. Sie war zu jung. Zu zerbrechlich. Zu ... er konnte nicht darüber nachdenken. Nichts an der Vorstellung schien ihm richtig zu sein.

„Ich habe die Bilder in deinem Büro von dir als Bullenkämpfer gesehen. Faszinierend. Das eine, wo der Fotograf dich mitten in einem Salto über dem Bullen erwischt hat – ich nehme an, er hat dich in die Luft geschleudert?"

„Ja. In dem Fall habe ich den Treffer für den

eigentlichen Bullenreiter eingesteckt, und er hat mich fliegen lassen." Er war froh, über etwas mit ihr reden zu können. Weniger Zeit, seinen Gedanken nachzuhängen.

„Hat das wehgetan?"

„Das nicht."

„Und das andere, das, wo du über den Rücken des Bullen zu rutschen scheinst? Das Foto war bemerkenswert."

„Der Reiter hing fest. Ich habe versucht, an das Seil ranzukommen, um seine Hand zu befreien."

„Du hast viel riskiert."

Er zuckte mit den Schultern und wünschte sich dann, er hätte es nicht getan, als ein scharfer Schmerz durch seinen Rücken schoss. „Ich war schnell und gut ausgebildet. Es war ein kalkuliertes Risiko."

Sie runzelte die Stirn. „Hey Kumpel. Du sprichst mit einem Reporter. Ich mache meine Hausaufgaben, wenn ich über ein Thema berichte. Ich habe die Artikel gesehen. Die Verletzungsrate. Die Todesfälle."

„Jeder Job hat seine Gefahren. Ich war gut in dem, was ich getan habe, und die Risiken, die ich eingegangen bin, waren wohl kalkuliert. Also, wovor sollte man Angst haben?"

Sie kannte einen verlorenen Kampf, wenn sie einen sah, darum änderte sie ihre Taktik. „Warum hast du dann aufgehört?"

Er lehnte sich an die alte Eiche und blickte in die Ferne. „Es war an der Zeit."

„Woher wusstest du das?" Sie neigte den Kopf, und die Falte zwischen ihren Augenbrauen vertiefte sich. „Ja, wirklich. Wie bist du darauf gekommen, dass es an der Zeit war?"

Er studierte ihre neugierige Miene. „Du bist nur voller Fragen. Ist das alles vertraulich?"

Sie wurde wieder rot. „Von diesem Moment an ist alles, was du sagst, offiziell als vertrauliche Information eingestuft." Sie hob ihre rechte Hand und lächelte.

Er lehnte sich vorsichtig gegen den Baum und nahm etwas mehr Gewicht von seinem gebrochenen Bein. „Genau genommen waren es mehrere Dinge. Erstens hatte ich immer davon geträumt, eine Familie zu haben, aber ich habe zu viel Ballast mit mir rumgeschleppt, um zu glauben, dass das etwas war, was ich jemals wirklich haben könnte. Ich war ein wütender Junge."

Ihre Augen weiteten sich ungläubig. „Im Ernst?

Ich hätte dich in einer Million Jahren niemals als wütend beschrieben. Ich meine, abgesehen davon, dass du wütend auf das geworden bist, was ich dir angetan habe, bist du immer so ruhig und ausgeglichen. Wie alt warst du da?"

Sie schien sehr an dem interessiert zu sein, was er zu sagen hatte. Es war offensichtlich, warum ihre Interviewpartner sich ihr gerne öffneten. „Ich war neunzehn, als ich angefangen habe. Ich habe auf Bullen angefangen."

„Du bist gleich geritten?"

„Schau nicht so entsetzt. Ich habe mich nie *auf* einem Stier verletzt. Jedenfalls saß ich nach meinem Ritt auf dem Zaun und habe einen Kumpel beobachtet, dessen Hand sich verfangen hatte. Der Bulle hat ihn hinter sich hergezerrt und herumgeschleudert, und den anderen ist es nicht gelungen, seine Hand zu befreien. Ich hatte Angst um ihn, also bin ich in die Arena gesprungen, habe das Seil gepackt und ihn befreit. Es hat sich ganz natürlich angefühlt, und danach wollte ich nie mehr auf einen Bullen zurück. Mir wurde klar, dass ich den Bullen gerne vom Boden aus gesehen habe. Leben retten kann süchtig machen."

„Und zweitens?"

Immer die Reporterin lenkte sie ihn zum Rest der Geschichte zurück. „Ich fing an, darüber nachzudenken, mich niederzulassen. Über die Familie, von der ich als Kind geträumt hatte. Bullenreiter und Bullenkämpfer sind ständig unterwegs. Ich wollte eine Familie und ein Leben *mit* meiner Familie. Nicht nur ein Leben, das sie finanziell unterstützt." Er machte eine Pause, um den Blick über seine Ranch schweifen zu lassen. „Und ich wollte das hier. Ich habe noch viel zu tun, doch so langsam wird es so, wie ich es haben will."

Sie lächelte und trat näher. „Wie bist du in Mule Hollow gelandet?"

Er lächelte sie an. „Ich war auf dem Weg zum Finale in Las Vegas und hatte einen Platten ein Stück außerhalb von Mule Hollow. Ich bin vier Jahre hintereinander auf dieser Straße unterwegs gewesen, und in diesem Jahr hatte ich mich für eine Abkürzung entschieden. Ich weiß nicht einmal, warum, doch ich habe es getan, und zum ersten Mal hatte ich einen platten Reifen. Ich hatte gerade den Reifen gewechselt, als Clint anhielt, um zu sehen, ob ich Hilfe brauchte. Wir haben uns unterhalten, sind schließlich zum Mittagessen zu Sam gefahren und bevor ich gegangen bin, hat er mir einen Job angeboten, falls ich jemals das Rodeogeschäft leid sein sollte." Clint und er hatten sich sofort verstanden. „Ich habe über sein Angebot und Mule Hollow die ganze Strecke bis nach Vegas nachgedacht. Ich habe es nicht mehr aus dem Kopf bekommen. Ich mochte die weiten Felder und die wenigen Leute da." Er lächelte. „Als ich in Vegas angekommen bin, musste ich mich die ganze Zeit zwingen, mich zu konzentrieren. Das ist nicht gut, wenn andere sich auf dich verlassen. Man verdient sich die Möglichkeit, beim Pro Bull Riders Finale Bullenkämpfer zu werden. Die besten Bullenreiter des Verbandes müssen dich wählen. Sie müssen bestätigen, dass sie dem Bullenkämpfer, für den sie stimmen, ihr Leben anvertrauen würden. Es ist eine Ehre, die ich nicht auf die leichte Schulter genommen habe. Wenn ich mich nicht ausschließlich auf ihre Sicherheit konzentrieren konnte, war es Zeit, etwas anderes zu machen. Als die drei Tage vorbei waren, habe ich meine Sachen gepackt und bin nach Mule Hollow zurückgekehrt."

Sie sah ihn aufmerksam an. „Wann bist du hergezogen?"

Er sah zu Boden und hob dann den Kopf, um sie

anzulächeln. „Alles, was ich besaß, war im Trailer meines Trucks. Zwischen den Events habe ich in der Regel bei Freunden gewohnt. Ich war bereit, mich niederzulassen." Er wusste, wie es war, nichts zu besitzen, weil man gerade auf der Durchreise war.

„So schnell?" Sie sagte es, als wäre es ihr ein Rätsel.

„Ja, so schnell."

Bob schlief. Molly stand neben ihm und war erleichtert zu beobachten, wie sich sein Gesicht entspannte. Als sie sich auf den Weg zurück zum Haus gemacht hatten, hatte Bob höllische Schmerzen gehabt. Seine Kurzatmigkeit und den erschöpften Ausdruck in seinen Augen hatte er nicht vor ihr verbergen können. Sie hatte ihm das Medikament praktisch in seinen Hals schieben müssen, um ihn dazu zu bringen, es zu nehmen. Doch als er begriffen hatte, dass sie nicht nachgeben würde, hatte er nachgegeben. Das allein sprach Bände über seinen Zustand. Und dennoch hatte er so getan, als wollte er sich nicht ausruhen.

Sie hatte ihm geholfen, es sich im Fernsehsessel bequem zu machen. Sie dachte, dass es den Übergang vom Sitzen zum Liegen erleichtern könnte, was, wie Bob es beschrieben hatte, schlimmer als der Tod war. Zum Glück funktionierte der Liegesessel gut.

Sehr vorsichtig breitete sie die weiche Decke über ihn aus und konnte erneut nicht widerstehen, eine dunkle Locke aus seiner Stirn zu streichen. Er war mutig, stark und herzensgut. Eine Frau konnte sich glücklich schätzen, Mrs. Bob Jacobs zu werden. Aus der Ferne hatte sie geglaubt, er würde der perfekte Ehemann sein. Jetzt wusste sie es aus erster Hand. Sie wollte, dass er das Leben bekam, das er sich wünschte. Er hatte es verdient.

Ihr Herz tat plötzlich weh, und sie wandte sich ab und ging zurück in die Küche. Sie holte ihren Laptop aus dem Rucksack und setzte sich an den Küchentisch, ertappte sich jedoch dabei, dass sie wieder sein Zuhause betrachtete, anstatt zu schreiben.

Das Zuhause war ihm so wichtig. Das reichte, um ein Mädchen dazu zu bringen, sich niederzulassen und an seinem Traum teilhaben zu wollen.

Whoa! Wie kommst du denn auf sowas, Molly?

Dieser Gedanke trieb sie nach draußen zum Schaukelstuhl auf der Veranda. Sie musste eine Kolumne einreichen und einen Artikel fertigmachen –

Bobs Zuhause lenkte sie von ihrer Arbeit ab. Sie ließ sich auf dem Schaukelstuhl nieder und konzentrierte sich auf ihre Arbeit anstatt auf ihren zunehmenden inneren Aufruhr.

Eine Stunde später beendete sie ihre Arbeit und las den Text noch einmal. Er war ein bisschen anders als sonst. Der Ton war anders als bei ihren anderen Arbeiten, doch es gefiel ihr. Sehr sogar. Anstelle des heiteren, luftigen Tons, den sie normalerweise für ihre Mule Hollow-Artikel verwendete, erlaubte sie sich heute etwas mehr Innenschau in ihrer Arbeit. Sie hatte mit dem Artikel begonnen, um die Gründe für bedeutende lebensverändernde Entscheidungen zu erforschen. Menschen, die einen Scheideweg in ihrem Leben erreichen, wenn sie sich entscheiden, dass die Zeit gekommen ist, sich niederzulassen. Und obwohl in dem Artikel weder Mule Hollow noch Bob erwähnt wurden, hatten beide ihren Beitrag dazu geleistet. Bobs plötzliche und endgültige Entscheidung, sein Leben von einem Tag auf den anderen zu ändern, faszinierte sie. Außerdem war sie ursprünglich von Mule Hollow angezogen worden, weil Lacy so schnell und entschlossen hierhergezogen war. Molly überflog den Artikel und war überzeugt, dass ihre Leser genauso interessiert sein würden wie sie. Sie musste lediglich Statistiken über die Quote von Menschen hinzufügen, die spontan aus einer Laune heraus ihr Leben verändert hatten. Dann würde sie noch ein paar Formulierungen anpassen und ihn abschicken. Sie wusste sofort, an welches Magazin sie ihn zuerst schicken würde.

Als freier Journalist seinen Lebensunterhalt zu verdienen, war wie Jonglieren. Um ihre Arbeit zu verkaufen, hielt sie ständig zahlreiche Artikel im Umlauf. Nicht alle würden von Magazinen oder Zeitschriften aufgegriffen werden, doch sie hatte Beziehungen zu mehreren Redakteuren aufgebaut und ein Gefühl dafür bekommen, welche Art von Artikel zu wem passte. Sie verdiente gutes Geld und fragte sich manchmal, warum sie davon träumte, einer härteren journalistischen Arbeit nachzugehen, wenn ihre Stärke der heimelige Charme war, der ihr so leicht von der Hand ging. Sie war sehr gut in dem, was sie tat. Doch war sie gut genug, um in der Welt außerhalb der sicheren Grenzen des ländlichen Amerika ihren Durchbruch zu schaffen?

Und wollte sie das wirklich? Hatte sie als verängstigtes Kind einen kleinen Traum geträumt und das war nun alles, was daraus werden sollte? Alles, was sie wirklich wollte?

Vor weniger als einer Woche hatte sie sich nicht einmal erlaubt, über diese Frage nachzudenken. Es war ihr so vorgekommen, als wäre das ein Zeichen dafür, dass sie ihren Traum aufgab. Und sie war bereit gewesen, mit Zähnen und Klauen zu kämpfen, um an diesem Traum festzuhalten.

Doch plötzlich konnte sie nicht aufhören, über diese Frage nachzudenken.

KAPITEL DREIZEHN

Am nächsten Morgen fuhr Molly vor Bobs Haus vor und fand ihn auf der Veranda, wo er sich mit Clint unterhielt.

„Hey, Molly, wie geht's dir?", fragte Clint, als sie John Boy den Kiesweg entlang trug.

„Bob", schimpfte sie. „Was machst du nur?" Er sah aus, als hätte er überhaupt nicht geschlafen. „Du strengst dich zu sehr an."

Er runzelte die Stirn. „Auch dir einen guten Morgen, Sonnenschein." Sie runzelte die Stirn und funkelte ihn an.

„Clint, er tut so, als wäre er nicht eine Ansammlung gebrochener Knochen und Prellungen."

Clint schob den Rand seines Hutes mit dem Daumen nach oben und lachte. „Die meisten Cowboys brechen sich irgendwann eine Rippe. Das gehört zum Geschäft. Berufsrisiko. Wenn wir uns nicht schnell wieder aufrappeln würden, wären wir im falschen Beruf."

Bob hob eine Augenbraue. „Siehst du?"

Molly schüttelte den Kopf. Sie waren wie kleine Jungen.

Clint blickte von ihr zu Bob. „Ich mache dann mal wieder weiter. Ich melde mich bei dir, wenn ich oben in der Scheune bin, Bob."

„Stimmt was nicht?" Sie blickte zwischen Clint und Bob hin und her.

„Gestern hat Clint bemerkt, dass ein paar Kälber nicht trinken, wie sie sollten, darum will er sie abholen und in die Pferche bei der Scheune bringen, damit wir sie mit der Flasche füttern können."

„Kann ich irgendwas tun, um zu helfen?" Molly hatte das Bedürfnis, ein bisschen Rancherfahrung zu sammeln. Erfahrung war das Gewürz der Worte eines Reporters.

„Hast du jemals ein Kalb mit der Flasche gefüttert?", fragte Clint.

„Nein. Aber so schwer kann das ja nicht sein."

Bob grinste, und Clint lachte.

„Du hörst dich an wie Lacy", sagte Clint, und sein attraktives Gesicht leuchtete auf, als er Lacy erwähnte. „Sie hat auch nicht gedacht, dass es schwierig sein könnte, bis sie es selbst gemacht hat."

Glaubten sie, sie könnte sich nicht um ein Kalb kümmern? „Lacy hat ein Kalb mit der Flasche gefüttert?"

Sein Gesichtsausdruck wurde weicher. „Oh ja, nach einer Weile hat es geklappt. Jetzt behandelt sie diese Kühe wie ihre Kinder. Wenn sie nicht so groß wären, würde sie sie in ihre rosa Monstrosität laden und sie auf eine ihrer geliebten Ausfahrten mitnehmen."

Lacy liebte es, in ihrem rosafarbenen Cabrio durch die Gegend zu fahren. Sie war der spontanste, fröhlichste Mensch, den Molly jemals kennengelernt hatte. Sie inspirierte Molly, loszulassen und neue Dinge auszuprobieren, wie zum Beispiel Kälber zu füttern. Molly hob ihr Kinn und straffte ihre Schultern. „Könnte ich wenigstens versuchen, sie zu füttern?" Sie sah Bob an und wandte sich dann wieder Clint zu. „Ich meine, Bob kann nicht, und du hast mehr als genug zu tun, nicht wahr?"

Er sah sie einen Moment lang an. „Das muss Bob

entscheiden. Bis später."

„Also, was denkst du?", fragte sie und mochte die Skepsis in Bobs Augen nicht.

„Kälber können aufdringlich und stur sein."

„Willst du mir damit sagen, ich soll es gar nicht erst versuchen?"

„Nein, natürlich kannst du es versuchen. Ich möchte nur nicht, dass du dir mehr aufhalst, als du verkraften kannst. Molly, ich mag den Gedanken nicht, dass du dein Leben für mich auf Eis legst. Ich möchte nicht, dass du dich auch noch um meine anderen Probleme kümmern musst."

Sie stemmte eine Hand in ihre Hüfte. Also das war es. „Ich dachte, wir haben darüber gesprochen. Ich habe dir diese Suppe eingebrockt, und ich werde sie für dich auslöffeln. Und wenn das beinhaltet, dass ich mich um ein paar Kälbchen kümmern muss, dann sei's drum. Außerdem möchte ich herausfinden, was an der Lebensweise eines Cowboys so faszinierend ist. Ich möchte praktische Erfahrungen sammeln. Das macht sicher Spaß!" Cowboys liebten ihre Arbeit. Es schien, als gingen sie gerne zur Arbeit, obwohl die Tage lang und anstrengend waren. Es faszinierte sie. Sie wollte dem Warum auf den Grund gehen. Es würde ihre

Artikel nur besser machen.

„Also gut", sagte er. „Wenn du mir beim Stiefelanziehen hilfst, helfe ich dir, alles Nötige zusammenzusuchen, und erkläre dir, wie es geht."

„Das kann Clint mir doch sicher auch zeigen. Die Scheune ist weiter weg als der Baum gestern. Du darfst dich nicht so sehr anstrengen."

„Molly. Stopp. Ich bin kein Baby, und auch wenn dir das am liebsten wäre, sitze ich nicht den ganzen Tag im Haus herum. Wenn ich Kälber habe, die Aufmerksamkeit brauchen, werde ich zumindest nach ihnen sehen. Außerdem kann ich dir nicht den ganzen Spaß allein überlassen, oder?"

Es war, als würde man mit einem Zaunpfahl streiten. „Wie du willst", blaffte sie. „Aber du musst wenigstens ein paar Aspirin nehmen." Er war ein unglaublich sturer Mann. Sie fing gerade an zu begreifen, wie stur. Wenn er sich Schmerzen zufügen wollte, konnte sie ihn nicht aufhalten. Sie war nicht seine Mutter. Sie dachte an seine Mutter. Seine Vergangenheit. An den Grund, warum er ein wütender Teenager gewesen war.

„Warte hier", sagte sie. Sie ging in die Küche und holte die Packung Tabletten aus dem Schrank. Sie bezweifelte, dass es mehr tun würde, als die schlimmsten Schmerzen etwas zu lindern, doch es war besser als nichts.

Der Mann brauchte einen Hüter.

Das Problem war, dass sie jetzt seit drei Tagen seine Hüterin war und sie den Job viel zu sehr mochte.

„Molly, du darfst keine Angst vor ihm haben, wenn du ihn fangen willst."

Molly stand in der Mitte der Box und starrte das schwarze Kalb mit den riesigen Hängeohren an. Sie hatte Vieh auf den Weiden gesehen, aber nie wirklich darauf geachtet, was die Brahman-Rinder von den anderen Kühen unterschied, außer, dass sie diese riesigen Buckel auf dem Rücken hatten. Jetzt, wo sie in der Box stand und das Kalb betrachtete, bemerkte sie, dass es mit seinen Schlappohren wie ein überdimensionierter Jagdhund aussah. Das Baby, das vor ihr stand, war jedoch kein Jagdhund. Es war ein kleiner Betrüger.

Und ganz sicher nicht das winzige Baby, mit dem sie gerechnet hatte. Der „kleine" Kerl musste hundert Pfund wiegen, vielleicht zweihundert. Kein

Neugeborenes, wie sie es erwartet hatte. Als sie ihn ansah, fühlte sie sich wie ein Stadtmensch in der Reality-TV-Serie Cowboy U. Er blinzelte sie an und schenkte ihr einen Blick, der sagte *ich bin doch nur ein Baby.* Oh ja, er war tatsächlich ein kleiner Betrüger, so wie er dastand und schüchtern und fügsam tat mit seinen verträumten schwarzen Augen und seiner samtigen Nase – wo sie doch wusste, wie er wirklich war.

Fügsam, ha! Nach zwei peinlichen Fehlversuchen, ihn zu fangen, und mit einem schmerzenden Allerwertesten kannte sie die harte Wahrheit. Trotz der trügerisch ruhigen Art, mit der er mit seinen großen Augenlidern klimperte, war er der Gefangennahme mit der Leichtigkeit eines eingefetteten Schweins entgangen! Eines großen eingefetteten Schweins.

Damit hatte sie nicht gerechnet, als sie ihre Hilfe angeboten hatte. „Ich muss zugeben, ich dachte, dass die kleinen Süßen einfach kommen und sich von mir füttern lassen würden. Stell sich das einer vor. Was für ein Trottel ich doch war. Genau, wie ich dachte, dass ein Kalb ungefähr fünfzig Pfund wiegen würde."

„Wenn es nicht so wehtun würde, würde ich darüber lachen."

Molly warf ihm einen bösen Blick zu. Er hatte dort draußen am Zaun gestanden und ihr ruhig Anweisungen gegeben, als würde er ein Ballett choreographieren. Er hatte eine Engelsgeduld, doch leider hatte sie kein Talent. Vielleicht konnte sie es einfach nicht.

Sie strich ihr Shirt glatt, wischte sich die Haare aus dem Gesicht, straffte die Schulter und starrte auf das Kalb hinab. Noch würde sie sich nicht geschlagen geben. Oh nein. Sie hatte versucht, es mit süßen Worten zu becircen – und war zum Dank gegen das Tor geschleudert worden, als er gebuckelt und nach ihr getreten hatte. Sie hatte versucht zu betteln – mit demselben Ergebnis. Und Bob hatte daraufhin gestöhnt: „Bitte fleh meine Kühe nicht an."

Darum versuchte sie es jetzt ruhig, aber streng. „Na bitte. Das ist besser, Molly. Du kannst das. Sei einfach aggressiver, und ich verspreche dir, dass du beide Kälber gefüttert hast, bevor der Abend um ist. Jetzt zeig ihm, wer der Boss ist. Und keine Angst, dich schmutzig zu machen."

„Ich bin schmutzig. Hast du nicht gesehen, wie das kleine Biest mich in den Dreck geschleudert hat?"

„Oh ja, das habe ich gesehen. Und jetzt, wo du dir

keine Sorgen mehr deswegen machst, kriegst du ihn auch. Stell dir vor, du bist Clint Eastwood."

„Was?" Molly funkelte ihn wieder an.

„Ja, genau, Dirty Harry. Jetzt schieb ihn in die Ecke da und schnapp dir seinen Hals."

Molly blieb der Mund offenstehen. „Willst du mir damit sagen, dass ich aussehe wie Clint Eastwood? Ich meine, er sieht ja schon gut aus, aber glaube bloß nicht, dass ich das als Kompliment auffassen werde, mein Lieber."

Bob lachte darüber und stöhnte dann, und Molly erschrak, als sie den Schmerz in seinem Gesicht sah. Doch wirklich, man sagte einem Mädchen nun einmal nicht, dass sie wie Dirty Harry aussah!

„Molly", sagte er und holte tief Luft. „Ich meine nur, dass du es mit einer anderen Einstellung versuchen sollst. Eher wie Dirty Harry nach dem Motto *Na los doch, versüß mir den Tag!* Und dann tu's einfach. Glaub mir, an deinem schlimmsten Tag würdest du immer noch um Welten besser als Clint Eastwood aussehen."

Molly straffte erneut ihre Schultern und lächelte. „Oh." Das klang schon besser. Sie holte tief Luft, spreizte die Füße schulterbreit, schüttelte die Hände aus und rollte mit den Schultern, um sie zu lockern. Dann starrte sie das Kalb an. „Also gut", sagte sie, als der kleine Möchtegernbulle zu ihr auf blinzelte und sein riesiges Ohr schlenkerte, dass es ihm gegen den Nacken schlug. Es war offensichtlich, dass ihm egal war, was sie zu sagen hatte. Doch sie sagte es trotzdem. „Wollen wir weiter Spielchen spielen, oder willst du mir den Tag versüßen?"

Er senkte seinen glatten, schwarzen Kopf, und seine Ohren berührten fast den Boden, als Molly auf ihn zu ging. Nachdem sie aus ihren früheren Fehlern gelernt hatte, täuschte sie rechts an und ging dann nach links, wo er direkt in ihre wartenden Arme schoss! Mit einem Keuchen packte sie seinen Hals, wie Bob es ihr zuvor erklärt hatte, und hielt ihn mit jeder müden Faser ihres Körpers fest. Doch er weigerte sich, so leicht nachzugeben. „Oh nein, das wirst du nicht. Weißt du nicht, dass ich dich nur füttern will?" Sie stützte sich mit den Absätzen ihrer Stiefel ab und rutschte über den weichen Boden, ihren rechten Arm um seinen Hals gelegt. Es gefiel ihm gar nicht, doch sie hielt durch.

„Du hast ihn. Lass nicht los!", rief Bob.

Sie hatte ihn! Und dann trat er auf die Bremse, und sie landete wie ein Pfannkuchen mit dem Gesicht voran am Boden.

„Molly! Bist du okay?"

Hustend blieb sie liegen und schalt sich selbst, dass das kleine Biest ihr wieder entkommen war.

„Molly?"

Sie biss die Zähne zusammen und bereute es sofort, als der Sand in ihrem Mund knirschte. „Mir geht es gut. Du hast gewonnen. Cowboy spielen ist nicht so einfach, wie es aussieht."

„Du schlägst dich ganz gut. Wirklich. Du hättest mich bei meinen ersten Versuchen sehen sollen. Ich habe geschwitzt wie ein Stier, war hundemüde und mindestens so schmutzig wie du."

Sie blickte auf und richtete sich auf die Knie auf. „Ach so?"

„Ja. Aber am Ende habe ich gewonnen. Du darfst einfach nicht aufgeben."

„Geht das jedes Mal so, wenn ich versuche, sie zu füttern?" Auch, wenn er sie gewarnt hatte, sie hatte ihre Grenzen.

„Ob du es glaubst oder nicht, nach ein paarmal Füttern werden sie dich lieben wie ihre Mutter. Wie in *Mary hat ein kleines Lamm*. Nur, dass dir irgendwann zwei riesige Brahman-Bullen hinterher trotten werden."

„Na, wunderbar." Sie stellte sich diese beiden jungen Bullen als Erwachsene vor, gigantische Muskelberge, die kräftigen Schultern und den riesigen charakteristischen Buckel auf ihrem Rücken, die ihr wie Lämmchen folgten. Und ihre langen Ohren, die so gar nicht zu einem so einschüchternden Tier zu passen schienen, flatterten im Wind. „Das kann ich mir nicht vorstellen", seufzte sie und stand auf. Sie konnte sich jedoch vorstellen, wie sie aussah. Pig Pen von den Peanuts kam ihr in den Sinn. So viel zum Thema, dass Bob sie für süß hielt. Sie spuckte den Sand in ihrem Mund aus, was sie sicher noch attraktiver machte. Besonders, als sie es ein zweites Mal tun musste.

Das Kalb stand da und klimperte erneut mit den Wimpern, doch sie standen ganz in der Nähe der Ecke, was ihr Hoffnung gab. Bob hatte gesagt, sie sollte ihn in die Ecke drängen. Mit tapferer Anstrengung stürzte sich Molly auf den Minibullen – und fing ihn ein.

„Na bitte. Und jetzt wirf ein Bein über ihn."

„Ein Bein? Was meinst du mit einem Bein?"

„Du musst ein Bein über ihn werfen und deinen linken Arm unter seinen Hals legen, um ihn an Ort und Stelle zu halten; und wenn ich dir die Flasche gebe, musst du ihn zwingen, sie zu nehmen."

„Was meinst du mit ihn zwingen? Er wird sie nicht einfach nehmen?"

„Ja, nein, so ist es nun einmal. Nach einer Weile weißt du, wie es geht."

„Ja, aber was ist in der Zwischenzeit?" Sie hielt das Kalb in der Ecke fest, jeder Muskel ihres Körpers angespannt. Vor Anstrengung stöhnend, warf sie ihr Bein über seinen Rücken, klemmte ihn zwischen ihre Beine und drückte mit den Oberschenkeln gegen seine Schultern, als er bocken wollte.

„Oh nein, das tust du nicht", knurrte sie. Genau wie Bob sie angewiesen hatte, legte sie ihren Arm um den Hals des Kalbes, positionierte ihren Ellbogen unter seinem Kinn und spürte plötzlich tatsächlich etwas Kontrolle. *Du meine Güte*. Sie hatte endlich die Oberhand!

„Hier ist die Flasche."

Sie blickte auf und nahm die angebotene Flasche. Sie war ungefähr so groß wie eine Zweiliter-Colaflasche, und der rote Sauger war riesig. Sie nahm sie in die Hand und schob den Sauger in Richtung des Mauls des Kalbes. Zunächst versuchte es, ihn wegzuspucken, doch Molly war nicht so weit gekommen, um ein Nein als Antwort zu akzeptieren.

„Komm schon, Schnuckelchen, ich weiß, dass du nur ein verängstigtes Baby bist, und ich will dir helfen." Sie wartete und war erleichtert, als er anfing, die Milch zu trinken. „Schau, er trinkt!", rief sie mit einem Strahlen im Gesicht aus, das von einem Ohr zum anderen reichte. Sie war noch nie in ihrem Leben so dankbar gewesen. Oder so belohnt.

Oder so angesabbert!

Lachend bemühte sie sich, die große Flasche festzuhalten, als das Baby gierig wurde und schmatzte und zerrte und schlabberte.

Sie hörte, wie Bob auf der anderen Seite des Zauns lachte, und sah zu ihm hinüber. Seine Augen funkelten, und seine Grübchen zeigten sich trotz des Schmerzes in seinem Gesicht vom Lachen mit gebrochenen Rippen.

Sie wusste, dass sie schmutzig war, doch es war egal. Sie hatte sich in ihrem ganzen Leben noch nie so zufrieden gefühlt.

Er hatte gesagt, das Cowboyleben konnte einen süchtig machen. Als sie ihn ansah, wusste sie, dass es stimmte, besonders, wenn Bob an ihrer Seite war.

Ein wimmernder Protestlaut lenkte ihre

Aufmerksamkeit auf eine zweite große, feuchte Nase. Sie gehörte dem zweiten Kalb, das sie neugierig anstupste.

„Ich glaube, der zweite könnte ein bisschen einfacher für dich werden", sagte Bob mit einem Lächeln in der Stimme. „Er weiß, dass du seinen Kumpel fütterst. Er kann es riechen. Willst du weitermachen?"

Molly blickte von Bob zu dem Kalb, das ihren Arm anstieß, mit dem sie die Flasche für das erste Kalb hielt, und sie lächelte. Sie hatte fast vergessen, dass noch ein zweites auf sie wartete. „Oh ja. Gerne", lachte sie. Wenn sie keine Angst gehabt hätte, die Babys zu erschrecken, hätte sie in texanischer Tradition Yee-haw gejubelt! Was für sie etwas ganz Außergewöhnliches war.

Und das gefiel ihr.

Sehr sogar.

KAPITEL VIERZEHN

Sie machte ihn fertig. Wer auch immer gesagt hatte, Lachen sei die beste Medizin, hatte offensichtlich keine gebrochenen Rippen. Molly dabei zuzusehen, wie sie mit den Kälbern rang, um sie zu füttern, war zum Schießen. Zu jeder anderen Zeit hätte er gerne zugesehen, wie ein Greenhorn das erste Mal gegen ein Kalb antrat. Doch das war Folter. Unterhaltsam bis zum Gehtnichtmehr, doch die Schmerzen waren kein Spaß.

Sie war umgeworfen, herumgeschleift, abgeworfen und fast getreten worden – was ihn dazu gebracht hatte, ihr helfen zu wollen, doch das war ziemlich unmöglich. Doch Molly hatte nicht aufgegeben. Er hatte gesehen, dass Hartnäckigkeit Mollys Geheimwaffe war. Er bewunderte sie dafür.

Als er sie jetzt beobachtete, wie sie sich mit einer leeren Flasche in der Hand vom Rücken des kleinen Brahman-Kalbes löste, glänzten ihre Augen. Bob konnte den Blick nicht von ihr abwenden, als sie auf ihn zukam, schmutzig, völlig erschöpft und strahlend.

Das war eine Frau, die er lieben konnte.

„Und, wie fühlst du dich?", fragte Bob am nächsten Morgen von seinem Platz auf dem Barhocker aus. Er tippte mit seinen beiden Zeigefingern auf der Tastatur seines Laptops herum.

Molly stöhnte und hinkte auf die Kaffeemaschine zu. „Whoa, Baby! Ich habe noch nie einen Tag mehr genossen, doch was für ein schreckliches Erwachen. Ich habe Muskelkater in Muskeln, von denen ich nicht einmal wusste, dass sie existieren!" Sie lächelte und sah erschöpft aus. „Jetzt sind wir schon ein tolles Paar, findest du nicht?"

„Wie Zwillinge", lachte er, hielt aber inne, bevor seine Rippen zu schmerzen begannen. Molly bewegte sich heute Morgen langsamer als er, und er war gespannt, wie sie so Baby Eins und Baby Zwei heute einfangen wollte. Sie goss sich einen Kaffee ein und fixierte ihn mit ihren grasgrünen Augen.

„Wow, schau dich an", sagte sie und stieß einen leisen Pfiff aus. „Du siehst aus, als ob du dich viel besser fühlst als gestern."

Ihr anerkennender Blick zwang ihn, sich aufzurichten und seine genähten Schultern ein bisschen mehr nach hinten zu drücken. „Ich habe letzte Nacht auch tatsächlich ein bisschen geschlafen." Er wollte, dass sie ihn weiter so ansah. „Die Rippen sind immer noch grausam, aber schau." Er hob seinen unverletzten Arm über seinen Kopf. „Siehst du? Voller Bewegungsradius." Die genähte Schulter spannte immer noch, doch in drei Tagen würden die Fäden gezogen werden und er sich wieder an die Arbeit machen. Dann würde auch die Zeit mit Molly vorbei sein. Der Gedanke nahm die Freude aus dem Moment, als er sie auf sich zukommen sah. „Nur bring mich bitte nicht zum Lachen."

„Hey, ich kann nichts versprechen. Da musst du mit deinen Babys reden. Sie haben mich zum Clown gemacht", sagte sie und zwinkerte ihm zu.

Bobs Herz donnerte von innen gegen seine gebrochenen Rippen, und er hätte beinahe gekeucht.

„Ganz ehrlich, Bob, ich hatte gestern so viel Spaß.

Schmerzhaft ja, aber unglaublich lustig. Ich denke, es wird mir helfen, mich zu bewegen, so, wie es dir geholfen hat."

Ihr Lächeln war wie ein Sonnenaufgang im Morgennebel. Seine Zunge klebte an seinem Gaumen, und er hatte plötzlich das seltsame Gefühl, sie schon einmal geküsst zu haben. Okay, genug vom Küssen. „Denk dran, ich habe dir gesagt, dass Bullenkampf süchtig macht. Genauso ist es mit dem Rancherleben."

Ihm kam der Gedanke, dass er vielleicht eine hohe Süchtigkeitsneigung hatte, denn je mehr Zeit er mit Molly verbrachte, desto weniger wollte er von ihr weg sein. Nachdem sie ihn am Abend zuvor verlassen hatte, hatte er nichts anderes getan, als jede Sekunde an sie zu denken. Sie starrten einander einen langen Augenblick lang an. Alles, was er tun musste, war, sich ein wenig zu ihr hinunterzubeugen, und er würde wissen, wie es sich anfühlte, Molly wirklich zu küssen, anstatt es sich nur vorzustellen.

Das Schreien eines Kalbs in der Ferne zerriss den Moment. Es brachte die Realität wieder ins Spiel und ihn zur Besinnung.

„Komm, ich habe die Flaschen schon fertig." Er wirbelte zur Arbeitsfläche an der Tür herum und bezahlte dafür, als seine gebrochenen Rippen aneinander rieben. Er verzog das Gesicht, als er die zwei Flaschen in die Hand nahm, die er zuvor mit der speziellen Milchersatzformel zubereitet hatte, die für die Größe und das Gewicht der Kälber angemessen war. Trotz seiner Bedenken über das, was er für Molly empfand, war er froh, sich ein bisschen besser bewegen zu können. Er wusste, dass es eine Machosache war, doch er konnte Mollys Blick auf sich spüren, und ehrlich gesagt war er es leid, eingeschränkt zu sein.

„Du fühlst dich wirklich besser."

Er stand gerader da, hielt mit seinem unverletzten Arm die Tür für sie auf und rieb sich dann den Kiefer. „Ich habe es heute Morgen sogar geschafft, mich zu rasieren. Fühle mich fast wieder wie ein Mensch. Im Fernsehsessel zu schlafen ist eine große Hilfe. Danke, dass du auf die Idee gekommen bist. Eine Nacht im Bett mit dem schmerzhaften Hinlegen und Aufstehen hat gereicht, mich dankbar dafür sein zu lassen, einen Liegesessel zum Schlafen zu haben. Das einzige Problem daran, dass es mir besser geht, ist, dass ich meinen Arm nicht mehr um ein hübsches Mädchen legen darf."

Molly sah ihn überrascht an. „Wenn du meinst", sagte sie und seufzte, als sie sich bückte, um John Boys Kopf zu streicheln, als er aus seinem Zwinger an der Seite der Veranda um Aufmerksamkeit kläffte. „Ich denke, wir lassen ihn besser wieder hier, damit die beiden Biester ihn nicht niedertrampeln."

„Für den Moment. Doch er ist ein Hütehund, darum muss er lernen, wie er sich bei den Kühen zu verhalten hat." Er ging die Stufen hinunter, froh, dass Molly ihm den Rücken zugewandt hatte. Er hatte ein Stöhnen unterdrückt, doch er war sich sicher, dass sie den Schmerz in seinem Gesichtsausdruck gesehen hätte. Unten angekommen, blieb er stehen, um Luft zu holen und seine schmerzenden Knochen zur Ruhe kommen zu lassen. Natürlich redete er sich ein, dass er nur darauf wartete, dass Molly ihn einholte. Er zuckte zusammen, als sie nach den Flaschen griff. „Leg deinen Arm über meine Schultern", sagte sie.

„Ich habe gehört, wie deine Schritte ins Stocken geraten sind, und denke bloß nicht, dass ich es dir abnehme, wenn du sagst, du hast keine Schmerzen mehr."

Er wollte sich nicht streiten, vor allem nicht, da sie so gut roch und schon ihren Arm um seine Taille gelegt hatte. Er beugte seinen Kopf dicht an ihr Ohr und flüsterte: „Ich glaube, du hast meine Arme um dich vermisst."

Sie lachte. „Hättest du wohl gern. Die Wahrheit ist, wir können uns gegenseitig helfen."

Er lachte und hielt sie fester. Er wusste, dass sie nicht auf Dauer bleiben würde. Sie war nicht jemand, über den er nachdenken sollte, da sie so gar nicht in das Bild der Frau passte, die er suchte. Doch er genoss ihre Gesellschaft. Das war schon immer so gewesen. Vom ersten Tag an, an dem sie einander kennengelernt hatten, hatte es *klick* gemacht.

Wie so oft, seit sie nach Mule Hollow gezogen war, waren seine Gedanken zu ihr gewandert. Letzte Nacht hatte er ständig an die Zeit gedacht, die sie beim Jahrmarkt der Stadt verbracht hatten, kurz, nachdem die Frauen ihre *Ehefrauen gesucht*-Kampagne ins Leben gerufen hatten. Adela hatte ihn überredet, den Limonadenstand zu übernehmen, und ein ganzer Schwarm von Frauen war gekommen, um Adelas köstliche Limonade zu kaufen. Er würde nie vergessen, wie er sich mit einem Glas in der Hand umgedreht und Molly das erste Mal gesehen hatte. Sie hatte ihm den Atem geraubt.

Okay, genug davon, Cowboy. Es wäre besser, wenn er sich daran erinnerte, dass sie nur in Mule Hollow war, bis sich ihr etwas Besseres bot.

Er blickte in Richtung der Scheune, die noch gut fünfundzwanzig Meter entfernt war, und schnitt das Thema an, das er eigentlich gar nicht anschneiden wollte. „Wie läuft es mit deiner Karriere?"

„Eigentlich großartig. Mule Hollow hat mir beruflich mehr Auftrieb gegeben, als ich mir jemals hätte vorstellen können. Als ich mit der Kolumne angefangen habe, war mir schon klar, dass ich da etwas Einzigartiges hatte. Doch ich hätte nie gedacht, dass ihr Cowboys so viele Fans bekommen würdet. Ich bin ..." Sie wurde rot. „Ich bin tatsächlich ein großer Hit."

Er wusste es. Sein Vater war mit einer Geschichte über Nacht ein Erfolg geworden. Er zwang sich, sich nicht darauf zu konzentrieren. Molly war anders. Sie hatte keine Bindungen. Sie hatte keine Familie, die sie vergessen konnte. Es war nicht fair, sie in die gleiche Kategorie wie seinen Vater zu stecken.

„Ich freue mich für dich", sagte er stattdessen. „Du hast hart dafür gearbeitet."

Sein Herz stolperte, als sie zu ihm aufsah und ihre Hand ein wenig fester um seine Taille legte.

„Danke", sagte sie. „Das habe ich mir mein ganzes Leben lang gewünscht. Ich glaube wirklich, dass ich die Chance habe, diesen Job als Redakteurin beim World View Magazin zu bekommen. Es ist ein Schritt die Karriereleiter hinauf und bedeutet Reisen ins Ausland."

Ihr Gesicht strahlte, und er fragte sich, wie es sich anfühlen würde, wenn sie ihn so ansehen würde.

„Das wollte ich schon immer machen", fuhr sie fort, ohne sich seiner Gedanken bewusst zu sein.

Er kannte das Magazin und musste widerwillig zugeben, dass Mollys Arbeit perfekt dazu passte. „Was denkst du, wann du mehr weißt?"

Sie blickte zu ihm auf, und er wandte den Blick ab. „Bald, denke ich."

Sie gingen schweigend ein paar Schritte weiter. Er kämpfte darum, sich für sie zu freuen, doch es fiel ihm schwer.

„Ich wollte nicht, dass es so klingt, als wollte ich es nur wegen der Reisen", sagte sie. „Es geht um die Orte und Gründe für die Reisen. Weißt du, meine Geschichten. Das gibt mir die Möglichkeit, meine Flügel auszubreiten. Ich weiß, dass ich da draußen Gutes tun kann."

Er wollte sagen, dass sie hier in Mule Hollow Gutes tat, doch wäre das nicht scheinheilig, nachdem er so ganz anders auf ihre Artikel reagiert hatte?

Die Wahrheit war, sie bewegte hier *tatsächlich* etwas, doch das sagte er nicht.

Molly fühlte sich ziemlich gut angesichts dieser Erfahrung. Es war der Abend ihres vierten Tages mit Bob, und wieder hatte sie die beiden sturen Kälber gefüttert. Bob sagte, die beiden bösen Jungs seien zu lange mit ihren Mamas draußen auf der Weide gewesen, und das war der Grund, warum sie so widerspenstig waren und nicht wussten, wie man eine Dame behandelte. Doch trotz ihrer schlechten Manieren genoss sie die Herausforderung und war erneut als Sieger hervorgegangen, als sie beide ihre Flaschen ausgetrunken und sogar ein bisschen trockenes Getreide gefressen hatten, das Bob ihnen gebracht hatte.

„Wie cool war das denn?", fragte sie sich und sah ihren kleinen Bullen beim Fressen zu. „Ganz fantastisch. Ja, so ist es. Absolut fantastisch."

Sich um Tiere zu kümmern war etwas Besonderes.

Und Bobs Begeisterung hatte es noch viel besser gemacht. Sie hatten einen schönen Tag miteinander verbracht – am Morgen hatten sie die Babys gefüttert und sich dann mit John Boy auf der Veranda hinter dem Haus entspannt, bis es Zeit für die zweite Fütterung gewesen war. Es gab Zeiten, in denen sie das Gefühl hatte, dass irgendetwas Bob störte. Es hatte sie viel Geschick gekostet, ihn dazu zu bringen, sich endlich ihr gegenüber zu öffnen und über seine Träume für die heruntergekommene Ranch zu sprechen, die er gekauft hatte.

Doch als er endlich angefangen hatte, darüber zu reden, hatte es ihr Herz berührt. Er konzentrierte sich genauso auf seine Lebensziele wie sie auf ihre.

Sie waren einander sehr ähnlich, zumindest, was ihre Zielstrebigkeit anging. Ihre Lebensziele selbst hätten nicht unterschiedlicher sein können. Sein Ziel war Familienvater zu sein. Ihr Ziel ... nun, in ihrem Ziel kam keine Familie vor. Doch als sie dasaß und ihm zuhörte, erwärmte sich ihr Herz für seine Vision seiner Zukunft. Dieses wunderschöne Land, mit seinen sanften Hügeln und üppigen Weiden, das er gekauft hatte, würde in nicht allzu ferner Zukunft eine Rinderfarm sein, ähnlich der von Clint Matlock, wie

Bob erklärt hatte, nur in kleinerem Maßstab. Sie würde eine Familie ernähren, und für Bob war das alles, was zählte. Ein starkes Gefühl der Sehnsucht erfüllte Molly plötzlich, doch sie schob es weg. Sie war knapp eine Woche auf seiner Ranch und wusste, dass ihre Tage gezählt waren. Trotz allem, was passiert war, seit sie Zeit in Bobs Welt verbracht hatte, hatte sich nichts geändert. Sie passte nicht hierher.

„Ich denke, deine harte Arbeit verdient eine Belohnung", sagte Bob und brach in ihre Gedanken ein, als sie nach der zweiten Fütterung aus der Box kam.

Sie gingen langsam zurück zum Haus. Sein Arm war über ihre Schultern gelegt, und sie merkte, dass jeder Schritt eine Anstrengung für ihn war. Sie konnte es nachvollziehen, denn ihr ging es ähnlich, doch sie beklagte sich nicht. „Meinst du? Und was wäre das für eine Belohnung?"

„Abendessen in Sam's Diner."

Sie blickte zu ihm auf. „Dafür bist du zu müde. Außerdem würde dir das Fahren wehtun."

„Hey", sagte er und schmunzelte.

Sie zog eine Augenbraue hoch. „Hey ist für Pferde", sagte sie, unfähig, nicht auf seine gute Laune zu reagieren.

Er drückte sie liebevoll mit seinem Arm. „Scherzkeks. Wenn du fährst, schaffe ich das schon. Du hast es verdient, nicht kochen zu müssen, und ich würde gerne die anderen sehen. Und für den Fall, dass du es vergessen hast, gibt es heute bei Sam Flatrate-Katzenfisch."

Molly schnappte nach Luft. „Wie habe ich das vergessen können?" Sie blieb an der Veranda stehen. „Und ich dachte, du wolltest mich nur davon abhalten, deine Küche wieder durcheinanderzubringen."

„Also, was sagst du?"

„Wenn du meinst, du schaffst es, dann gerne. Ich würde es wirklich nur ungern verpassen." Es dauerte nicht lange, bis sie sich Hände und Gesichter gewaschen und die Kleider abgeklopft hatten und in Richtung Ort fuhren. Da Mule Hollow ein kleiner Rancherort war, waren staubige Gäste bei Sam willkommen. Aus diesem Grund machte sich Molly keine allzu großen Sorgen um ihr Aussehen. Immerhin lebte sie zur Zeit das Leben eines Cowboys. Sie hatte erfolgreich Babybullen gefüttert, was ihr das Recht gab, ihren Staub mit Stolz zu tragen.

Sie fuhr mit dem Truck über den Weiderost und

versuchte, es Bob so wenig unangenehm wie möglich zu machen. Falls er Schmerzen hatte, zeigte er es nicht. Sie wusste, dass es wehtun musste, doch sie wusste zwischenzeitlich, dass er nicht gerne Schwäche zeigte.

„Mein Briefkasten ist weg."

„Was?", fragte Molly überrascht. Und tatsächlich, der Pfosten, an dem sein Briefkasten befestigt gewesen war, war leer.

„Wer würde deinen Briefkasten stehlen?"

„Keine Ahnung. Ich werde mit Brady darüber reden. Das wäre dann das zweite bizarre Ereignis in meinem Leben in einer Woche." Molly zuckte innerlich zusammen. Sie hatte fast vergessen, dass der Grund, warum sie Zeit mit Bob verbrachte, die Schwierigkeiten in seinem Leben waren, für die sie verantwortlich war.

Er legte seine Hand auf ihre auf dem Lenkrad. „Mach dir deswegen keine Gedanken, Molly."

Sie sah ihn an und fand Aufrichtigkeit in seinen Augen. „Ich meine es ernst, Molly. Ich habe die letzten Tage sehr genossen und bereue nichts von dem, was mir ermöglicht hat, Zeit mit dir zu verbringen."

Für Molly war das das Süßeste, was je jemand zu ihr gesagt hatte. Vor allem nach dem, was sie ihm angetan hatte. Doch genau das machte Bob zu Bob.

Den Rest des Weges in die Stadt wunderte sie sich wegen des Briefkastens. Wer ihn gestohlen hatte, hatte Bob tatsächlich einen Gefallen getan. Wenigstens für eine Weile würden ihm so vielleicht ungebetene Besucherinnen erspart bleiben. Die Zeitung schickte seine Briefe an die Postfiliale im Ort, darum würde der Strom wahrscheinlich noch eine Weile anhalten, doch der fehlende Briefkasten vor dem unscheinbaren Weiderost würde es seinen verrückten Fans etwas schwerer machen, Bob zu finden.

Das Diner war voll, als sie eintraten. Cassie begrüßte sie mit einem Quietschen und offenen Armen. Sie hatte angefangen, vormittags und abends für Sam zu arbeiten, da er Hilfe gebraucht hatte, eine Tatsache, die an sich das Wachstum der Stadt widerspiegelte.

„Bob, du bist ja wieder auf den Beinen!", rief sie, nachdem ihr anfängliches Quietschen alle auf seine Anwesenheit aufmerksam gemacht hatte. Sie umarmte ihn vorsichtig, und Molly musste lächeln. Obwohl das Mädchen mit dem Vorsatz in die Stadt gekommen war, Bob zu heiraten, hatte sein Mitgefühl ihr durch eine schwere Zeit geholfen und den Grundstein für eine große Bruder-kleine Schwester-Freundschaft zwischen ihnen gelegt.

Der kleine Diamantensolitär an Cassies linkem Ringfinger erregte Mollys Aufmerksamkeit. „Was ist das denn?", fragte sie und ergriff Cassies Hand, als sie Bob losließ. Natürlich verriet ihr strahlendes Gesicht, was es war.

„Jake hat mich gefragt", schwärmte sie und drehte ihre Hand, damit der kleine Diamant das Licht auffing und funkelte. „Ist es nicht der absolut schönste Ring, den du jemals gesehen hast?"

Bob beugte sich vor und sah sie mit eindringlicher Miene an. „Ich gehe davon aus, dass Brady mit Jake gesprochen und gesagt hat, wie der Hase läuft?" Bobs Stimme war streng. Cassie musste lachen, und Molly wurde ganz warm ums Herz. Bob war einfach zu süß.

„Ja, das hat er", antwortete Cassie staunend. „Man hätte meinen können, er wäre mein Vater, so wie er den armen Jake zu Tode erschreckt hat, mit all dem ernsten Gerede darüber, wie er mich wertschätzen und auf mich aufpassen muss."

Molly war erneut zutiefst gerührt, dass ihre Artikel dazu geführt hatte, Cassie nach Mule Hollow zu bringen, und dass sie die Liebe und Familie gefunden hatte, die sie hier zu finden gehofft hatte. Molly wusste nie genau, wie ihre Leser das, was sie zu Papier brachte, nutzten, doch es war beruhigend zu wissen, dass sie Menschen half. Vielleicht gab es immer noch Hoffnung, dass all das Durcheinander, das sie in Bobs Leben gebracht hatte, ein gutes Ende finden würde. Vielleicht war die perfekte Frau für ihn wirklich in diesen Briefen. Sie entschied, dass sie morgen wieder anfangen würde, sie zu sortieren. Wenn Mrs. Bob Jacobs in diesem Haufen steckte, war Molly entschlossen, sie zu finden und selbst ein bisschen mit dem Kuppeln anzufangen.

Cassie lächelte. „Ich muss wieder an die Arbeit. Wenn ihr ein paar Minuten warten könnt, habe ich gleich einen Tisch für euch. Sam ist mit Frittieren beschäftigt, und obwohl ihm Hank Wilcox und Roy Don Jenkins helfen, fällt es ihnen schwer, mit der Nachfrage mitzuhalten. So komme ich wenigstens dazu, den Leuten was zu trinken zu bringen und die Tische abzuräumen. "

„Ich kann dir helfen, wenn du mich brauchst", bot Molly an, doch Cassie schüttelte den Kopf.

„Auf keinen Fall, das ist mein Job. Glaub mir, das ist nichts im Vergleich zu der Zeit, als ich in Austin bedient habe. Gebt mir nur ein paar Minuten."

Mollys und Bobs Blicke trafen sich, als Cassie davoneilte. „Sie verteidigt ihr Gebiet."

Bob nickte. „Ich denke, das kommt davon, dass sie im Pflegesystem aufgewachsen ist. Sie musste selbstbewusst sein, um da nicht unterzugehen."

Molly lächelte ihn bewundernd an. „Es ist schön, dass du ihr Freund bist."

Er legte seine Hand auf ihren Rücken und schob sie sanft durch die Menschenmenge. „Ich bin ein besserer Mensch, seit ich ihr begegnet bin. Danke, dass du sie in mein Leben gebracht hast."

Molly sah über ihre Schulter zu ihm auf.

„Mach den Mund zu, Molly. Ich meine es so. Wenn du nicht wärst, wäre sie nicht hier. In Sicherheit und verliebt. Du hast mit deinen Artikeln Gutes ausgelöst. Und auch, wenn ich ein bisschen gestalkt worden bin, war es das wert. Aber das habe ich dir ja schon gesagt."

Molly war sich nicht sicher, warum diese Bemerkung sie traurig machte, doch es war so. Sie blinzelte und wurde dann von der Menge gerettet, die sie verschlang. Abendessen bei Sam hatte sich immer so angefühlt wie Molly sich ein Familientreffen vorstellte. Menschen versammelten sich, um miteinander zu reden und zu lachen, umarmten einander und klopften einander auf den Rücken, während sie einander auf den neusten Stand brachten.

Als Molly sich durch die Menge schob, spürte sie Bobs Berührung auf ihrem Rücken und empfand eine Verbindung, die sie noch nie zuvor erlebt hatte.

KAPITEL FÜNFZEHN

Die Kälber schrien nach ihrem Frühstück, sobald sie am nächsten Morgen das Tor erreichte. Molly verschwendete keine Zeit. Sie schritt ruhig in die Box und erschrak, als Baby Zwei auf sie zukam und beinahe um seine Morgenflasche bat.

„Schau ihn dir an, Bob! Baby Zwei kennt mich. Er möchte, dass ich ihn füttere."

„Ich habe dir ja gesagt, dass es einfacher werden würde. Bald werde ich dich Mary nennen."

Erinnert an das, was er am ersten Tag gesagt hatte, lachte sie und fing gut gelaunt an, *Mary hat ein kleines Schaf* zu summen, als Baby Zwei gierig seine Milch trank. Er stieß sie ein paarmal mit seinem flachen Kopf an, und Bob erklärte, es wäre ein ganz natürlicher Reflex, ihre Mütter anzustoßen, während sie tranken.

Sie konnte nicht in Worte fassen, wie glücklich sie das machte. Dann war sie nun also die Mutter eines haarigen, buckligen, hundert Pfund schweren kleinen Jungen! Hier auf dem Land schienen die Wunder nie aufzuhören.

Natürlich zerrte Baby Eins sie daraufhin prompt durch die Box und ließ sie im Dreck liegen, als hätte er sie noch nie in seinem Leben gesehen!

Bob tat alles weh, er bebte vor Lachen, als er sah, wie Baby Eins Molly direkt von ihrem Hoch herunterholte, indem es sie noch einmal in den Dreck schickte. Molly atmete schwer, stützte sich auf ihre Ellbogen und starrte zuerst ihn an, dann Baby Eins. „Du findest das also lustig, was?"

„Hey, ich habe dir doch gesagt, dass du mich nicht zum Lachen bringen sollst." Seine Rippen schmerzten furchtbar, doch er musste bei dem Bild, das sie abgab, einfach lachen. „Ich sag's dir, Honey, gerade, wenn du denkst, dass du diese Kinder begreifst, ändern sie den Kurs. Elternschaft – wer sagt, dass man die Welt bereisen muss, um Abenteuer zu finden?"

Sie schüttelte den Kopf und schnaubte. „Da fällt

mir gerade keine Antwort drauf ein. Ich muss sagen, das war ein interessantes, wenn auch schmutziges Abenteuer. Doch ich bin mir nicht sicher, ob ich morgen laufen kann."

„Keine Sorge. Ich werde den Gefallen gerne zurückzahlen und mich um dich kümmern, wenn es nötig wird."

Molly spuckte Sand und Heu aus, rappelte sich auf die Knie und stieß sich ächzend vom Boden ab. Sie gab ein süßes Bild ab in ihrer Jeans, die die Länge ihrer Beine betonte, und in ihrer lavendelblauen Bluse. Schmutzig oder nicht, er hätte sie den ganzen Tag in der Box mit den Kälbern beobachten können.

„Aller guten Dinge sind drei", sagte sie und stürzte sich auf das störrische Kalb.

Und so war es. Er schleifte sie ein Stück, als sie ihn packte, doch sie fand Halt und drängte ihn in die Ecke. Dann hielt sie ihn wie ein Profi fest und streckte ihre Hand nach der Flasche aus. Sie sah Bob nicht an, sondern konzentrierte sich stattdessen darauf, in ruhigem Ton auf Baby Eins einzureden. Bob reichte die Flasche durch das Tor und war stolz auf ihre Leistung. Als seine Finger ihre berührten, musste er gegen den Drang ankämpfen, sie festzuhalten.

Es war nicht zu leugnen. Jeder Moment mit ihr machte es ihm schwerer, so zu tun, als hätte er keine Gefühle für sie.

„Wir haben Fortschritte mit Baby Zwei gemacht, darum gibt es immer noch Hoffnung für Baby Eins", sagte sie, nahm die Flasche und brach den Kontakt mit ihm ab, ohne zu wissen, dass er einen inneren Kampf führte, von dem er gerade begriffen hatte, dass er ihn nicht gewinnen konnte.

Er kämpfte darum, die verdrießliche Realität zu verdrängen, die ihn erstickte, und konzentrierte sich darauf, im Moment zu sein. „Wenn die beiden Neugeborene wären, wäre es nicht so anstrengend. Doch da sie älter und stärker sind und du ein Mädchen bist ..." Er brach ab, als sie ihn über die Schulter ansah. Ihre kastanienbraunen Haare fielen über eine Wange, und ihre Augen funkelten im Sonnenlicht.

Es war sinnlos. Nichts an dieser Sache würde einfach werden. Als er ihr in die Augen sah, erkannte er, dass es das Schwierigste sein würde, nicht zuzulassen, sich in Molly zu verlieben. Weil er gerade begriffen hatte, dass es dazu schon zu spät war.

Als ihre Lippen sich zu einem sanften Lächeln verzogen und Lachfältchen ihre Augenwinkel umtanzten, war es um ihn geschehen. Die Verbindung wuchs so schnell und stark, dass ihm der Adrenalinstoß, den er als Bullenkämpfer gespürt hatte, bevor er sich einem zornigen Zweitausend-Pfund-Stier in den Weg gestellt hatte, wie ein Kinderspiel vorkam.

„Stimmt etwas nicht?", fragte sie. Er blinzelte sie in der Morgensonne an.

Oh ja, da stimmte definitiv was nicht.

Sie waren auf Bobs Veranda. Sie hatte sich in einen Loungesessel fallen lassen, schmutzig, aber zufrieden. John Boy benutzte sie als Surfbrett und marschierte von ihrer Brust bis zu ihren Beinen und wieder zurück. Bob lehnte an dem Geländer der Veranda, denn obwohl er in den letzten Tagen erhebliche Fortschritte gemacht hatte, konnte er sich immer noch nicht auf eine Liege setzen. Er hatte darauf bestanden, Sandwiches für sie zu machen, und gesagt, dass sie sich selbst übertroffen hatte, indem sie sich um die Kälbchen gekümmert hatte. Sie war zu erschöpft, um zu widersprechen und hatte nur gelauscht, wie er langsam in der Küche gearbeitet hatte. Dabei wurde ihr klar, dass er sie leider nicht mehr brauchte. Er war kompetent und wusste sich zu helfen.

Sie sah ihn an, Biss herzhaft in das Schinkensandwich, das er ihr gebracht hatte, und dachte über das *leider* nach. Leider brauchte er sie nicht mehr. Leider bereute sie diese Tatsache. Sehr sogar.

Baby Eins und Baby Zwei brauchten sie jedoch. Sie fühlte sich hin- und hergerissen und verwirrt und war aus unerklärlichen Gründen dafür dankbar. Sobald Baby Eins die Kurve bekam und sich zu benehmen begann, würde Bob natürlich nur die Flasche durch den Zaun halten und die Kälber essen lassen müssen. Dann würde er sie auch dafür nicht mehr brauchen.

Als eine dunkle Wolke über ihr aufzog, verstand sie einfach nicht, was mit ihr passiert war. Sie hatte einen Plan. Einen Plan, den sie liebte.

„Hast du gestern Abend irgendwas gehört, ob jemand herausgefunden hat, warum Applegate und Stanley böse auf Sam sind?", fragte sie, um sich abzulenken. Sie hatte sich die ganze Woche über die „Fehde" gewundert, war aber zu beschäftigt gewesen, um sich darum zu kümmern.

„Ich habe jemanden sagen hören, dass Pete glaubt, dass es was mit Adela zu tun hat."

Das weckte Mollys journalistisches Gespür. „Was in aller Welt könnte es sein? Ich weiß nicht, aber ich glaube, bei der Party heute werde ich ein paar Fragen stellen und sehen, ob ich Antworten finden werde. Gestern Abend, als wir im Diner an dem Tisch gesessen haben, an dem sie normalerweise Dame spielen, hat sich das überhaupt nicht richtig angefühlt. Weißt du, dass wir da waren und sie nicht." Molly runzelte die Stirn. „Ich glaube, dass Sam in letzter Zeit so mürrisch ist, weil er seine Freunde vermisst."

„Du bist der Reporter hier", sagte Bob und stellte seinen Teller auf das Geländer, während er sie musterte. „Molly, ich denke jetzt schon seit einiger Zeit über etwas nach, was du in dieser Nacht in deiner Wohnung gesagt hast. Als du die Lasagne gemacht hast, hast du gesagt, du hättest dich in deinem Kleiderschrank versteckt. Warum war das? Hattest du Angst? Oder war das eine Strafe?"

„Nein. Nichts dergleichen", sagte Molly überrascht von seiner Frage. Das mit dem Schrank war ihr versehentlich herausgerutscht. Sie hatte noch nie mit jemandem über ihre Vergangenheit gesprochen und war erleichtert gewesen, als er an jenem Abend nicht auf die Bemerkung eingegangen war. Doch offensichtlich hatte er zugehört. Sie holte tief Luft.

Warum nicht darüber reden? Was war so traumatisch an ihrer Vergangenheit? Nichts, worüber sie nicht sprechen konnte – zumindest mit Bob.

Sie atmete durch und begegnete seinem fragenden Blick. „Du hast gesagt, dein Vater war nicht für dich da." Sie richtete sich auf, setzte John Boy auf den Boden und beobachtete ihn einen Moment lang. „Dass er immer unterwegs war. Also, mein Leben war ein bisschen anders. Ich habe mit meinen Eltern in einer Mittelklassegegend in Houston gewohnt. Für die meisten Leute sah es so aus, als ob wir eine perfekte Familie waren. Doch mein Vater und meine Mutter verband eine Art Hassliebe, und sie haben sich ständig gestritten. Als Kind konnte ich es nicht verstehen und verstehe es immer noch nicht wirklich. Ich meine, sie haben einander geliebt, doch sie schienen sich zu hassen. Als ich ungefähr vier Jahre alt war, habe ich mit meinen Puppen in meinem Schrank gespielt und so getan, als wäre es mein Puppenhaus. Als sie dann wieder angefangen haben zu streiten, habe ich einfach die Tür zugezogen und ihre wütenden Worte nur noch gedämpft gehört." Molly wandte den Blick von Bob ab in Richtung des klaren Sommertags mit seiner sanften Brise und dem unkomplizierten weiten Land. „Es war seltsam, in der Dunkelheit zu sitzen und zu versuchen, mich vor ihrer Schreierei zu verstecken. Ich erinnere mich nicht daran, wütend auf sie gewesen zu sein; ich erinnere mich nur daran, mich von ihrem Drama abgeschottet zu haben. Ich habe angefangen zu träumen, um alles auszublenden. Als Kind war das wohl meine Art, meine Umgebung zu kontrollieren."

„Wie lange hast du das gemacht? Ich meine, dich so in deinem Schrank versteckt."

Sie zuckte mit den Schultern. „Jahre. Zuerst habe ich geträumt, weil ich die Dunkelheit beruhigend fand, wie ein weiterer Puffer zwischen den Schreien und mir. Doch als ich anfing zu schreiben, habe ich das Licht eingeschaltet und angefangen, Tagebuch zu führen, und es war, als ob jemand eine Glühbirne in mir angeknipst hätte. Tagsüber in der Schule wurde ich zum Beobachter und abends zum verrückten Tagebuchschreiber. Weil meine Eltern immer etwas zum Streiten fanden, habe ich viel Übung im Schreiben bekommen." Sie lächelte ihn an und versuchte, ihm zu demonstrieren, dass alles in Ordnung war – denn so war es für sie.

Er schwieg einen Moment, dann sagte er: „Das tut mir leid."

„Was meinst du? Du hast doch nichts getan. Außerdem habe ich schon früh angefangen,

Geschichten über Menschen und Kinder in echten Nöten schreiben zu wollen. Mit echten Bedürfnissen und Schmerzen. Ich meine, mein Privatleben war vielleicht nicht perfekt, aber ich hatte ein Dach über dem Kopf und Essen im Bauch."

„Dann sind wir uns doch nicht so unähnlich", sagte er leise.

Molly nickte und fühlte sich irgendwie besser. „Da hast du Recht. Du hattest ein Kreuz zu tragen, das anders war als meins, aber doch irgendwie ähnlich. Es gibt so viele Arten, auf die die Welt einen Menschen brechen kann. Ich bin froh, dass wir die Vergangenheit überwunden haben."

„Ich auch. Ich habe meine Wut allein bewältigt, doch es ist für mich unglaublich wichtig, mich davon befreit zu haben."

Molly dachte darüber nach. „Ich habe mit dem Gedanken gespielt, eine Reihe von kleinen Andachtsbüchern für Frauen zum Verarbeiten von traumatischen Situationen zu schreiben. Ich habe eine Weile darüber nachgedacht, doch dann habe ich es verworfen. Ich bin nicht wirklich qualifiziert, um etwas in dieser Größenordnung zu schreiben. Ich meine, ich möchte niemanden auf den falschen Weg führen. Aber ich könnte mir qualifizierte Hilfe dazu holen." Sie hatte eine Weile nicht mehr darüber nachgedacht. Sie hatte einen Artikel geschrieben, der das Thema streifte, und dachte, damit die Idee abzuhaken, die an ihrem Herzen genagt hatte, doch dem war nicht so. Das Nachdenken über das Thema war eines der Dinge, die sie dazu gebracht hatten, den Traum, dem sie hinterherjagte, in Frage zu stellen. Es war eines der Dinge, die sie im Laufe der Zeit so gut zu ignorieren gelernt hatte. Sie war nicht jemand von der Sorte, der sein ganzes Leben lang von etwas träumen und es dann wegwerfen konnte.

„Was ist mit deinem Traum vom Reisen? Ich glauben nicht, dass man für das Schreiben von Selbsthilfeliteratur viel rumreisen muss", sagte Bob.

„Das war nur so ein Gedanke. Du weißt, wie es mit mir und meinen Ideen ist. Ich habe Tonnen davon ..." Sie machte eine Pause. Warum klang das plötzlich so falsch?

Bob presste die Lippen aufeinander. „Ja. Ich erinnere mich", sagte er, und seine Augen funkelten im Sonnenlicht. „Komm, lass mich deinen Teller mitnehmen. Wenn du es zu Dotties Party schaffen willst, musst du los."

Molly blickte ihm hinterher, als er ins Haus ging. Er war so schnell gegangen, dass sie die Aircastschiene an seinem linken Bein fast vergessen hätte. Langsam stand sie auf und folgte ihm. Bildete sie sich das ein oder war er gereizt? „Ich komme später nochmal vorbei, um die Babys zu füttern. Kann ich dir was mitbringen? Vielleicht ein bisschen Kuchen?"

„Du hast genug gekämpft. Mach du dir heute mal keine Sorgen mehr um die zwei Rabauken" sagte er schroff. „Ich werde einen der Jungs bitten, rauszukommen und sich darum zu kümmern." Er stellte das Geschirr in die Spüle. Es klirrte, eine unmissverständliche Bestätigung, dass etwas ganz und gar nicht in Ordnung war.

„Ich schaff das schon, Bob. Es macht mir nichts aus." Was war mit ihm los?

Sie trat einen Schritt zurück, als er sich umdrehte und sie finster anstarrte. „Tu, was du willst, Molly", blaffte er. „Ich muss mich um meinen Papierkram kümmern, den ich vernachlässigt habe."

Molly beobachtete, wie er den Flur hinunter in sein Büro ging und die Tür hinter sich schloss. Sie wusste nicht, was gerade passiert war, doch innerhalb einer Minute war seine Laune auf den Gefrierpunkt gesunken.

KAPITEL SECHZHEN

„Molly, Liebes, hast du dich verletzt?"

Molly schob sich durch die Tür des Kongresszentrums und lächelte Adela zu, die neben dem kleinen Tisch saß, auf dem Dottie Harts Gästebuch auslag. Jeder Muskel in Mollys Körper tat weh. Einschließlich ihres Herzens. Er würde sie aussperren. Zumindest fühlte es sich so an. Komischerweise war sie noch nie *drin* gewesen. Nicht wirklich. Die ganze Zeit, als sie sich für die Party fertiggemacht hatte, hatte sie überlegt und sich gefragt, was Bob verärgert hatte. Sie hatte es sich nicht eingebildet. Er war wütend gewesen. Oder aufgewühlt.

Sie hatten sich so gut verstanden. Irgendwann am Nachmittag hatte sie sogar gedacht ... ja, sie hatte gedacht, dass er sie küssen würde. Und sie hatte es gewollt. Sie hatte es so sehr gewollt, dass es sie erschreckt hatte. Aber dann hatte sich abrupt seine Stimmung verändert.

„Ich habe zwei kleine Möchtegernbullen mit der Flasche gefüttert."

Adela lächelte, und ihre leuchtendblauen Augen funkelten. „Eine herrliche Erfahrung."

„Du hast es auch schonmal gemacht?" Sie nickte, und Molly konnte sich Adela nicht bei dem vorstellen, was sie heute getan hatte. Es gab nicht genug Fantasie auf der Welt, um sich Adela mit dem Gesicht voran im Dreck vorzustellen. „Ich wette, du hast ganz lieb zu ihnen gesagt, sie sollen sich brav hinsetzen und trinken, und sie haben genau das getan."

Adela lächelte mit ihrem ruhigen Lächeln und klopfte mit der Hand auf den Stuhl neben sich. „Ich habe meine Babys geliebt. Nachdem du allen Hallo gesagt hast, komm und setz dich zu mir, und ich werde dir alles darüber erzählen."

„Das wäre schön", sagte Molly.

Der Raum war voll. Da Molly spät dran war, schienen alle vor ihr angekommen zu sein. Sie war nicht gut darin, in einer Menge Konversation zu betreiben. Sie war Reporterin. Sie beobachtete. Sie stellte sich an den Rand und dokumentierte Fakten. Sie umarmte Dottie, wünschte ihr viel Glück für ihre bevorstehende Ehe und lehnte sich dann mit einer Tasse Punsch zurück und nahm ihre Umgebung in sich auf. Für einige würde es so aussehen, als ob sie tatsächlich teilnahm, doch das tat sie nicht.

So hatte sie es schon ihr ganzes Leben lang getan. Zuhause, wo es besser gewesen war, unsichtbar zu sein. Auf der High School, wo Berichterstattung für ein einsames Mädchen ohne Freunde eine Möglichkeit gewesen war, das Leben anderer Menschen zu erkunden. Dann war sie einer Lehrerin aufgefallen, die die Schulzeitung betreute. Sie hatte sie animiert zu schreiben. und der kleine Traum, den sie versteckt in ihrem Schrank geträumt hatte, nahm Gestalt an. Als sie sich im Kongresszentrum umsah, fühlte sie sich zum ersten Mal nicht von allen entrückt.

Lacy würde das nicht zulassen, Sheri auch nicht. Es war wie am ersten Tag, als sie in Mule Hollow angekommen war. Die beiden hatten sie durchschaut, als ob sie erkannt hätten, dass sie sich in der Hülle der Reporterin versteckt hielt. Sie hatten sie nicht unter Druck gesetzt, doch sie bezogen sie gern mit ein.

Molly wusste, dass es Lacys Gabe war, die

Menschen zu erreichen. Sheri sagte, dass Lacy ihr geholfen hatte, ihre extreme Schüchternheit zu überwinden. Und Lacy hatte hervorragende Arbeit geleistet, denn Sheri Marsh war jetzt einer der freimütigsten Menschen, die Molly jemals begegnet waren.

Molly sah sich um. Lilly Wells stand in der Nähe des Kuchens und unterhielt sich mit Norma Sue, die Lillys Sohn Joshua auf dem Arm hielt. Der kleine Junge wurde jeden Tag größer. Seine süßen Pausbacken waren rund und rosig, als er über die Grimasse kicherte, die Norma Sue für ihn schnitt.

Cassie lachte mit Esther Mae und Sheri.

Ohne das Gespräch zu hören, wusste sie, dass es interessant sein musste.

In der Mitte des Raumes standen Ashby Templeton und Rose Vinson. Hochgewachsen und elegant war Ashby zur gleichen Zeit wie Molly nach Mule Hollow gezogen, um ihre Boutique zu eröffnen. Rose war aus dem neu gegründeten Frauenhaus *Sicherer Hafen*, und Molly hatte gehört, dass sie gerade angefangen hatte, bei Ashby zu arbeiten.

Molly trank einen Schluck von ihrem Punsch und begegnete Adelas Blick. Sie fragte sich wirklich, warum Adela und Sam nie geheiratet hatten. Es war schwer zu glauben, dass die beiden langjährigen Freunde nur schüchtern waren. Vielleicht hatten sie Angst?

Wäre das nicht ein Dilemma?

„Hallo! Du scheinst tief in Gedanken versunken zu sein."

Molly ließ fast ihren Punsch fallen, so sehr hatte Lacy sie erschreckt. „Hat deine Mutter dir nie beigebracht, dass man sich nicht anschleicht?" Sie warf ihrer Freundin einen gespielt empörten Blick zu.

„Glaub mir, meine Mama hat versucht, mir eine Menge Dinge beizubringen, doch hängengeblieben ist nicht viel. Erzähl, wie sieht's da draußen im Bobland aus?"

Molly machte ein finsteres Gesicht. „Dieser Mann macht mich wahnsinnig, Lacy."

Lacy strahlte sie an. „Ja, wirklich? Wie *wa-haaahn-sinnig*!", trällerte sie und zog gleichzeitig die Augenbrauen hoch. „Patsy Cline-wahnsinnig?"

Molly sah sich um, um sicherzugehen, dass niemand sonst zuhörte. „Ganz ehrlich, Lacy? Ja." Jetzt hatte sie es jemandem gegenüber zugegeben. Und sie wusste, dass sie nicht bei Verstand war, weil sie es zugegeben hatte.

Lacy fuhr sich mit ihren orangefarbenen Fingernägeln durch ihre vom Wind zerzausten Locken, und Molly erstickte fast an dem Schluck Punsch, den sie inhaliert hatte, als Lacy ihren Freudenschrei kaum unterdrückte, der als sehr lautes Flüstern herauskam. Gefolgt von einem Schlag auf ihren Rücken! Und verschüttetem Punsch. „Ja, ja, ja! Ich wusste, dass zwischen euch beiden etwas ist. Ich wusste es. Natürlich war ich nicht die einzige ..."

„Lacy", zischte Molly. „Bitte reiß dich zusammen. Ich habe nur gesagt, dass er mich verrückt macht. Es gibt eine gewisse Anziehung. Ich habe aber nicht gesagt, dass ich ihr nachgebe. Bob Jacobs sucht keine Frau wie mich. Ich erfülle keine der Kriterien, die er in einer Frau sucht. Außerdem—"

Lacy unterbrach sie. „Du liebst ihn."

Sie starrte Lacy verblüfft an. „Lacy, wer hat gesagt, dass Bob und ich einander lieben? Und außerdem habe ich mein ganzes Leben lang auf eine Karriere als Journalistin mit Auslandseinsätzen hingearbeitet. Ich möchte eine Arbeit machen, die das Potenzial hat, die Welt zu verändern. Und ich bin gerade gefragt. Ich weiß, dass ich bei drei verschiedenen Redaktionen, die Jobs ausgeschrieben haben, eine echte Chance habe und hoffe, jetzt jeden Tag etwas Positives zu hören."

„Das tust du", sang sie leise. „Schau, ich weiß, dass du deinen Lebenslauf verschickt hast, und ich weiß, dass du positive Dinge von ihnen hören wirst. Deine Arbeit ist wunderbar und die wären verrückt, wenn sie dir keinen Job geben würden. Doch wir brauchen dich hier. Bob braucht dich. Und andere – begreifst du denn nicht, wie viele Leben du mit deiner Kolumne beeinflusst?"

Sie fingen an, die Aufmerksamkeit von anderen im Raum auf sich zu ziehen, und Molly wollte nicht, dass alle sich einmischten, weil sie wollten, dass sie in Mule Hollow bleib. „Lacy. Schh. Alle starren uns schon an, und heute soll Dottie im Mittelpunkt stehen!"

Lacy stemmte ihre Hand in die Hüfte und neigte ihren Kopf. „Alle wissen es, Molly. Alle haben gesehen, wie du Bob jeden Sonntag beobachtet hast, wenn er im Chor singt – und das, seit du hierhergezogen bist. Du bist in ihn verliebt."

„Lacy, das ist lächerlich."

Langsam schienen alle näher zu ihr zu rücken. Bei

dieser Party sollte es um Dottie gehen. Warum starrten dann alle sie an?

„Molly, bleib standhaft", rief Sheri, hob ihr Glas mit dem Sorbetpunsch und schüttelte ihr frisch geglättetes braunes Haar. „Heirate erst, wenn du bereit bist. Und wenn du reisen und Karriere machen willst, dann tu es. Und lauf von hier weg. Ganz, ganz schnell."

„Sheri", keuchte Esther Mae. „Sag sowas nicht zu ihr. Ich weiß, du denkst, dass der Spaß mit der Ehe endet, aber du liegst falsch. Hank und ich haben immer Spaß."

Molly wusste, dass Esther Mae sich genauso gut mit der Wand hätte unterhalten können, wenn sie mit Sheri übers Heiraten sprach. Sie hatte nicht die Absicht, sich in absehbarer Zeit häuslich niederzulassen. Das Mädchen liebte das Daten und ihre Freiheit.

„Esther Mae, einige von uns wollen einfach noch nicht gefesselt werden", sagte Sheri. „Ich habe nie einen Mann getroffen, mit dem ich nicht fertig werden konnte. Ich will Molly nur sagen, dass sie es sich nehmen soll, wenn sie weiß, was sie vom Leben will. Wenn ich jemals in der wirklich fernen Zukunft den

Mann meiner Träume finden sollte, glaube mir, dann werde ich nicht zulassen, dass sich mir und ihm irgendetwas in den Weg stellt. Doch das wird nicht so schnell passieren. Ich genieße mein Leben so, wie es ist. Aber trotzdem habe ich für alle Fälle aufgehört, Wasser zu trinken." Sie joggte durch den Raum und umarmte Molly. Das trieb Molly Tränen in die Augen – weil sie ihre schmerzenden Muskeln drückte. „Denk dran, Molly, und sprich mir nach, trink nicht das Wasser hier. Da ist irgendwas drin, das dich dazu bringt, heiraten zu wollen. Und es ist ansteckend."

Bob humpelte in sein Esszimmer und hielt eine Metallmülltonne fest im Griff. Seine Welt hatte kopfgestanden, und es war an der Zeit, sie wieder in Ordnung zu bringen. Der erste Schritt dazu war, die Briefe zu entsorgen. Er wünschte jeder Frau, die ihm einen Brief geschickt hatte, das Beste, doch er hatte kein Interesse, sie zu öffnen. Außerdem wusste er, dass es ihm sowieso nichts nützen würde. Er war nicht interessiert.

Nein, seit Monaten hatte er regelmäßig die Gedanken an Molly verdrängt. Er hatte recht schnell begriffen, dass sie nicht die Frau für ihn war. Es gab zu viele Dinge an ihr, die einfach nicht passten ... doch, wenn er nicht aufpasste, ertappte er sich sofort wieder dabei, dass er an sie dachte. Er steuerte unaufhaltsam auf ein gebrochenes Herz zu, und das wusste er.

Es verwirrte ihn, dass sie so wunderbare Worte über ihn schreiben und dann keine Gefühle für ihn haben konnte.

Doch wie hätte es klarer werden können? Sie war so weit gegangen, die Briefe zu lesen. Sie hatte zwei ordentliche Stapel angefangen. Zwei Stapel konnten nur eines bedeuten: sie hatte potentielle Kandidatinnen für ihn ausgesucht.

Erbärmlich. Hier stand er in einem Raum voller Liebesbriefe, die von der Frau gescreent wurden, die es kaum erwarten konnte, ihn mit einer der Absenderinnen zu verheiraten, und was tat er? Wie ein Idiot träumte er von ihr! Das war einfach nur falsch.

Er beugte sich vor, ignorierte den Schmerz in seinem Brustkorb und schob so viele Briefe in den Mülleimer, wie hineinpassten. Dann ging er nach draußen.

Es war Zeit, klar Schiff zu machen. Es war Zeit, einen klaren Kopf zu bekommen und Ordnung in sein

Leben zu bringen.

„Bob!", rief Molly ihm zu. Er stand hinter der Scheune und beobachtete das Feuer, das im Ölfass brannte. Sie musste nicht fragen, um zu wissen, was er verbrannte. Etwas in ihrem Kopf hatte ihr in dem Moment, als sie in seine Einfahrt einbogen war und den Rauch gesehen hatte, gesagt, was los war. Er war wütend gewesen, bevor sie gegangen war, aber das? „Warum?", fragte sie nur.

„Weil ich es satthatte, sie zu riechen", sagte er, ohne sich umzudrehen und sie anzusehen.

Sie war sprachlos. Doch es war seine Sache. Seine Briefe. Und selbst mit dem lästigen, sauren Gefühl in ihrem Bauch musste sie zugeben, dass wirklich ein paar nette darunter gewesen waren. Doch die gingen jetzt mit den anderen in Rauch auf.

Eine Explosion von Wut durchfuhr sie, und sie öffnete den Mund, um es ihm zu sagen, schloss ihn aber sofort wieder. Es war nicht an ihr zu sagen, was er mit den Briefen zu tun hatte. Es war egal, dass sie etwas so Schlimmes sagen wollte, dass sie es kaum ertragen konnte. Sie war nicht hier, um sein Leben zu lenken. Sie war hier, um einen Fehler wiedergutzumachen, und je früher sie sich daran erinnerte, desto besser würde es ihr gehen. Doch es war offensichtlich, dass sie sich selbst etwas vormachte.

Bob brauchte sie nicht mehr.

KAPITEL SIEBZEHN

Molly stand in der Sommersonne und spürte, wie sich ihre kalte Haut aufwärmte. Sie erinnerte sich daran, dass sie hierhergekommen war, um wiedergutzumachen, was sie in Bobs Leben angerichtet hatte. Es war egal, dass er ihr gesagt hatte, er sei froh, dass es ihnen gemeinsame Zeit beschert hatte. Was bedeutete die gemeinsame Zeit, wenn sie im Nichts endete?

Sie wandte sich ab, solange sie die Kraft dazu hatte, und ging um die Scheune herum den Zaun entlang zurück, bis sie zum Pferch gelangte, in dem Baby Eins und Baby Zwei Auslauf bekamen.

„Wie geht es meinen Babys?", fragte sie und fühlte nicht die geringste Begeisterung, als sie sich über den Zaun beugte und ihre Hand ausstreckte. Baby

Zwei war der erste, der zu ihr kam, und er rieb seine schwarze Nase an ihrer Hand. Trotz ihrer gedrückten Stimmung lachte Molly, als sich ein plötzliches Gefühl der Zufriedenheit über sie legte. Wie seltsam. Nach ein paar Sekunden musste sich Baby Eins vernachlässigt gefühlt haben, denn es trabte herüber und drängte sich vorn. „Hey, sei nett, kleiner Mann." Sie streichelte das weiche Fell zwischen seinen Schlappohren, und als Baby Zwei sich an den Zaun drängte, streckte sie sich und kraulte ihm mit der anderen Hand die Stirn. Sie würde sie vermissen. Bobs Pferd wieherte aus dem Paddock nebenan, scheinbar eifersüchtig auf die beiden Kälber.

„Tut mir leid, Kumpel, aber ich habe wirklich keine Ahnung, was ich für dich tun soll."

Sie sagte nichts, als Bob neben sie trat. Molly weigerte sich, ihn anzusehen, und beobachtete stattdessen Baby Eins und Baby Zwei, während sie sie am Kopf kraulte. Sie konnte sein Profil aus dem Augenwinkel sehen und wusste, dass er schweigend sein Pferd betrachtete. Die Anspannung war fast greifbar. Offensichtlich hatte sich, was auch immer mit ihm losgewesen war, bevor sie zu Dotties Party gegangen war, nicht von selbst gebessert. Für Molly war es schwer, lange böse auf den Mann zu sein, für den sie nur das Beste wollte. Die Kälber stießen mit den Köpfen zusammen und versuchten jeweils, mehr Aufmerksamkeit auf sich zu lenken, darum zog sie ihre Hände zurück und vergrub ihre Finger in den Taschen ihrer Jeans. „Bob", sagte sie und sah ihn schließlich an.

„Schau, Molly, ich ..." Er fuhr sich mit den Händen durchs Haar, und sie war froh zu sehen, dass er diesmal nicht zuckte. „Ich wollte dich nicht provozieren. Ich weiß, dass das Verbrennen der Briefe wahrscheinlich deine Gefühle verletzt hat. Ich weiß, dass du denkst, meine Seelenverwandte ist da drin, aber das ist sie nicht. Und ehrlich gesagt möchte ich jetzt nicht darüber nachdenken."

Molly schloss die Augen. Sie wollte auch nicht darüber nachdenken. Sie war es leid, darüber nachzudenken.

„Magst du Pferde nicht?"

Seine leise Frage war ein Signal, dass er nicht mehr darüber reden wollte. Konnte sie das so einfach? Sie holte Luft und begegnete seinem Blick. Sie war so beschäftigt gewesen mit seinen Kälbern, dass sie nicht viel über sein Pferd nachgedacht hatte. Clint oder einer seiner Ranchhelfer hatte sich um seine Bedürfnisse gekümmert. „Ich bin in der Stadt aufgewachsen. Und seit ich in Mule Hollow bin, hatte ich keine Gelegenheit, mich mit Pferden anzufreunden. Du weißt ja, dass mich mein Schreiben beschäftigt." Er nickte, sagte aber nichts. Einen Moment lang beobachteten beide, wie Clyde den Zaun entlang scharrte, um ihre Aufmerksamkeit auf sich zu ziehen.

„Ich glaube, er vermisst dich." Molly sah wieder zu Bob auf. Ihr Magen war ein einziger Knoten.

„Ja, ich kenne das Gefühl. Gebrochene Rippen oder nicht, ich werde bald mit ihm ausreiten müssen."

„Aber das kann Clint doch machen. Du wirst dir wehtun." Kaum waren die Worte ausgesprochen, wollte sie sich selbst treten. Sie war nicht seine Mutter, und er hatte offensichtlich genug von der Kuppelei und ihrer Pflege. Sie schloss die Augen und wollte ihren Beschützerinstinkt abstellen. Ihre Gedanken brauchten dringend Ruhe. „Tut mir leid. Ich mache es schon wieder." Sie kehrte ihm den Rücken zu und seufzte. „Du bist ein erwachsener Mann, und ich kann nicht verstehen, warum ich mich immer wieder in deine Angelegenheiten einmische. Ich habe den ganzen Tag darüber nachgedacht." Sie war eine Konstante in ihrem Leben geworden, diese Sorge um ihn.

Ein sanfter Ruck an einer Haarsträhne ließ sie über ihre Schulter blicken. Bob war einen Schritt auf sie zu gekommen und stand so nah, dass sie die winzigen babyblauen Sprenkel in seinen dunkelblauen Iriden sehen konnte. Ihr stockte der Atem. Warum interessierte sie sich so sehr für Bob? Sie erinnerte sich an den Kuss, die sanfte Berührung, von der sie wusste, dass sie für ihn keine Bedeutung gehabt hatte. Wie sollten sie auch eine Bedeutung für ihn haben, wenn er nicht einmal wusste, dass sie passiert waren?

„Molly, deine Fürsorge stört mich nicht. Ich finde sie schön. Aber ... es ist Zeit für mich, mich wieder an die Arbeit zu machen, bevor ich noch verrückt werde. Morgen gibt es einen Privatverkauf, an dem ich seit Wochen teilzunehmen plane. Ich möchte meinen Viehbestand aufstocken, also werde ich hingehen."

Mollys Instinkt sagte, dass er nicht bereit war, doch sie biss sich auf die Lippen. Sie hatte gewusst, dass es passieren würde, dass ihre Zeit hier fast abgelaufen war. Sie war sich nur nicht bewusst gewesen, wie wenig sie bereit war, es aufzugeben. Doch jetzt hatte er ihr gerade ziemlich unmissverständlich gesagt, dass er sie nicht mehr brauchte.

„Hast du Lust, mitzukommen?"

„Was?", keuchte sie, völlig geschockt und erfreut über seine Frage. Es war ein Friedensangebot. Nicht mehr. Doch das hielt ihr Herz nicht davon ab, zu tanzen. „Bist du sicher? Ich ... ich könnte versuchen, dich zu beglucken."

„Kein Beglucken erlaubt", sagte er streng, und seine Augen wurden wieder lebendig, als er lächelte und seine Grübchen zeigte.

„Wenn du dir sicher bist? Ich könnte die Erfahrung für einen Artikel nutzen."

„Ist das ein Ja?"

Sie nickte. „Ja. Ich würde gerne mitgehen."

„Gut." Er sah sie an wie der alte Bob. „Komm." Er nahm ihre Hand und erschreckte sie mit der unerwarteten Berührung.

Er ging auf die Scheune zu, und obwohl er die schwerfällige Schiene an seinem gebrochenen Bein trug, hinkte er recht schnell. Sie stolperte vor Überraschung.

„Wohin gehen wir?"

„Warum nicht Erfahrungen sammeln, während du hier bist?"

„Okay, was meinst du?"

„Du wirst auf meinem Pferd reiten."

„Was? Ich meine, ich bin noch nie geritten."

„Dann ist doch jetzt ein guter Zeitpunkt, es zu lernen." Molly stolperte.

„Nein. Das kann ich nicht."

Er blieb vor einem Sattel stehen, der auf einem Gestell hing, ging hinüber und öffnete das Tor, zu dem Clyde galoppiert war, als wüsste er, was passieren würde. Das große braune Pferd schnaubte und scharrte vor Aufregung mit den Hufen. Molly wich einen Schritt zurück. Das Pferd war groß. Sehr groß.

Sie war eins zweiundsiebzig und doch musste sie aufblicken, um ihm in die Augen zu sehen. Und er starrte sie an.

„Ich, ähm, nein."

Bob lachte über ihre Unfähigkeit, ihren Einwand in Worte zu fassen.

„Für einen Reporter drückst du dich sehr gewählt aus."

„Das ist nicht fair. Ich kann nicht …"

„Kann nicht, gibt's nicht. Weißt du das nicht?"

Molly sah zu, wie er eine dicke bunte Pferdedecke vom Holzzaun zog und sie über Clydes Rücken legte. Das große Pferd bewegte keinen Muskel, sondern starrte Molly direkt in die Augen. „Pferde können Angst spüren, nicht wahr?", fragte sie, und ihr war klar, dass dieses Pferd genau wusste, wie es ihr ging.

„Keine Sorge, Molly. Ich werde direkt neben dir sein."

Sie bemerkte, dass er nicht auf ihre Frage antwortete. ~~Doch sie wusste, dass das Pferd wusste, dass sie Angst hatte.~~ Clyde blinzelte mit seinen langen Wimpern, neigte seinen Kopf zur Seite und beobachtete sie. Er hatte wunderschöne schokoladenbraune Augen. Und diese Wimpern waren ein Traum. Vielleicht würde es ja gar nicht so schlecht werden.

Bob hob den Sattel vom Gestell, und sie hörte ihn scharf Luft holen. „Schau, du tust dir selbst weh. Du solltest das nicht tun." Sie griff nach dem Sattel und half ihm, ihn auf Clydes Rücken zu wuchten.

„Danke."

Es tat ihr leid, dass er sich wehgetan hatte und dass sie tatsächlich zu ihrem eigenen Untergang beigetragen hatte. Sie starrte ihn an, als er brummte und nach einer Art Gürtel griff – sie wusste nicht, wie das Ding hieß, doch sie wusste, dass es wichtig war, weil es den Sattel auf dem Pferderücken hielt. Sie rang die Hände und deutete auf die Schnalle. „Zieh ihn ganz fest", wies sie ihn an. Damit handelte sie sich ein verschmitztes Grinsen ein.

„Entspann dich, Molly. Vertraust du mir?" Molly zögerte.

„Ha!", lachte er. „Du hast all diese schönen Dinge über mich geschrieben und der ganzen Welt erzählt, was für ein wunderbarer Fang ich bin, dabei vertraust du mir nicht! Ich bin am Boden zerstört." Er legte seine rechte Hand auf sein Herz und blinzelte mit seinen wunderschönen marineblauen Augen.

Lächelnd stupste sie seinen Arm an. „Doch, ich vertraue dir. Du hast voreilige Schlüsse gezogen."

„Du hast gezögert."

Sie standen dicht nebeneinander und starrten einander an. Molly konnte seine Mundwinkel zittern sehen und spürte die Reaktion ihrer eigenen. Sie brachen gleichzeitig in Gelächter aus. Natürlich konnte sie sehen, dass Bob es sofort bereute, als sein Gesichtsausdruck von Grinsen zu einer schmerzverzerrten Grimasse wurde.

Molly schlug sich die Hände auf ihre Wangen und presste ihre Lippen aufeinander, um zu versuchen, ihr Lachen unter Kontrolle zu bringen. Wenn er

Schmerzen hatte, war das definitiv nicht die rechte Zeit für einen Lachanfall.

„Was machen wir jetzt? Du hast die Annahme der letzten Ladung von Briefen abgelehnt, die die Zeitung weitergeleitet hat, und du hast die Briefe aller guten Kandidatinnen verbrannt. Und dein Briefkasten ist gestohlen worden und in der Küche gibt es keinen Kuchen mehr. Was soll ich nur mit dir machen?"

Bob griff nach dem Halfter und streichelte mit einer Hand über Clydes Nacken. „Ich weiß nicht, was du mit mir machen wirst, aber ich werde dir deine erste Reitstunde geben. Vergiss alles andere, okay?"

Molly wurde klar, dass sie sich auf Reitstunden mit Bob freute.

Molly beobachtete seinen sanften Umgang mit Clyde und sah, dass das große Pferd ihm vertraute. Darum wusste sie, dass sie nichts zu befürchten hatte, solange Bob in ihrer Nähe war. Sie vertraute ihm. Es war etwas, das sie schon gewusst hatte, bevor er sie vor Sylvester gerettet hatte.

Sie hatte es vom ersten Tag an gewusst.

KAPITEL ACHTZEHN

„Und, wie ist das Wetter da oben?", fragte Bob, als er Clyde mit der einfachen Berührung seiner Hand an dessen Stirn anhielt. Molly hatte es sehr gut gemacht. Sie hatte einen natürlich guten Sitz im Sattel, was ihr das Lernen leichter machte.

Doch sie war schon erschöpft genug von den Kälbern. Er wollte nicht, dass sie morgen nicht laufen konnte, weil sie es bei ihrer ersten Reitstunde übertrieben hatten.

Trotzdem zögerte er, den Unterricht zu beenden. Sie waren entspannt, und alles lief wieder unbeschwert zwischen ihnen. Für den Moment. Er war sich nicht sicher, warum er den Unterricht überhaupt angeboten hatte. Wem wollte er etwas vormachen? Er hatte ihn ihr nicht angeboten – er hatte sie dazu überredet,

Unterricht zu nehmen. Doch während er die Briefe verbrannt hatte, hatte er nur daran denken können, wie viel Spaß es ihr machen würde, mehr über seine Lebensweise zu erfahren.

„Ich liebe es! Ich glaube wirklich, dass mir das Reiten Spaß machen wird."

Bob führte Clyde zum Stall und half ihr beim Absteigen. „Wie schon gesagt–"

„Ich weiß, ich weiß", unterbrach Molly lächelnd. „Dieses Cowboy-Leben kann süchtig machen."

„Und schon bist du angefixt."

Sie verzog das Gesicht, machte aber keine Anstalten abzusteigen. „Bob, darf ich über das Reitenlernen und über die wilde Erfahrung, Baby Eins und Baby Zwei zu füttern schreiben? Ich muss deinen Namen nicht erwähnen, wenn du das nicht willst. Ich kann dich ja als einen wirklich wunderbaren Cowboy, der mir geholfen hat, bezeichnen."

Als er zu ihr aufblickte, wurde ihm bewusst, dass er angesichts des Glücks, das ihr ins Gesicht geschrieben stand, zu allem Ja gesagt hätte. „Wenn ich ehrlich bin, freue ich mich darauf zu lesen, was du zu beiden Themen zu sagen hast." Ihre Artikel hatten tatsächlich etwas Gutes für ihn getan. Er hatte es so gemeint, als er ihr gesagt hatte, dass er froh war, die Gelegenheit gehabt zu haben, ihre Gesellschaft zu genießen.

„Fantastisch. Vielen Dank. Ich denke, dass meine Leser einen Kick bekommen werden. Genau wie ich."

Er sah zu, wie sie ihr Bein über Clydes Rücken schwang und sich am Sattelhorn festhielt, während sie sich herunterrutschen ließ. „Man sieht es dir an. Du hast das wirklich gut gemacht. Ich dachte, du bist noch nie geritten."

Sie biss sich auf die Lippe und sah entwaffnend verlegen aus. „Ich schaue fern, und in Filmen machen sie es eben immer so."

„Oh ja. Fernsehen. Wie würden wir ohne nur zurechtkommen?"

„Wahrscheinlich ganz gut."

„Der Meinung bin ich auch", sagte er. „Denk nur an all das, was den Kindern entgeht."

„Du willst mal viele Kinder haben, nicht wahr?" Sie streckte sich, um ihm zu helfen, Clyde abzusatteln.

Er nahm einen Striegel in die Hand. „Ja. Ich hätte wirklich gerne einen ganzen Stall voller Kinder. Kleine Mädchen und kleine Jungen. Wenn ich nur daran denke, passieren gute Dinge in meinem Herzen." Er fing an, Clyde zu striegeln, und sah Molly an. Sie beobachtete ihn mit einem Ausdruck im Gesicht, den er nicht lesen konnte. „Ich denke, ein einsames Kind zu sein, das im Grunde genommen keine Eltern hatte, hat mir gezeigt, was es heißt, ein guter Vater und Ehemann zu sein. Weil ich es so sehr will, ist Familie etwas, das ich nie für selbstverständlich halten würde." Er ließ den Striegel über Clydes Flanke gleiten und dachte intensiv über alles nach, was sich im Laufe des Tages ereignet hatte.

„Du wirst mal ein großartiger Vater sein."

Mollys stille Gewissheit bedeutete ihm viel. Er begegnete ihrem Blick.

„Und du wärst eine großartige Mutter." Es war traurig, dass sie keine Kinder wollte. Es war in mehrfacher Hinsicht traurig, dass sie so unterschiedliche Ansichten über das Leben hatten. Er wünschte sich ... Molly schüttelte den Kopf. „Ich glaube nicht, dass ich es in mir habe."

„Natürlich hast du das."

„Nein."

Ihre Reaktion überraschte ihn. Er hatte gedacht, sie wollte wegen ihrer Karriere keine Kinder. Konnte es sein, dass sie wirklich glaubte, keine gute Mutter zu sein? „Molly, du warst wild entschlossen, dich um Baby Eins und Baby Zwei zu kümmern. Ich meine, Sweetheart, Scheitern war für dich keine Option. Und dann hast du eine Beziehung zu ihnen aufgebaut. Ich weiß natürlich, dass sie keine Kinder sind, doch sie zeigen, wie stark der Mutterinstinkt in dir ist. Und jetzt möchtest du der ganzen Welt erzählen, wie viel Spaß du dabei hattest. Ich finde das wunderbar."

Sein Lächeln war darauf ausgelegt, sie zu ermutigen. Sie wandte den Blick ab, doch nicht, bevor er etwas sah, das verdächtig nach Sehnsucht aussah.

„Es ist seltsam", sagte sie zögernd und hob ihre Hand, um Clydes Nacken zu reiben. „In vielerlei Hinsicht sind sich unsere Kindheiten ähnlich. Ich meine, du bist ohne deine Eltern in einem Internat aufgewachsen, und ich bin zwar mit meinen beiden Eltern zu Hause aufgewachsen, doch ich war genauso allein wie du. Siehst du das?"

Er nickte. Nach allem, was sie ihm erzählt hatte, hatte sie ein sehr isoliertes Leben geführt. Sie lebte immer noch ein isoliertes Leben. Er fragte sich, ob sie sich bewusst war, welches Leben sie anstrebte. Immer der Beobachter, selten der Teilnehmer. Es war nicht gut für sie. Er hatte es genossen, sie aus dieser

Einsamkeit herauszuziehen. Es wäre ihm ein Vergnügen, sie weiter aus ihrer selbstauferlegten Einsamkeit herauszuholen. Doch wenn sie wirklich Fernweh in ihrem Blut hatte, wie es sein Vater gehabt hatte, würde nichts sie zurückhalten können. Es war ihm schwergefallen, zu verstehen, was in der letzten Woche in seinem Leben passiert war. Er hatte die ganze Bandbreite von Gefühlen durchlebt. Er war an einem Punkt, von dem es kein Zurück mehr gab, eine Tatsache, der er nicht bereit war, ins Auge zu blicken. Doch er betete, dass alles gutgehen würde ... für sie beide.

Molly ließ ihre Hand von Clydes Nacken sinken und ging.

„Guter Junge", flüsterte er Clyde zu. Er versetzte dem Pferd liebevoll einen Klaps aufs Hinterteil, beobachtete, wie er in den runden Paddock lief, und erst dann wagte er es, Molly zu folgen.

Sie stand am Eingang der Scheune und starrte in Richtung seines Hauses. Im riesigen Scheunentor sah sie klein und einsam aus. Seine Brust schmerzte für sie, und es hatte nichts mit seinen gebrochenen Rippen zu tun. Er hinkte hinüber, blieb hinter ihr stehen und kämpfte gegen den Drang an, sie zu berühren, etwas, das er den ganzen Nachmittag hatte tun wollen. Doch stattdessen vergrub er seine Hände in seinen Hosentaschen.

„Molly, wovor hast du Angst?"

„Ich habe die falsche Wahl getroffen." Sie griff nach der Kette um ihren Hals, eine Bewegung, die so natürlich für sie war wie jeden Morgen den Bleistift hinter ihr Ohr zu stecken. Doch dann ließ sie ihre Hand sinken.

Ihr Geständnis verblüffte ihn. „Ich dachte, du wüsstest genau, was du dir vom Leben wünschst", sagte er vorsichtig und trat näher zu ihr.

Sie schüttelte den Kopf. „Nicht mehr. Ehrlich gesagt, ich bin so verwirrt, ich ..."

Bobs Herz raste, und bevor er es verhindern konnte, ergriff er sanft ihren Arm und zog sie herum, um sie anzusehen. Die Emotionen in ihren Augen sprachen die Hoffnung in ihm an.

„Molly", begann er, nicht sicher, welche Worte sich in seinem Kopf bildeten, der immer noch von dem plötzlichen Schock ihres Eingeständnisses taumelte.

„Nicht." Sie hob ihre Hand an seine Lippen, schüttelte ihren Kopf und eilte davon.

Er ließ sie gehen. Sein Herz pochte; er sollte sie

aufhalten. Doch sein Verstand listete alphabetisch die Gründe auf, warum die Hoffnung in seinem Herzen umsonst war.

Angst. Das war das, was sie empfand. Schiere, Verschwinde-von-hier-Angst. Ihr Herz pochte, als wäre sie gerade fünfzig Stockwerke in einem Aufzug mit versagenden Bremsen abgestürzt. Als Bob über Kinder gesprochen hatte, war etwas in ihr zum Leben erweckt worden. Sie würde sich niemals erlauben, über Kinder nachzudenken. Ihr Leben als Kind hatte ihr keinen mütterlichen Instinkt gegeben. Nichts. Sie gab das ehrlich zu. Das Baby von Lilly und Cort, Joshua, war der süßeste kleine Junge, den sie jemals gesehen hatte – und sie genoss es sogar, ihn ungefähr zwei Minuten lang zu halten –, doch tatsächlich Mutter zu sein war ihr dabei nicht in den Sinn gekommen. Hauptsächlich, weil sie fürchtete, sie würde eine furchtbar schlechte Mutter abgeben, und zweitens hatte sie Angst davor. Was, wenn sie einfach nicht den Instinkt besaß? Ihre Eltern hatten ihn auch nicht gehabt. Entweder das, oder sie hatte sie einfach nicht interessiert. So viel war genetisch bedingt. Was, wenn sie genauso wäre?

Und was ist mit Reisen? Sie würde ihrem Kind niemals das antun, was Bobs Vater ihm angetan hatte. Armer Bob. Erst in jungen Jahren seine Mutter zu verlieren und dann auch noch seinen Vater an dessen Job. Es war schrecklich, doch sowas passierte jeden Tag.

Molly wollte keine Kinder haben, wenn sie sich nicht für sie engagieren konnte. Was sie damit sagen wollte, war, dass sie sich entschieden hatte, auch keinen Ehemann zu haben.

Ihre Hände zitterten, als sie ihr Auto anließ und von Bob wegfuhr. Sie konnte ihn im Rückspiegel sehen und beobachten, bis sie über den Hügel fuhr, der sein Haus und seine Scheune vor Blicken von der Straße schützte. Sie war weggelaufen. Wie ein Kind!

Sie überquerte den Weiderost und fuhr in Richtung Mule Hollow und der Vernunft. Vielleicht. In ihren Gedanken ging sie das, was gerade geschehen war, noch einmal durch und versuchte, eine Art von Definition für das zu finden, was mit ihr geschah.

Gefühle, die in ihrem Herzen eingeschlossen gewesen waren, kamen heraus, und manchmal konnte sie nicht gut damit umgehen. Manchmal wusste sie nicht, was sie damit anfangen sollte. Wie Vorbehalte gegen ihre Träume. Träume, die sie seit ihrer Kindheit hatte. Träume, die sie Enttäuschungen und Sorgen hatten überstehen lassen. Zweifel, die sie immer wieder geleugnet und in den Schatten zurückgestoßen hatte.

Sie hatte ihr ganzes Leben damit verbracht, ein Ziel nach dem anderen zu erreichen, das sie schließlich zu den weit entfernten Orten führen würde, von denen sie geträumt hatte. Die Straßen von Brasilien. Die Dschungel Afrikas. Träume, die sie zu den Geschichten führen würden, die sie erzählen wollte.

Oder waren es Träume, die ihr einfach bei der Flucht halfen?

Es gab ein Tauziehen in ihrem Herzen, und sie brauchte Zeit zum Nachdenken.

Es war neun Uhr, als sie ihre Wohnung betrat und ihren Rucksack aufs Sofa warf. In ihrem Kopf drehte sich immer noch alles, als sie durch das kleine, dunkle Wohnzimmer in die Küche ging. Sie schaltete das Licht über dem Ofen an, füllte einen kleinen Topf mit Wasser, ging dann in ihr Zimmer und duschte schnell den Geruch von Pferd, Kühen und Staub ab. Nicht sehr glamourös, doch überaus befriedigend.

Das Wasser kochte im Topf, als sie zurück in die Küche kam. Sie seufzte und goss es über den Beutel mit grünem Tee, den sie auf den Boden ihrer Tasse gelegt hatte. Das Zimmer war ruhig, als sie methodisch die Schnur nahm und den Teebeutel in der Tasse schwimmen ließ. Die Uhr an der Wand tickte laut, als Molly sich in der winzigen Wohnung umsah, die nur schwach durch das Leuchten der einzelnen Glühbirne über dem Ofen erleuchtet wurde. Sie spürte die Einsamkeit und Isolation, die sie umgab, mehr als sonst. Sie war ihr ganzes Leben lang isoliert gewesen. War das wirklich das Leben, das sie wollte?

Im Moment war sie sich nur sicher, dass sie morgen mit Bob zur Auktion gehen wollte. Und es hatte überhaupt nichts mit Recherche für einen Artikel zu tun.

Sie trank einen Schluck Tee, als sie das blinkende Licht an ihrem Anrufbeantworter bemerkte.

Bob hielt den Atem an und wartete, ob Molly auftauchen würde, um ihn zur Auktion zu begleiten. Als ihr gelbes Auto den Hügel überquerte, atmete er erleichtert auf.

Er hatte gewollt, dass sie kam. Es war gut für sie, rauszukommen und Neues zu erleben. Alle anderen Gründe, die er hatte, um froh zu sein, sie zu sehen, schob er als zweitrangig zurück. Sie standen nicht zur Debatte. Heute ging es darum, Molly etwas Anderes zu zeigen als das, was sie mit ihren Fingern und einem Computer erschaffen konnte. Kein Analysieren, kein Nachdenken über warum und warum nicht. Er wollte einfach nur den Tag mit Molly verbringen. Er *musste* den Tag mit Molly verbringen.

Sie blieb neben dem Lastwagen stehen und lächelte, als er die Tür für sie öffnete.

„Freut mich, dass du gekommen bist", sagte er glücklich, als sie die Hand nahm, die er ihr anbot. Ihre Augen begegneten seinen, und sie zögerte, dann schenkte sie ihm ein unschlüssiges Lächeln. Sie trug Jeans und ein zartgrünes Shirt, das ihre Augen betonte. Wie immer zog ihre Schönheit an ihm, besonders, seit er erfahren hatte, dass der Mensch hinter dieser Schönheit so wunderbar war.

„Ich konnte mir eine Chance wie diese doch nicht entgehen lassen", sagte sie. „Doch was ist mit den Babys? Soll ich sie noch füttern, bevor wir gehen?"

Und sie dachte, sie wäre keine großartige Mutter.

„Ich habe einen Halter für die Flaschen an der Box montiert, damit du dich nicht schmutzig machen musst, bevor wir gehen."

„Oh."

Er war überrascht von ihrer Reaktion. „Aber du kannst sie heute Abend füttern." Das brachte sie zum Lächeln. Er fragte sich, ob irgendetwas nicht stimmte. Sie schien verunsichert zu sein.

„Das wäre schön", lachte sie leise. „Ich habe mich an die kleinen Monster gewöhnt."

„Miss Popp, ich glaube langsam, dass wir aus dir glatt noch ein Cowgirl machen können." Er öffnete die Tür des Trucks für sie und schloss sie wieder. Als er es geschafft hatte, auf den Fahrersitz zu klettern, roch das Innere des Trucks bereits nach dem sanften Duft von Blumen, den er zwischenzeitlich mit Molly assoziierte.

„Man könnte fast meinen, dass dein Bein gar nicht weh tut."

Vielleicht hatte er sich nur eingebildet, dass etwas sie störte, dachte er. „Glaub mir, im Vergleich zu der Art, wie sich meine Rippen anfangs anfühlten, tut das Bein überhaupt nicht weh. Die Schiene ist ziemlich cool, sie entlastet ungemein. Das Problem ist nur, dass ich noch nicht herausgefunden habe, wie ich meine

Sporen daran montieren kann."

Molly lachte, und Bob hatte sich nie besser gefühlt. Er wusste, wenn er den Rest seiner Tage damit verbringen könnte, Molly zum Lachen zu bringen, wäre sein Leben perfekt.

Heute sollte es darum gehen, Molly seine Welt zu zeigen. Natürlich hatte er, seit er sie gebeten hatte zu kommen, überlegt, was er damit erreichen würde. Sie würde nicht bleiben, und er schlug wissentlich einen Weg ein, der ihm das Herz brechen würde.

Beim Überqueren des Weiderosts fühlten sich seine Rippen an, als knirschten die gebrochenen Enden aneinander, doch ein Blick auf Molly, und der Schmerz war verschwunden. Er würde nehmen, was er bekommen konnte. Als sie in Richtung Ranger fuhren, schien Molly abgelenkt zu sein. Er schrieb es ihrem Schreiben und der Art und Weise, wie ihr Verstand arbeitete, zu. Er ging davon aus, dass sie über eine Geschichte nachdachte. Immerhin hatte er sie mehr als einmal fast gegen eine Wand laufen sehen, während sie irgendetwas in ihren Notizblock kritzelte. Ihre allgegenwärtigen Geschichten ... Er war eifersüchtig. Er gab es zu.

Er wollte eine Frau, die ihn und die Kinder, die sie

haben würden, liebte. Was war also los? War es so falsch, dass er gewollt hatte, dass es an diesem Tag um Molly ging und sie sich mit etwas anderem als Schreiben befasste? Nicht, dass sie nicht ganz klar gesagt hätte, warum sie mitkommen würde.

Sie hatte gesagt, sie könne die Erfahrung für ihre Artikel nutzen. Also, warum war er so naiv gewesen zu denken, dass es anders sein würde?

Er schob seine Enttäuschung beiseite und konzentrierte sich auf sie. Trotz allem würde er den Tag genießen. Ob es ihn nun störte oder nicht.

Obwohl sie nicht ganz bei der Sache zu sein schien, begann Molly, Fragen zu Rindern und Auktionen zu stellen. Gespräche halfen, die Spannung zwischen ihnen abzubauen. So, wie sie ihn mit Fragen bombardierte, ging er davon aus, dass sie ein erfahrener Profi sein würde, wenn sie endlich ankamen.

Während es ihn andererseits daran erinnerte, dass sie liebte, was sie tat.

Es war ein Teil von ihr, der immer da sein würde. Als sie ihre Fragen stellte, dachte er über die Zeit nach, seitdem er sie kennengelernt hatte, und wie er von ihr angezogen worden war. Und plötzlich traf es ihn wie ein Eimer Eiswasser ins Gesicht, dass der Teil von ihr, mit dem er nicht leben konnte, tatsächlich zu den Dingen an ihr gehörte, die ihn faszinierten und ihn anzogen.

Ihr Engagement, ihre Begeisterung für ihr Schreiben, ihre Entschlossenheit – all diese Eigenschaften bewunderte er. Es waren alles Eigenschaften, die Molly zu dem machten, was sie war. Und trotz allem, was er aufgrund der Ablehnung durch seinen Vater durchgemacht hatte, konnte er nicht anders, als sie zu lieben.

Molly wusste, dass sie bis zur Viehauktion ohne Unterbrechung geredet hatte, doch sie hatte nicht anders gekonnt. Ihre Nerven lagen blank, seit sie den Knopf ihres Anrufbeantworters gedrückt und die Worte gehört hatte, auf die sie ihr ganzes Leben gewartet hatte.

Zuerst hatte sie die Nachricht viermal abgespielt und war mit der Hand vor dem Mund neben der Maschine gestanden. Das World View Magazin wollte sie in ihrem Büro in New York interviewen. Sie hatten noch einen anderen Kandidaten eingeladen, doch die persönlichen Qualitäten, die Molly mitbrachte, ließen sie in einem sehr positiven Licht erscheinen. Dazu kam, dass die Auslandsreisen lang waren, sodass der Job nur für jemanden geeignet war, der keine Bedenken hatte, unterwegs zu sein. Laut ihrem Lebenslauf erfüllte sie alle Anforderungen perfekt und sollte damit rechnen, dass es für sie im Interview gut laufen würde.

Als sie die Aufnahme zum vierten Mal abspielte, wusste sie, dass etwas nicht stimmte. Nachdem sie jahrelang von einem solchen Job geträumt hatte, hatte sie damit gerechnet, dass ihre Reaktion überwältigende Aufregung und Freude sein würde. Die hatte sie beim ersten Durchhören zunächst gespürt. Doch dann hatte sich die Realität zu Wort gemeldet, und sie hatte an alles, was passieren würde, wenn sie den Job annahm, denken müssen.

Sie würde Mule Hollow verlassen müssen. Das hatte sie die ganze Zeit gewusst. Sie war von Anfang an bereit gewesen, es irgendwann hinter sich zu lassen. Warum ließ dieses Gefühl der Trauer dann plötzlich Zweifel in ihr aufkommen? Molly war im Wohnzimmer auf und ab gegangen wie ein Tiger im Käfig.

Sie hatte so hart dafür gearbeitet. Sie wollte es von ganzem Herzen. Hatte sich darauf gefreut. Und sie würde es haben.

Als sie ins Bett gekrochen war und das Licht ausgeschaltet hatte, rang sie die Bedenken nieder und war stattdessen dankbar für die Chance ihres Lebens.

Alles, was sie noch tun musste, bevor sie am Sonntag nach New York flog, war, es Bob zu sagen.

Warum war das so schwer? Sag es ihm einfach!

Das sagte sie sich immer wieder, als sie von Pferch zu Pferch wanderten und er ihr erklärte, warum er auf einen Bullen, einen Ochsen oder eine Färse, die er aus der Masse ausgewählt hatte, bot. Es war ein schöner Tag, und die Auktion war nicht wirklich das, was sie erwartet hatte. Sie war sehr beeindruckend, geradezu extravagant, und sie erkannte schnell, dass Bob nicht irgendwelches Vieh kaufte. Er kaufte erstklassigen Bestand, um darauf ein Leben aufzubauen.

Ein Leben für die Familie, die er sich wünschte.

Als sie nach Hause fuhren, wollte Molly nicht mehr reden. Darum redete Bob und erzählte mehr von seinen Plänen für seine Ranch. Er schien sich gar nicht bewusst zu sein, dass sie dichtgemacht hatte. Molly wurde klar, dass es daran lag, dass er in seine Zukunft blickte, auf seinen Traum. Der Traum, der so anders als ihrer war, dass sie schon nicht mehr in ihrem Element war, wenn sie überhaupt darüber nachdachte.

Alles war still, als sie auf den Hof fuhren und Bob den Trailer rückwärts an den Pferch heranlenkte, in dem die Neuerwerbungen ihre erste Nacht auf seiner Ranch verbringen würden. Während er die Tiere aus dem Anhänger ließ, eilte Molly zu ihrem Auto. Ihr Herz war schwer und schmerzte, wie es das den ganzen Tag getan hatte. Mit jeder Meile, die sie seiner Ranch nähergekommen waren, hatte sie mehr gegen die Tränen ankämpfen müssen. Und alles, was sie jetzt wollte, war wegzukommen.

„Molly", sagte Bob und erschreckte sie, als er ihr vorsichtig auf die Schulter tippte. „Wo gehst du hin?"

Sie drehte sich zu ihm um. Sie standen im Licht, das von den offenen Flügeltüren der Scheune über den Hof fiel.

„Ich gehe nach Hause, Bob. Es war ein sehr schöner Tag..."

Feigling!

„Molly, was ist los? Du warst den ganzen Weg hierher so still. Sprich mit mir."

„Nein." Sie wandte sich von ihm an, unfähig, ihm in die Augen zu sehen. Doch sie schuldete es ihm, ehrlich zu sein. Langsam drehte sie sich um und begegnete seinem festen Blick. „Was mache ich hier, Bob? Was machen wir hier?"

Er trat einen Schritt auf sie zu, legte seine Hand in ihren Nacken und zog sie sanft an sich. „Ich habe aufgehört, diese Frage zu stellen, Molly. Ich weiß nur, dass wir hier sind. Aus Gründen, die ich nicht ganz verstehen kann, sind wir hier."

Er suchte in ihren Augen. Mollys Herz schlug unkontrolliert, und ihre Kehle fühlte sich an, als wollte sie vor Anstrengung, die Tränen zurückzuhalten, explodieren.

Bob zog sie in seine Umarmung und senkte langsam seine Lippen auf ihre. Sein Blick begegnete ihrem kurz, bevor sich ihre Lippen berührten, und Molly dachte, ihre Beine würden unter den Emotionen, die sie in seinen schönen Augen sah, nachgeben. In seinen starken Armen, Herz an Herz, wünschte Molly sich, dieser Augenblick könnte für den Rest ihres Lebens andauern. Und für einen Moment verschwand die Welt, als er sie näher zog und den Kuss vertiefte. Seine Hand wanderte an ihre Wange, beinahe so, als wäre sie eine zarte Blume, und sie seufzte an seinen Lippen. Es war eine so sanfte und süße Geste, und der Kuss war so vielversprechend, dass er Molly zerbarst. Plötzlich wurde ihr klar, dass das der Kuss war, der für die *Eine* reserviert war — der, den sie sich gewünscht, doch auf den sie nicht zu hoffen gewagt hatte. Bei diesem Gedanken lief eine Träne über ihre Wange, bevor sie sie aufhalten konnte.

Es war ein Herzenswunsch, der in Erfüllung ging, doch sie wusste jetzt, dass zwischen ihnen nie wirklich etwas sein konnte. Sie konnte niemals die Frau seiner Träume sein.

Sie konnte niemals die traditionelle Hausfrau und Mutter sein, die er sich so sehr wünschte. Es sprachen so viele Dinge dagegen. Es würde niemals funktionieren, und sie wusste es.

Ihr Herz pochte, und jede Faser in ihrem Körper kämpfte, als sie sanft gegen seine Schulter drückte und den Kuss unterbrach. „Ich muss dir was sagen. Ich fliege übermorgen nach New York. Ich …" Sie zwang Leichtigkeit in ihr Herz, die sie nicht fühlte. Immerhin folgte sie ihrem Traum – es war für beide am besten so. „Ich habe ein Interview mit World View. Es ist alles, wofür ich gearbeitet habe. Alles, wovon ich geträumt habe.“

Bob blinzelte. Seine Nasenflügel blähten sich, als er tief Luft holte. „Ich verstehe“, sagte er und blickte auf seine Stiefel. „Ist es sicher?“ Er sah sie eindringlich an.

Molly verlagerte ihr Gewicht von einem Fuß auf den anderen. „So ziemlich. Es gibt noch einen anderen Kandidaten, doch sie haben gesagt, dass die Chancen zu meinen Gunsten stehen.“

Er nickte knapp und holte tief Luft. „Es musste so kommen, dass deine Träume wahr werden. Du hast es verdient.“ Molly lächelte, fühlte es aber nicht. Er versuchte nicht einmal, sie zurückzuhalten. Was hatte sie erwartet? Sie waren sich in den letzten Tagen sehr nahe gekommen ... vielleicht nicht so nahe, wie sie gedacht hatte. Wenn er dasselbe empfand wie sie, würde er dann nicht wenigstens versuchen, sie zurückzuhalten? Oder vielleicht verstand er einfach besser als sie, dass, ganz gleich wie viele Küsse sie teilten, sie immer noch Welten voneinander entfernt waren, wenn es um etwas Dauerhaftes ging, das sie verbinden konnte.

Warum war ihr dann zum Weinen zumute? „Ich muss gehen“, brachte sie heraus. „Du kommst zurecht?"

Er nickte und blinzelte. „Ja. Wie ich dir ja schon gesagt habe. Es ist an der Zeit, dass ich in mein Leben zurückzukehre."

Sie trat einen Schritt auf ihr Auto zu. „Ja. Das musst du." Sie hielt inne. „Diese Woche hat Spaß gemacht."

Er nickte. „Mir auch."

Sie wandte sich ab und stieg schnell in ihr Auto. „Molly."

„Ja." Sie blickte zurück, ein Nervenkitzel der Erwartung, der durch die Dunkelheit in ihrem Herzen schnitt.

„Viel Glück."

„Oh." Was hatte sie erwartet? „Ja … danke."

KAPITEL NEUNZEHN

Adela tätschelte den Stuhl neben sich. „Komm. Setz dich zu mir, bevor du gehst."

Molly stellte ihren Koffer ab und ließ sich in einen Korbstuhl neben dem, in dem Adela auf ihrer Veranda saß, sinken. Molly war bei der Party so überwältigt gewesen, dass sie keine Gelegenheit gehabt hatten zu reden.

„Was macht dir Angst, Molly?"

Molly wollte diese Frage nicht mehr hören – sie wusste die Antwort darauf nicht.

Adela legte ihre zarte Hand auf ihren Arm. „Ich habe dich beobachtet und deine Artikel gelesen, seit du hierhergezogen bist. Du schreibst darüber, wie wunderbar Mule Hollow ist, und du schreibst über all die Hochzeiten, die wir hatten, doch ich spüre, dass es einen Teil von dir gibt, der nicht glauben will."

„Glauben?"

Adela neigte ihren Kopf ein wenig, und ihr Lächeln wurde traurig. „Du glaubst nicht ... an ..."

Sie studierte Molly für einen langen Augenblick, und Molly hatte das Gefühl, als lägen die tiefsten Geheimnisse ihres Herzens offen. Ihr Herz begann zu pochen, und sie spürte, wie ihre Handflächen zu schwitzen begannen.

„... du glaubst nicht an ein glückliches Ende."

Molly starrte ihre Hände an. Sie konnte die Wahrheit, die sich in Adelas Augen spiegelte, nicht erkennen. Da sie nicht sitzenbleiben konnte, stand sie auf und ging auf und ab. Sie stürmte bis zum Ende der Veranda und starrte die Hauptstraße hinunter. Dann wirbelte sie herum und ging mit gefalteten Händen zu Adela zurück. Ihre Miene war geduldig. Molly fuhr sich mit der Hand durch die Haare und ergriff die Kette an ihrem Hals. „Ich sehe die Hoffnung auf ein glückliches Ende." Sie ließ ihre Hand sinken und schlug sich auf den Oberschenkel. „Aber dann sehe ich mich um und weiß es nicht, Adela. Ist es etwas, das wirklich nur ganz wenige glückliche Menschen erreichen? Ich meine, hier in Mule Hollow scheinen alle zu glauben, dass Liebe überleben kann. Das ist eines der Dinge, die mich hierhergezogen haben. Doch da draußen ..." Sie machte eine ausladende Bewegung. „Ich weiß nicht. Es ist, als ob alles perfekt sein muss, damit die Liebe den ganzen Müll, den die Welt zwei Menschen in den Weg wirft, bewältigen kann. Ich verstehe nicht einmal ansatzweise, welche Probleme meine Eltern hatten. Sie haben einfach nicht funktioniert. Was auch immer der große gemeinsame Nenner einer glücklichen Ehe ist, sie haben es nicht verstanden. Für manche Leute ist es so einfach." Sie faselte, das wusste sie, doch es gab vieles, das herauswollte. Es war, als ob sie jetzt, wo sie angefangen hatte, darüber zu reden, den Schwall nicht mehr aufhalten konnte. Alles wollte raus.

„Molly, es gibt einen gemeinsamen Nenner. Liebe."

„Das ist wahr. So soll es sein, aber ich sehe jeden Tag, dass die Ehen von Menschen, die sich geliebt und diese Liebe verloren haben, zerbrechen. Für die meisten Menschen ist es nicht so einfach wie für dich. Oder für Norma Sue oder Esther Mae."

„Du denkst also, meine Ehe war einfach? Molly, die meisten Ehen erfordern viel harte Arbeit und

Konzentration. Ich denke, einer der Gründe, warum so viele auseinanderbrechen, ist, dass es selbst *mit* Liebe harte Arbeit ist. Das Leben neigt dazu, sich zwischen zwei Menschen zu schieben. Doch die Belohnung, wenn man dafür arbeitet, um Liebe und Romantik am Leben zu erhalten, ist es wert."

Molly ließ sich wieder in den Stuhl sinken und erinnerte sich an all die harten Worte, die sie ihre Eltern über die Jahre hatte schreien hören.

„Molly."

„Ja, Ma'am." Sie blickte von ihren Händen auf und sah Adela lächeln.

„Es gibt dauerhafte Liebe da draußen. Das Leben hat viel mehr zu geben, wenn du Hand in Hand mit dem gehen kannst, den du liebst."

Molly seufzte. „Oh, Adela, ich bin so verwirrt. Nach all den Jahren habe ich die Chance, den Karriereschritt zu machen, den ich mir immer gewünscht habe, oder von dem ich dachte, dass ich ihn machen will, bis ich mich in Bob verliebt habe." Sie liebte Bob Jacobs.

Die Erkenntnis machte sie sprachlos. Es war nicht so, als wäre es plötzlich passiert. Es war viel eher, als wäre sie immer dagewesen. So wie Bob ihr gezeigt hatte, sich bei ihrem ersten Ausritt in den Sattel zu entspannen, hatte sie sich auch in das Bewusstsein entspannt, dass das, was sie für Bob empfand, Liebe war. „Doch es gibt so viele Dinge, die eine Beziehung unmöglich machen." Sie sagte die Worte zu Adela, aber auch zu sich selbst. Nur, weil sie zugab, dass sie ihn liebte, machte das nicht mit einem Schlag alles in ihrer Welt richtig.

„Unsinn. Nichts ist unmöglich. Zwei Menschen müssen nur zusammenarbeiten, um es zu verwirklichen."

Molly war sich dessen nicht so sicher. „Kann ich dir eine persönliche Frage stellen?"

Adela nickte und sah sie ermutigend aus ihren blauen Augen an. „Was ist mit dir und Sam? Ich meine, ich habe euch zusammen gesehen, und ich weiß, dass ihr euch liebt."

Adelas Lächeln verschwand, und sie blickte die Straße hinunter zu Sam's Diner. „Ich habe Sam immer als meinen Freund geliebt. Er ist mir lieber als jeder andere auf der Welt, und er hat mich auch immer geliebt." Sie machte eine Pause und dachte nach. „Molly, ich erzähle dir das, weil es dir vielleicht hilft. Sam ist ein störrischer Mann. Voller Stolz und Angst.

Ich würde ihn sofort heiraten, weil ich fest davon überzeugt bin, dass ich in meinem Leben nicht nur einmal, sondern zweimal mit Liebe gesegnet worden bin. Doch mein Sam" – Ihr Lächeln wurde breiter – „Ich glaub, mein Sam hat Angst, dass ich ihn niemals so lieben könnte, wie ich Theo geliebt habe. Tief in seinem Herzen ist er eifersüchtig auf die Liebe, die uns verbunden hat. Ich denke, er hat Angst, dass unsere Liebe nicht so besonders für mich sein kann. Aber da irrt er sich."

Molly entging die Traurigkeit in Adelas Stimme nicht, als ihr Lächeln verblasste. Sie vergaß ihre eigenen Sorgen, rutschte an die Stuhlkante und ergriff Adelas Hand. So eine weise und liebevolle Frau.

„Hast du mit ihm darüber gesprochen?"

Die ältere Frau drückte ihre Hand. „Nein, Schatz. Ich kann Sams Kampf nicht für ihn kämpfen. Er muss sich da allein durcharbeiten. Ich bete, dass er eines Tages aufwacht und meiner Liebe genug vertraut, um mich zu bitten, ihn zu heiraten. Doch auch, wenn er es nie tut, ändert das nichts an meiner Liebe. Sie ist für ihn da und wartet geduldig." Sie tätschelte Mollys Hand. „Du solltest dich auf den Weg machen. Du willst deinen Flug doch nicht verpassen."

Molly sah auf die Uhr und war überrascht, wie schnell die Zeit vergangen war. Es stimmte, wenn sie ihren Flug nicht verpassen wollte, musste sie sofort los. Sie umarmte Adela. „Danke. Wir sehen uns, wenn ich zurück bin."

Sie nahm ihren Koffer und wuchtete ihn auf den Rücksitz. Ihr Herz fühlte sich schwerer an als der Koffer. Ihre Träume standen kurz vor der Erfüllung, und alles, woran sie denken konnte, war Bob.

Adela stand mit verschränkten Händen auf der Treppe und beobachtete Molly. „Schau tief in dein Herz, Liebes, deine Antwort ist da."

„Danke, Adela", sagte sie, bevor sie die Tür schloss. Dann fuhr sie davon.

KAPITEL ZWANZIG

Bob hielt mit seinem Truck vor Sam's Diner an. Es war neun Uhr morgens, und er war zu dem Schluss gekommen, dass er die Einsamkeit seiner Ranch nicht länger ertragen konnte. Molly war erst seit drei Tagen weg, und es kam ihm wie ein ganzes Leben vor. Jetzt, als er vor dem Diner saß, war er sich nicht sicher, warum er gekommen war. Es war nicht irgendjemandes Gesellschaft, die er suchte. Es war Mollys, und sie war nicht hier.

Und daran solltest du dich besser gewöhnen.

Er stieß die Tür auf, ohne den Schmerz in seinen Rippen zu spüren, weil der vom Schmerz in seinem Herzen überschattet wurde.

Als er durch die schwere Tür in das alte Restaurant ging, merkte er nicht einmal, dass er mitten in einen privaten Moment hineinplatzte, bis es schon zu spät war, um wieder zu verschwinden. Applegate stand mit seinem Damebrett unter dem Arm an der Theke, während Stanley neben ihm stand, ihren 5-Pfund-Beutel mit Sonnenblumenkernen in der Hand. Sam stand mit finsterem Gesicht hinter der Theke und hörte Applegate zu. Bob hatte nicht an eine Krisensituation gedacht, als er angehalten hatte, doch jetzt, wo er da war, konnte er wohl kaum wieder rückwärts aus der Tür verschwinden.

„Nur, weil ich dich darauf hingewiesen habe, dass du keine Ahnung hast, musst du uns nicht gleich rauswerfen", sagte Applegate, dessen Falten an die eines runzligen Hundes erinnerten. „Korrekt. Wir haben nur getan, was Freunde tun."

Stanley stimmte zu. „Wir sehen uns regelmäßig Dr. Phil im Fernsehen an."

„Und Oprah", fügte Applegate hinzu.

„Freunde sollen einander die Wahrheit sagen", fuhr Stanley fort.

Sam sah nicht allzu überzeugt aus. Bob wollte gehen, doch seine Neugier gewann die Überhand, und er trat einen Schritt von der Tür weg. Er würde alles tun, um nicht an Molly denken zu müssen.

„Bob", brummte Sam. „Komm rein. Applegate und Stanley wollten gerade gehen und aufhören, mein Geschäft zu stören."

Er sah sie scharf an.

„Wollten wir nicht", sagte Applegate und um es zu beweisen, ging er zu seinem Tisch, klatschte sein Damebrett darauf, wirbelte herum und ging zurück zur Theke. „Das hier ist eine Inter-fen-tsjon."

„Genau das ist es", sagte Stanley. Er folgte Applegates Beispiel und ließ den Beutel mit den Sonnenblumenkernen neben dem Damebrett fallen, sodass ein paar Dutzend auf den Boden spritzten.

„Eine Inter-*was*?", blaffte Sam, nahm die Kaffeekanne und zwang Applegate, einen Schritt zurückzutreten. Bob hielt es für eine kluge Idee, da Sam aussah, als wäre er bereit, ihm damit eins überzubraten.

„Eine Intervention", sagte Applegate und streckte seine knochige Brust heraus. „Du weißt schon, das, was Freunde tun, wenn ihr Freund sein Gehirn nicht benutzt und seine Freunde für ihn denken müssen."

Sam knurrte. „Wenn ihr zwei glaubt, ich hätte es jemals nötig, dass ihr für mich denkt, dann seid ihr zwei verrückter als Art Holboney an dem Tag, als er versucht hat, Norma Sue dazu zu bringen, ihn zu heiraten, damit sie seine Traktoren repariert!"

„Hey, gemein werden musst du jetzt aber wirklich nicht", protestierte Stanley. „Art Holboney war dümmer als Brot."

„Genau", blaffte Sam zurück. Bob trat näher, und seine Cowboystiefel und seine Schiene schlugen einen ungleichmäßigen Rhythmus auf dem Holzboden, als er in der plötzlichen Stille den Raum durchquerte. „Jungs, ich weiß nicht, was zwischen euch dreien los ist, aber so geht man wirklich nicht damit um." Warum war er in den Ort gekommen? Warum war er nicht auf seiner Ranch geblieben? Hier ging es von Tag zu Tag verrückter zu. „Möchte mich jemand darüber informieren, was zwischen euch vorgefallen ist?" Er blickte von einem zum anderen, doch sie sagten nichts. „Möchtest du einen Kaffee?", fragte Sam, nahm einen Humpen aus dem Regal und goss ihn voll, bevor Bob antworten konnte.

„Es ist nicht an uns, es zu erzählen", sagte Applegate. Er klang, als hätte ihm jemand den Wind aus den Segeln genommen. „Wir werden uns einfach da drüben hinsetzen und unser Dame-Spiel spielen, um unsere Unterstützung zu zeigen."

Sam sah Applegate, der seine Hände hob, mit finsterer Miene an. „Das kommt direkt aus der Bibel, also schau mich nicht so an."

„Wir sind gleich da, wenn du das Bedürfnis hast, zu reden", sagte Stanley und folgte Applegate zum Tisch am Fenster.

„Übrigens", sagte Applegate und drehte sich noch einmal zu ihm um. „Diese Kuppelei war für mich und Stanley eine harte Angelegenheit. Und abgesehen davon, dass wir Sam unsere Unterstützung zeigen, werden wir das von jetzt an den Frauen überlassen. Also, Bob, wir bringen dir heute Nachmittag deinen Briefkasten zurück. Wir wollten versuchen, dir und Molly zu ein bisschen Zeit allein zu verhelfen ... in diesen Fernsehsendungen reden sie immer davon, dass Paare gemeinsame Zeit brauchen, also haben wir uns überlegt, wie wir dir und Molly zu dieser Zeit verhelfen können – du weißt schon, damit ihr beide zu Sinnen kommt – und zwar, indem das andere Weibervolk dich nicht finden kann, nachdem wir gesehen haben, wie einige Leute deine Adresse und alles rausgegeben haben. Aber wir sind fertig. Wenn du und Sam beide dumm sein wollt, dann können Stanley und ich euch auch nicht helfen." Dann seufzte er und setzte sich an den Tisch, um zu spielen.

Bob war sprachlos. App und Stan hatten seinen Briefkasten gestohlen? Kuppelei? Mule Hollow wurde von Minute zu Minute seltsamer.

„Die haben sie doch nicht mehr alle", brummte Sam.

Bob verdrängte seine Gedanken und wandte sich wieder Sam zu. Er war sich nicht sicher, was zwischen den drei älteren Männern vorgefallen war, doch er musste Sam zustimmen. Er ließ sich auf einen Hocker nieder und trank einen Schluck von seinem Kaffee, in der Hoffnung, einen klaren Kopf zu bekommen. „Nun, mein Sohn." Sam räusperte sich und starrte zu Boden, bevor er ihn ansah. „Du bist so ziemlich der Letzte, den ich hier erwartet habe."

„Warum das denn? Ich habe eine Tasse Kaffee gebraucht." Er wusste nicht, wie er damit umgehen sollte. Wollte Sam so tun, als wäre gerade nichts passiert? Und sollte Bob etwa mitspielen? Er trank einen weiteren Schluck von seinem Kaffee und überlegte, was mit Sam los war. Er wusste, dass Applegate und Stanley Recht hatten. Wenn Sam sie brauchte, mussten seine Freunde eingreifen und ihm helfen. War er krank? Zumindest sah er nicht krank aus. Er sah *traurig* aus. Sie hatten was von Kuppelei gesagt. Wollten sie Sam mit Adela helfen?

Sam nahm einen Lappen und fing an, den makellos sauberen Tresen abzuwischen. Er warf einen Blick auf das Fenster, an dem seine Freunde zufrieden Dame spielten. Wenn jetzt jemand durch diese Tür käme, würde er niemals glauben, was Bob gerade mitangesehen hatte. Alles sah vollkommen normal aus.

Als wäre ihm der Dampf ausgegangen, hörte Sam in Zeitlupe auf, die Theke abzuwischen, warf den Lappen über seine Schulter und begegnete Bobs Blick. „Ich habe dich für klüger gehalten. Ich dachte, du würdest jetzt schon in einem Flugzeug nach New York sitzen." Er rieb sich das Kinn.

„Was?" Bob trank einen Schluck Kaffee, um seine Überraschung zu verbergen, während sich sein Magen verknotete.

„Du hast mich schon richtig verstanden. Du hast dein ganzes Leben vor dir und eine echte Chance, doch du lässt Molly gehen. Ich verstehe es nicht. Du bist derjenige von uns, der eine Intervention braucht. Aber nicht von den zwei alten Hunden da." Er kniff die Augen zusammen. „Schau, Junge, ich habe mein Leben hinter dieser Theke gelebt, und ich sage dir, rückblickend muss ich App und Stanley Recht geben. Ich bin ein Idiot, ein Feigling."

Nun war Bob an der Reihe, die Augen zusammenzukneifen. „Worüber in aller Welt redest du, Sam? Du bist weder das eine noch das andere. Und wenn sie wirklich deine Freunde wären, hätten sie sowas nie gesagt." Er starrte zum Fenster. Entweder hatten App und Stanley ihre Hörgeräte leise gestellt, oder sie taten wie so oft so, als hörten sie nichts.

„Schau, ich sage ja nur, dass wir nicht ewig leben. Und wenn du die Chance hast, ein bisschen Liebe zu bekommen, während du hier lebst, dann solltest du die Gelegenheit beim Schopf packen. Lass dir dieses Mädchen nicht entgehen, nur weil du zu stolz bist."

Bob ließ den Kopf hängen. „Sam, es hat nichts mit meinem Stolz zu tun. Selbst, wenn ich glauben würde, dass Molly mich liebt, was ich nicht tue, ist ihr nachzulaufen nicht die richtige Antwort. Wenn ich glauben würde, dass es ihr reichen würde, mich zu lieben, könnte es die Antwort sein. Aber hier geht es um Molly. Sie hat gerade die Chance, ihren Traum zu verwirklichen ... und weil ich sie liebe, kann ich mich ihr nicht in den Weg stellen. Gleichzeitig kann ich mir nicht wünschen, dass ihre Träume nicht wahr werden –

was wäre das denn für eine Liebe? Darum sitze ich im Grunde genommen in einem Loch ohne Schaufel."

Sam sah nachdenklich aus. „Leider kann ich das Gefühl nachvollziehen." Er blickte noch einmal zum Fenster und schüttelte den Kopf. „Meine Adela, sie hat Theo Ledbetter mehr als alles andere geliebt. Selbst wenn ich vor vierzig Jahren den Mut gehabt hätte, sie zu bitten, mich zu heiraten, bevor er sie gefragt hat, hätte es nichts genutzt. Sie hatte nur Augen für Theo, und jeder wusste es. Jemanden zu heiraten, nur weil er als erster fragt, ist nicht gerade das Happy End, von dem man träumt."

Bob musste Sam zustimmen. Er hatte es nie gemocht, in irgendetwas die zweite Wahl zu sein.

Die Aufzugtüren öffneten sich mit einem leisen, kaum hörbaren Surren, das vom aufgeregten Geschwätz der drei Kinder, die mit ihren Eltern vor dem überfüllten Aufzug standen, übertönt wurde. Molly stand hinten im Aufzug und wartete darauf, dass alle anderen ausstiegen. Warum war sie hierhergekommen? Sie hatte Höhenangst, und ihre einzige wahre Liebe wartete nicht da draußen auf sie. Also, was um alles in der Welt hatte sie dazu gebracht, dreißig Minuten Schlange zu stehen, um hoch aufs Empire State Building zu fahren?

Sie hatte keine Ahnung.

„Ma'am, gehen Sie oder bleiben Sie?"

Sie lächelte den älteren Mann an, der die Tür für sie hielt. „Ich bleibe. Vielen Dank."

Sie trat hinaus auf die Fliesen, dann ging sie zu den Doppeltüren, die hinaus auf die Aussichtsterrasse des historischen Gebäudes führten.

Die herrliche Aussicht nahm ihr den Atem, doch da sie kein Freund großer Höhen war, hielt sie sich nah an den Wänden und wagte sich nicht zur Brüstung vor. Überall um sie herum hörte sie Familien begeistert die Aussicht diskutieren. Eine Mutter hielt die Hand ihres kleinen Mädchens und zeigte auf verschiedene beleuchtete Sehenswürdigkeiten. Ein Vater stand an der Ecke des Gebäudes und nahm seinen Sohn auf den Arm, damit er durch den Sucher seiner Kamera blicken konnte. Ihre Köpfe berührten sich und ihre dunklen Locken vermischten sich, als sie gemeinsam die Aussicht genossen.

Molly schluckte einen Kloß in ihrer Kehle herunter. Sie war ganz oben angekommen und hatte sich in ihrem ganzen Leben noch nie so allein gefühlt.

Warum war sie hergekommen?

Eine Frau ging an ihr vorbei. Sie war allein, selbstsicher und im Gegensatz zu dem Bild, das Molly bestimmt abgab, sah die Frau glücklich und zufrieden aus. Sie machte Fotos mit ihrem Handy, völlig in das vertieft, was sie tat. Allein, aber verbunden mit dem, was um sie herum vorging.

Molly war eine Beobachterin. Das lag ihr im Blut. Sie koppelte sich von dem, was um sie herum geschah, ab und erschuf dann ihre eigene Illusion von Wahrheit in der Geschichte, die sie schrieb.

Doch warum war sie nach dem Interview in ein Taxi gestiegen und zum Empire State Building gefahren? Sehnsucht?

Weil du dir in deinem Herzen wünschst, dass Bob hier auf dich wartet.

Molly ging zur Steinbrüstung und krallte ihre Finger um den Gitterzaun, der die Terrasse wie ein Käfig umschloss. Der kalte Stahlzaun war eine Sicherheitsmaßnahme. Es hielt die Besucher davon ab, sich etwas anzutun. Es ließ die Leute die unglaubliche Ansicht ohne Sorge betrachten. So, wie Molly das Leben durch den Sucher ihres Schreibens gesehen hatte. Immer der Beobachter, selten der Teilnehmer.

Bob stand vor Sam's Diner, als er Mollys leuchtendgelbes Auto in den Ort kommen sah. Er hatte gehört, dass sie rechtzeitig zur Hochzeit von Dottie und Brady zurück sein würde. Er sah auf die Uhr und stellte fest, dass sie noch drei Stunden Zeit hatte. Mit heruntergeklapptem Verdeck und im Wind wehenden Haaren sah sie aus wie eine Frau, die alles erreicht hatte. Doch sie war nicht allein. Neben ihr auf dem Beifahrersitz stand eine riesige grüne Pflanze. Sie war so groß, dass sie sie auf keinen Fall mit geschlossenem Verdeck hätte transportieren können. Auf dem Rücksitz türmten sich Kisten.

Er stieg in seinen Truck, fuhr die zweihundert Meter durch die Stadt zu Adelas Haus und blieb hinter Mollys Auto stehen. Gute Nachbarn konnten fragen, wie ihre Reise verlaufen war. Er konnte kaum vorbeifahren, ohne wenigstens Hallo zu sagen, selbst, wenn es ihm schwerfallen würde, sie zu sehen und ihr nicht sagen zu können, was er empfand.

„Bob!", rief sie, als sie aus ihrem Auto sprang. Sie trug eine graue Stoffhose und ein blassrosa Top, das auf ihrer Aprikosenhaut weich schimmerte. Sie sah so frisch aus wie der Tau im April.

Er stieg nicht aus, traute sich nicht auszusteigen – nicht so, wie er sie in den Arm nehmen und sie bitten wollte, nicht nach New York zu ziehen. Was für ein Mann wäre er, wenn er das täte?

Sie blieb neben seiner Tür stehen und legte ihre Hand auf seinen Ellbogen, der aus dem offenen Fenster ragte. „Schön, dass du wieder da bist. Wie ist es gelaufen?", brachte er heraus.

Sie lächelte, und ihre Augen funkelten wie grünes Glas in der Nachmittagssonne. „Es ist perfekt gelaufen. Einfach wunderbar."

Bob wurde es schwer ums Herz. Er hatte gebetet, dass alles so verlaufen würde, wie sie es sich erträumt hatte, doch er war sich sicher, dass er einen Moment um seinen Verlust trauern durfte. „Ich freue mich für dich."

Sie lächelte weiter und sah ihn an, als hätte sie mehr zu erzählen.

„Also", hakte er nach. „Wann fängst du an?"

Sie stemmte ihre Hand in ihre Hüfte und wippte auf den Fersen auf und ab. Ihr Lächeln wurde schelmisch. „Ich fange nicht an."

„Was!" Wut, rau und elektrisierend, durchfuhr ihn. Er stieß die Tür auf, stieg aus dem Truck, riss seinen Stetson vom Kopf und fuhr sich mit der Hand durch die Locken. Arme Molly, sie lächelte, obwohl er wusste, dass es ihr das Herz brechen musste. „Sie haben dich abgelehnt? Sie haben tatsächlich die beste Gelegenheit verpasst, die sie jemals hatten?" Er legte die Hand auf ihre Schulter. „Ihr Verlust. Dir wird sich eine neue Chance bieten, und die wird noch besser sein. Deine Arbeit ist wunderbar, das kann doch jeder sehen. Also, bleib einfach dran. Gib deinen Traum nicht auf, denn er wird wahr werden – worüber lachst du?" Sie war hysterisch. Er hatte gedacht, sie spielte die Tapfere für ihn, und jetzt wurde sie hysterisch. Ihre Schultern zitterten, und Tränen quollen aus ihren glücklich strahlenden Augen.

Er sah noch einmal genauer hin. Ihre Augen wirkten glücklich. „Was ist los? Habe ich irgendwas verpasst?"

Sie nickte. Sie bekam ihr Lachen unter Kontrolle, wischte sich mit den Fingerspitzen die Tränen von den Wangen und holte tief Luft. „Ich habe das Angebot abgelehnt."

Er runzelte die Stirn. „Bist du verrückt?"

Sie schüttelte grinsend den Kopf. „Nein, zum ersten Mal in meinem Leben denke ich klar."

„Aber Molly, du hast davon geträumt. Du hast es verdient. Du wirst es ganz wunderbar machen."

Sie schüttelte den Kopf, und ihre Augen wurden weich und musterten sein Gesicht, als hätte sie ihn vermisst. Bobs Herz schlug gegen seine Rippen, was bei Molly zur Gewohnheit wurde, doch es tat nicht weh, weil er sich plötzlich wie betäubt fühlte. Er warf seinen Hut durch das Fenster seines Trucks, um beide Hände frei zu haben, und sah sie an. „Was hast du getan, Molly?"

„Ich habe es mir anders überlegt", schmunzelte sie.

„Molly–"

Sie hinderte ihn mit den Fingerspitzen am Weiterreden. „Hör bitte zu. Als ich in New York war, bin ich auf die Aussichtsplattform des Empire State Building hochgefahren, genau wie in all diesen Filmen, *Schlaflos in Seattle* und *Die große Liebe meines Lebens*. Anstatt dorthin zu gehen, um meine einzig wahre Liebe zu treffen, bin ich dorthin gegangen, um mir selbst zu beweisen, dass ich niemanden in meinem Leben brauchte, um glücklich zu sein. Zuerst habe ich es nicht verstanden, doch ich habe es herausgefunden. Weißt du, ich stand da und habe mich an diesem Gitterzaun fest gehalten und durch ihn hindurch auf die schönste funkelnde Skyline geblickt, die ich je gesehen habe. Da ist mir bewusst geworden, dass ich mich hinter meiner Schreiberei versteckt habe, als wäre sie ein Gitterzaun. Das will ich nicht mehr."

„Molly." Er legte seine Hände an ihre Wangen und strich ihr sanft die Haare aus dem Gesicht, bis seine Hand auf ihrer Schulter ruhte. „Es liegt dir im Blut. Das war Lampenfieber. Ich glaube an dich. Vertraue auf dich, und lass es geschehen. Ruf Sie an. Sie werden dich einstellen."

„Nein, du verstehst es nicht. Kennst du keine Kinder, die davon geträumt haben, Anwälte oder Feuerwehrleute zu werden, wenn sie erwachsen sind? Oder Polizisten oder Lehrer? Die Liste lässt sich beliebig fortsetzen, doch wenn sie erwachsen sind, entscheiden sie sich für einen anderen Lebensweg. Bob, ich liebe dich. Ich weiß, ich bin nicht die Frau, von der du geträumt hast. Aber schau." Sie drehte sich zu ihrem Auto um und holte mehrere Bücher darüber heraus, wie man aus einem Haus ein Zuhause macht. „Wenn du bereit bist, mir nur ein bisschen entgegenzukommen … einen kleinen Kompromiss einzugehen und nichts dagegen zu haben, mit einer Schriftstellerin zusammenzuleben, kann ich weiter freiberuflich schreiben und sehen, wohin mich das führt. Ich kann das, Bob. Ich kann es wirklich. Schau, ich habe sogar eine Pflanze gekauft. Vielleicht überlebt sie bei mir den morgigen Tag nicht, aber ich habe seit Ranger die ganze Zeit mit ihr gesprochen."

Bob schloss die Augen. Sie sah so aufrichtig aus. Sie hatte gesagt, sie liebte ihn. *Sie liebte ihn.* Er holte tief Luft. Seine Rippen protestierten, doch er atmete tief durch und kämpfte gegen die Emotionen an, die ihn zu übermannen drohten.

„Bob, liebst du mich?"

Ihre Worte drangen durch den Krieg, der in ihm tobte, und er begegnete ihrem fragenden Blick. Wie konnte er sie das tun lassen?

„Ich habe das Gefühl, dass du es tust."

„Es ist wahr, Molly, ich liebe dich so sehr. Deshalb kann ich nicht zulassen, dass du das tust."

Er beobachtete, wie sich ihre Lippen zu einem langsamen, herzlichen Lächeln verzogen.

„Ich wusste, dass du mich liebst. Und ich will dich genauso."

„Aber Molly, deine Träume–"

„Sind hier, bei dir in Mule Hollow. Träume sind ohne jemanden, mit dem man sie teilen kann, nichts wert. Oh, Bob, ich möchte nicht, dass du eine andere heiratest. Ich habe all diese wunderbaren Dinge über dich geschrieben, weil du vom ersten Moment an zu meinem Herzen gesprochen hast. Mein Herz hat dich erkannt, bevor ich es getan habe. Heirate mich, Bob, und lass uns einen eigenen kleinen Traum träumen."

Mehr musste er nicht hören. Bob wusste, dass sie es schaffen konnten. Dankbar und glücklich zog er sie langsam in seine Arme und fühlte sich ganz, als er ihr näherkam. „Wie könnte ich ein solches Angebot ausschlagen?" Er lehnte seine Stirn an ihre und inhalierte ihren Duft. „Aber nur, wenn du daran glaubst — ich werde dich schätzen und dich in deinem Traum unterstützen und alles in meiner Macht Stehende tun, um dich so glücklich zu machen, wie du mich gemacht hast." Er senkte seine Lippen auf ihre, küsste sie und fühlte ihr Herz an seinem schlagen.

Es war das wundervollste Gefühl der Welt und eines, das er für den Rest seines Lebens wie einen Schatz hüten würde.

EPILOG

„Sie dürfen die Braut jetzt küssen.“

Molly sah zu, wie Brady Dottie in die Arme nahm und seine Frau küsste. Es trieb ihr Tränen in die Augen, und sie blickte zu Bob, der neben ihr saß, auf. Er lächelte sie an, und ihr Herz schlug einen Purzelbaum. Sie war überwältigt von der Tatsache, dass sie im Begriff war, ihre eigene Hochzeit zu planen und ihre eigene Liebesgeschichte zu beginnen. Als sie oben auf dem Empire State Building gestanden hatte, hatte sich ihr Herz nach Bob gesehnt, und als sie über die Stadt auf die Millionen von Lichtern um sich herum gestarrt hatte, hatte sie das Gefühl gehabt, dass jedes ein Nicken war, das bestätigte, dass sie endlich den richtigen Weg gefunden hatte.

Vorhin, als sie aus ihrem Auto gestiegen war und Bob dort hatte stehen sehen, hatte sie keine Zweifel mehr gehabt. Ihr Platz war bei Bob. Für immer und ewig.

Weitere Bücher von Debra Clopton

Windswept Bay
Von Diesem Moment An
Irgendwo Mit Dir
Mit Diesem Kuss & Für Immer Und Ewig
Warten Auf Liebe
Mit Diesem Ring
Mit Diesem Versprechen
Mit Diesem Schwur

Die Cowboys von Mule Hollow Serie
Liebe Mich, Cowboy
Tanz Mit Mir, Cowboy
Immer Ärger mit Lacy Brown
… plus Baby macht fünf
Mein Herz gehört dir, Cowboy
Halt mich, Cowboy

New Horizon Ranch Serie
Ein Cowboy für Maddie
Ein Cowgirl für Rafe
Ein Cowgirl für Chase
Ein Cowgirl für Ty
Eine Familie für Dalton
Eine Tierärztin für Treb
Maddies geheimes Baby
Ein Cowgirl für Austin

Die Cowboys von Ransom Creek
Ihr Cowboy-Held (Vorgeschichte)
Braut zu mieten
Cooper
Shane
Vance
Drake
Brice

Über die Autorin

Die Bestseller-Autorin Debra Clopton hat bereits über 2,5 Millionen Bücher verkauft. Ihr Buch OPERATION: MARRIED BY CHRISTMAS soll sogar als ABC Familienfilm verfilmt werden. Debra ist bekannt für ihre modernen Westernromanzen, texanischen Cowboys und temperamentvollen Heldinnen. Romantik und eine Prise Humor werden immer miteinander verflochten, um den Leser zum Lächeln zu bringen. Als Texanerin in sechster Generation lebt sie mit ihrem Ehemann auf einer Ranch im Herzen von Texas und freut sich immer über Zuschriften von ihren Lesern.

Besuche Debras Website unter
debraclopton.com/deutsch

Melde dich für ihren Newsletter
www.subscribepage.com/KostenloseTexascowboyromantik

Triff sie auf Facebook unter
www.facebook.com/debra.clopton.5

Folge ihr auf Twitter unter @debraclopton

Kontaktiere sie unter debraclopton@ymail.com